KEITAI
SHOUSETSU
BUNKO
野いちご SINCE 2009

新装版　特等席はアナタの隣。

香乃子

スターツ出版株式会社

カバーイラスト／杏堂まい

『ヤバいかも』
『ん？』
『今すぐ抱きしめたい……』
『え!?　ちょっ……まって……！』

浅野モカ（17歳·♀）

控えめで恥ずかしがりやの女の子。
恋にはちょっと鈍感。
初めて恋をしたのはクールで無愛想、
　……でも私の前では優しくて少し意地悪な男の子。

黒崎和泉（17歳·♂）

モデル顔負けのルックスで校内一のモテ男。
無愛想男が本気で恋に落ちたのは鈍感な純情女子。

そんなふたりの、じれじれ甘々ストーリー。

特等席はアナタの隣。
登場人物紹介

浅野 モカ
あさの
内気な天然女子。恋に奥手で、和泉の溺愛に振り回されがち。

黒崎 和泉
くろさき いずみ
モカのクラスメイトで、芸能人級のイケメン。クールで女子に冷たいけれど、モカにだけは甘い。

contents

第一章	貴重な笑顔	9
第二章	ふたりの距離	17
第三章	帰り道	27
第四章	縮まる距離	35
第五章	ドキドキの週末	45
第六章	止まらない思い	61
第七章	気づいた気持ち	75
第八章	確信した恋	85
第九章	重なるふたり	97
第十章	戸惑いの嵐	113
第十一章	理性と本能	127
第十二章	かき乱す者	151
第十三章	アナタの隣に……	177

第十四章	卒業式	197
第十五章	ふたりの日常	205
第十六章	天敵たち？	231
第十七章	新しい出会い	257
第十八章	水面下の戦い	283
第十九章	小さな綻(ほころ)び	307
第二十章	もどかしい恋心	333
第二十一章	心の行方は	353
第二十二章	交差する想い	381
第二十三章	好きの気持ち	405
最終章	溶け合う心	429
特別書き下ろし番外編		451
あとがき		474

第一章

貴重な笑顔

【モカside】

はぁ……また今日も……。

毎朝の光景で見慣れてはいるものの、当事者となると思わずため息が出てしまう。

教室の左端、後ろから二番目が私の席。

私が登校する時間、そこにはいつも女の子が集まっている。

原因は後ろの席の彼。

───黒崎和泉くん。

黒崎くんといえば、校内はもちろん、この界隈の学生なら知らない人はいないほどの有名人。

全国制覇もした我が校サッカー部の主将。

モデル並み、いや、それ以上の端正な顔立ちに、均整のとれた体つき。

明らかに他の同級生とは一線を画し、大人びた風貌をしている。

おまけに180センチを超す身長とくれば、女の子が放っておくはずがない。

各学校にファンクラブがあるほどだ。

そんな彼の席には少しでも仲良くなろうと、いろんな女の子がやってくる。

頬をほんのり染めながら、一生懸命アピール。

恋の力ってスゴい。私には真似できないや。

皆の邪魔をしないように合間をくぐり抜け、自分の席までたどり着くと、案の定誰かが座っている。

第一章　貴重な笑顔 >> 11

「ゴメンね浅野さん、ちょっと席借りてるから♪」
　クルンとバッチリ決まったまつ毛に大きな目、クラスで一番かわいい立花美香さんから、
「ね？」
　とかわいらしく首を傾げお願いされれば断れるはずもなく……。
「……うん、どうぞ」
　力なく笑い、席を譲る。
　まぁ、これもいつものこと。
　カバンだけ置かせてもらい、HRが始まるまで親友の木下麻美と話そうと思って、彼女の席まで向かった。
　これもいつものこと。
「モカ、あの子たちに一回ビシッと言ってやったら？　どけ！って」
「言えないよそんなこと……。みんな黒崎くんと話したいみたいだし仕方ないって」
　黒崎くんと席が近くなったら、誰もが経験すること。
　隣の席の鈴木くんだって、いつも自分の席に座れず避難している。
　なにも言えない私に、麻美があきれ気味にため息をついた。
「黒崎としゃべりたいって言ったって、アイツほとんど無視してんじゃん。しゃべってんの全部裕太だし」
　裕太とは黒崎くんの親友、森本裕太くん。
　クールで無愛想な黒崎くんとは正反対。

明るくお調子者で常に彼の周りは笑いであふれている。黒崎くんほどではないが、人懐っこい笑顔と気さくな性格で彼も何気にモテるのだ。
　ふたりは幼なじみで同じサッカー部ということもあり、いつも一緒にいる。
「それでさぁー……」
「キャハハー……」
　教室に広がるにぎやかな声。
　その輪の中には入れない女の子たちも黒崎くんの一挙一動を気にしているのがわかる。
　チラッと彼らの方を見てみた。
　確かにしゃべってるのは、ほとんど裕太くん。
　いつものようにおちゃらけて女の子たちを笑わせていた。
「もう裕太ってバカなんだからぁ!?　ねぇ？　黒崎くん」
　立花さんが話しかける。
「あぁ……」
　黒崎くんはうっとうしそうに返事をするだけ。
「黒崎も愛想がないねぇ……。抜群にイイ男なのにもったいない」
　そう、麻美の言う通り、黒崎くんは女の子に対して少し冷たい。
　裕太くんのように楽しそうに会話することもなければ、自分から話しかけることもめったにない。
　そういう硬派な性格も女の子を煽るみたいで、自分が一

番仲の良い女の子になりたいと、みんな頑張るんだ。
　不機嫌モード全開の黒崎くん。
「相変わらずつまんねぇ奴だな！　コイツなんか放っておけって」
　「でも……」と困惑する立花さんに、いーのいーの、と笑いながら裕太くんは次の話題に移る。
　やっぱり黒崎くんは無反応。
　窓からグラウンドを見ているだけ。
　毎日のように取り囲まれ、アレコレ話しかけられてきっとうんざりしているのだろう。
　モテすぎるのも苦労して大変だなぁ。
　ストレス溜まっちゃうよ。
　まぁ私には一生縁のない話だからある意味うらやましいけど。
　そんなことをぼんやり考えていたら黒崎くんが不意にこちらを向いた。
　ヤバい……見すぎてたかな!?
　黒崎くんと目が合う。
　すぐにそらせばいいものの、あせった私は思わずニコッと笑顔を向けてしまった。
　なにやっちゃってんの私！
　黒崎くんもこちらを見ながら眉を寄せて微妙な表情になっている。
　もちろん、笑顔が返ってくるはずもなく……。
　あたふたとひとりでパニックになってると、

「モカ、なにひとりで百面相してんのよ？」
　麻美も怪しげにたずねてきた。
「べ、別に……」
　——キーンコーン……。
「あ、チャイム鳴ったわ。さ、モカ、やっと自分の席に座れるわよ」
「……うん、そだね」
　はぁ、朝から私なにやってんだろ……。
　トボトボ自分の席へ戻った。
「じゃあね、黒崎くん♪」
「また来るね？」
　チャイムが鳴り終わると、立花さんも自分の席に戻り、他の子たちもそれぞれの教室へ帰っていった。
「まったね♪♪」
　ヒラヒラと手を振る裕太くんに、
「お前も早く自分の席に帰れ。毎日邪魔なんだよ」
　と黒崎くんはうっとうしそうに呟いた。
「まぁまぁ、お前を毎日助けてやってんじゃねーか♪」
　バシバシと黒崎くんの肩を叩きながら「助け船、助け船」と裕太くんはケラケラ笑っている。
「お前がいるから来んだよ！　うるせぇんだよアイツら。マジでいい加減にしてくれ」
「ボランティアだと思えって！　お前の笑顔でどんだけの女子が幸せになれると思ってんだよ！」
「……あほらしい」

第一章　貴重な笑顔 >> 15

「はぁ？　俺がその顔ならもっと有効活用するぜ？　なぁ、モカちゃん！」
　ビクッ!!
　思わず身体が大きく揺れた。
　まさか私に話が振られるとは……。
「え!?　……えぇっと……うーん……」
　私の意見を待つふたりにじーっと見つめられ、なにも考えられない。
「おい、浅野困ってんだろ」
「あはは！　突然ゴメンねモカちゃん！」
「私こそ……ゴメンね？　ちゃんと聞いてなくて……」
　「だよね〜ゴメンゴメン！」と言いながら裕太くんは席へと戻っていった。
　ていうか、ふたりとも私の名前知ってたんだ。
　裕太くんなんて下の名前で呼んでたし。
　地味で目立たない私の事を、有名人の彼らが知ってくれていたのはちょっとうれしい。
「なぁ、浅野」
「ん？　なに？」
「さっき、なんで笑ったの？　俺の顔見て」
　ぎくっ！
　さっきのことなんて、てっきり忘れてるだろうと思ってたのに……。
　まさか『モテてうらやましい』なんて考えてましたとは言えず……。

「いや、その……。あまりにもつまらなそうな顔してるから、つい……」
　あぁ……なに言ってんだろ私……。
「フッ……なんだそれ」
　──ッ!!
　苦笑した黒崎くん。
　こんな間近で彼の笑顔を見たのは初めて。
　思わず胸が高鳴った。
　これは、スゴい。
　女の子が騒ぐのもわかる。
　ぽ〜っと彼の顔を見つめていると、
「なに？」
　今度は少し警戒しながら、怪しげな表情になっている。
「ううん、……黒崎くんの笑顔すごくキレイだね。びっくりしちゃった」
　思ったことを正直に言ったつもりが、一瞬固まった黒崎くんに、また変なことを言ってしまった！とあせる。
「あ！　いきなりこんなこと言っちゃって……気を悪くしたらゴメンね!!」
　はぁ〜。
　笑顔がキレイなんて男の子に言うセリフじゃないよ。
「いや、ずいぶんストレートだな」
　今度はおかしそうに笑う黒崎くん。
　本日二度目の笑顔に、しばらくくぎづけになってしまった。

第二章
ふたりの距離

「で?? それから??」
「それからって……別になにも」
「なぁんだ。貴重な笑顔を見てモカもついに恋に落ちたのかと思ったのに」
「違うよ！ ただ貴重なものが見れたから興奮しちゃって」
　お昼休み、ベンチがある中庭のテラスでお弁当を食べながら、今朝見た黒崎くんの笑顔について麻美に報告していた。
「あの笑顔は心臓もたないって。彼女になる子はきっと大変だよ」
「まぁね。彼氏が黒崎ならいろいろ苦労しそうだわ」
　苦笑まじりに麻美が呟く。
　ウンウンうなずいていると、
「麻美〜！」
　と陽気な声が近づいてきた。
「お待たせ！」
　バスケットボールを持ったさわやかなスポーツマン。
　麻美の彼氏、山田慎くん。
　同じバスケ部に所属するふたりは、去年の文化祭のイベントで"理想のカップル"に選ばれたほど校内でも有名なカップルだ。
　スラッと高身長の慎くんとキレイ系美女の麻美はホントにお似合い。
「こんにちは、モカちゃん！　今日もかわいいねぇ♪」
　慎くんはちょっと軟派なところがたまにキズなんだけど

ね……。
　バカじゃないの、ってバシッと麻美に頭をたたかれながら「イッテ!!」と涙目になる慎くん。
　こう見えても実はラブラブ。
　麻美からのろけ話を聞く度にうらやましくなる。
「じゃあね、モカ。ちょっと行ってくるわ」
「うん！　いってらっしゃい〜」
　頭をこすりながら慎くんも「じゃあね」と行ってしまった。
　ふたりは休憩時間に、バスケ部の仲間たちと3on3をしている。
　私も何度か誘われたけど、運動音痴でドリブルさえまともにできないんだ……。
「さてと、私も行こうっと」
　お弁当箱を片づけて立ち上がった。

　私が通うこの一ツ橋学園は、中高大一貫で文武両道をモットーとした全国でもトップクラスの進学校。
　家からは電車で片道１時間以上かかるのに、どうしても入れたいという母親の強い希望があって、頑張って高校から編入したのだ。
　今年は一応３年生。
　エスカレーター式だから大学に上がるだけだけど、やっぱり成績は維持しておかないといけない。
　下がりすぎると進学できないという。

昼食後、勉強するため、今日も中等部の隣にある古い木造建築の旧図書館へ向かった。
　中等部の子たちも出入り自由で、設備も整った高等部の新館の図書館を利用するため、ここはほとんど誰も来ない。
　勉強するには穴場のスポット。
　建物がかなり古くボロボロなので気味が悪いと敬遠されているけど、昭和レトロな雰囲気が気に入っている。
「やった。今日も誰もいない」
　この空間を独り占めした気分になれてうれしくなる。
「さてと」
　参考書を開き、次の数学の授業の予習をしておく。
　一番の苦手科目。
　数学の松田先生は突然指名するから油断できない。
　う〜ん、とうなりながら考えてると……、
　──ガタッ!!
　奥にある本棚から、物音が聞こえた。
「きゃ!　なに……?」
　図書館には誰もいなかったはず……。
　そんなに広くないから、人がいたことに気づかないことはない。
　まさか、ホントに"出た"?
　そーっと物音がした方へ近づいてみる……。
　誰かが壁に寄りかかり座って寝ている。
　ん?
　あれはもしかして……。

「えっ!?　黒崎くん??」
　びっくりして声を上げてしまったもんだから、その男子はふわぁっとあくびをしながらゆっくりと目を開けた。
　視線がこちらに向かう。
「………浅野？　今日も勉強？」
「黒崎くん、こんな所でなにやってんの!?」
「見ての通り。寝てた」
　ふわぁっともう一度あくび。
　涙が溜まった目に、かすれ気味の声がなんとも色気たっぷりだ。
「なにもこんな所で寝なくても……。もぅ、びっくりしたんだから」
　こっちはヒヤヒヤしたよと思いながらほっと息を吐きつつ、ドキドキして無防備な黒崎くんを見る。
「ここ静かだろ？　よく寝れんだよ」
　あぁ、なるほど……。
　女の子たちを避けるためにここにいたんだ。
「そっか。邪魔しちゃってゴメンね？」
　黒崎くんの気持ちを察し、ひとりにしてあげようと、もといた机に戻ろうとしたら「うーん」と伸びをしながら黒崎くんが立ち上がった。
「どうしたの？　休憩時間あるからまだ眠れるよ？」
「いや、もういい」
　そうか。
　人がいると思ったら安心して眠れないよね。

悪いことしちゃったなぁ。
「今日はなんの勉強してんだ？」
　そういえば、黒崎くんなんで私が勉強してたの知ってるんだろ……？
「えっと……数学だけど……」
　戸惑いながら答える。
「教えてやるよ」
　えぇっ!?
「いや、いいよいいよ!!　寝てるところを起こしちゃった上にそんな……!!」
「いいから。いつも席に座れないお詫び」
　……黒崎くん気にしてくれてたんだ……。
「ほら。早く座れって」
　ポンポンと隣の席をたたく。
　もうすでに隣に座っている黒崎くん。
「う……じゃあ遠慮なく……」
　断りきれず、大人しく教えてもらうことにした。

「で、ここに公式を使って……」
　し、集中できない……。
　ふたりきりの空間。
　肩が触れそうなほど身体を寄せ、黒崎くんの香りに包まれている。
　ただでさえ男の子に免疫がないのに、相手はあの黒崎くん。

緊張しすぎて頭に全然入らない……。
「おい、浅野！　聞いてんのか？」
　ヤバ……聞いてなかった。
　せっかくの黒崎くんの好意がムダになる。
　集中しないと！
　心の中で気合いを入れる。
「ゴメン……もう一回お願い？」
　相手は黒崎くんじゃない！
　お兄ちゃんだと思え！
　お兄ちゃんだ！
　お兄ちゃん作戦が効いたのかこの状況も気にならなくなり、今度はしっかり勉強に集中できた。
　黒崎くんの説明はすごくわかりやすい。
　一問一問丁寧に教えてくれて、的確なポイントをおさえている。
「スゴい！　簡単に解けちゃった！　松田先生より全然わかりやすいよ」
　こんなことならもっと早く教えてもらいたかったよ。
　「だろ？」と満足そうに笑う黒崎くん。
「浅野は飲み込み早ぇから、基本をおさえりゃすぐ理解できるよ」
　そうかな、と照れていると、
「ま、あとは真面目に授業を受けることだな。しょっちゅう寝てるだろ。後ろから丸見え」
　と、意地悪そうに笑いながら言う。

み、見られてるっ!!!!
「ちょっと!!　やめてよ!!　そんなとこ見ないでよ!!」
　ゆでダコのように真っ赤な顔をして怒る私に、黒崎くんは大爆笑している。
　話してみると、黒崎くんのイメージが変わった。
　クールで無愛想なんかじゃない、ちゃんとしゃべってくれるし会話も楽しい。
　それに、女子には冷たいことで有名な黒崎くんが勉強を教えてくれるなんて、実は優しいのかな。
　意外な一面にふれたからか、笑顔を向けられるとドキドキする。
　笑った顔なんて初めて見たから。

　勉強を終え、他愛もない話をしていると、あっという間に休憩時間の終わりを知らせる予鈴が鳴った。
「よし、じゃあ戻るか」
「うん、そだね。ありがとう。助かっちゃった」
「どーいたしまして。……浅野先に帰りな?　俺はあとから戻るから」
「え?　なんで?　どうせ同じ教室に帰るのに……」
　……あ、そうか。
　私なんかと一緒にいるところ、見られたくないか……。
　胸がちょっと痛い……。
「わかった。先に帰るね」
　参考書をしまい、黒崎くんを残して図書館を出た。

あれから黒崎くんは授業が始まる直前に戻ってきた。
「黒崎くんどこ行ってたの？」
　と、かわいらしくたずねる立花さんを無視し、席につく黒崎くんは、またいつもの仏頂面に戻っていた。
　さっきまで楽しく会話をしたばかりなのに話しかけられる雰囲気ではない。
　黙ったまま視線を前へと戻した。
　そのまま、お互い図書館の話題に触れることなく、放課後を迎えた。

第三章
帰り道

帰りの電車の中でひとり考えていた。
　黒崎くんに勉強を教えてもらったと言えば、学校中の話題になるだろう。
　でも、なんとなく秘密にしておきたい。
　……麻美にも。
　なんでこんな事思うんだろう……？

「ただいまー」
「おかえりー。卵買ってきてくれた？」
　パタパタとスリッパの音を鳴らして、お母さんが玄関まで出てきた。
「え？」
「えっ！　メッセージ見てないの!?」
　あわててスマホを開くと新着メッセージの通知が１件。
　気づかなかった……。
「今見ちゃった……」
　えへっと苦笑いするけど、
「まったくもー。お母さん手が離せないから今から行ってきてちょうだい」
　お母さんが許してくれるはずもなく……。
　あぁ……めんどくさい……。
　行きたくないオーラを出しても、
「行ってらっしゃい♪」
　ニッコリと有無を言わさない笑顔で玄関から出された。
　はぁ〜……。

さっさと行って、さっさと帰ろう……。
　せっかく帰ってきた道を、またスーパーに向かって歩き始めた。

　近所にある大型スーパーに到着。
　夕方ということもあって、１階の食品売場は主婦であふれている。
　卵１パックのために長蛇の列になっているレジに並ばないといけない。
　ガクッと肩を落とした。
　目当ての卵をカゴに入れ、よしっ！と気合いを入れて並び始めた時、
「……浅野？」
　と後ろから声がした。
　振り返ってみると、
「えぇ!?　黒崎くんっ!?」
　思いもしなかった人物の登場に声を上げてしまった。
「なにしてんの!?」
　とビックリしてたずねたら、
「買い物」
　見りゃわかんだろ、とカゴをひょいと上げて見せた。
「いや……まぁそうなんだけど……。なんでこんな所で？」
「兄貴のマンションがこの近くにあんだよ。夕食の買い出し頼まれてな」
　黒崎くんには大学生のお兄さんがいるらしく、この近所

のマンションでひとり暮らしをしているらしい。
　黒崎くんも時々来るという。
「浅野は？」
　当然のように黒崎くんは聞いてきた。
「うち、この近くなの」
　と答えると、
「は？　お前こんな所から通ってんの？」
　と驚きの表情を黒崎くんは見せ、
「だから毎日ギリギリの時間に登校すんのか」
　と呟いた。
　そんなところまで見られていたなんてっ!!
　思わず赤面しうつむいた。
　朝の電車、一本早くしようかな……。

　長蛇の列だと思っていたレジも黒崎くんといるとあっという間に順番がきた。
　会計をすませ、黒崎くんを振り返る。
　彼を待つべきだろうか……。
　図々しいかな……でも勝手に帰っちゃうのも失礼な感じがするし……。
　どうしようかとグルグル考えているうち、
「お待たせ」
　黒崎くんが会計をすませ、こちらに向かってきた。
　よかった……。
　勝手に帰らなくて……。

第三章　帰り道　31

　ふたりで並んで出口まで歩く。
　それだけでドキドキする。
　隣を歩く黒崎くんを見上げると、目が合った。
　ドキッと心臓が跳ねる。
「な、なに？」
　ドギマギしながら聞いた。
「いや、なんかちいせぇな、と思って」
　じーっとこちらを見る黒崎くん。
　あんまり見つめないでほしい……。
　顔がまた熱くなりそうだ。
　平静(へいせい)を装い、
「そぅ？　黒崎くんが大きいだけだよ」
　と笑って答えると、黒崎くんも「そうか」と笑った。

　スーパーからの帰り道、途中まで方向が同じということもあり、必然的に一緒に帰ることになった。
　最初は緊張していたけど、話すうち次第に慣れてきた。
　今の黒崎くんは、教室で見る不機嫌な感じじゃなく、図書館で会った時の彼だ。
　その事に安心する。
「黒崎くん、図書館からの帰りなにかあったの？」
　少し気になっていたことを聞いてみた。
「……なんで？」
　少し間を空けて黒崎くんが聞き返した。
「う〜ん、機嫌悪そうに見えたから。なんか話しかけづら

かったし」
　思ったままを伝えると、黒崎くんは、
「あぁ、ちょっと邪魔が入ってな」
　と少し面倒くさそうに言った。
　黒崎くんの言う『邪魔』とはきっと女の子のことだろう。
　噂によると、女の子からの告白はすべて容赦なく断るらしい。
　年上の彼女がいるとか、女嫌いとか、いろんな臆測が飛び交っている。
「ねぇ、黒崎くん。こうして私なんかと一緒に歩いていいの？」
　誰かに見られたら迷惑かけるも……と急に不安に感じた。
「今さら、なんだよそれ」
　笑いながら黒崎くんは言う。
「いや、だって黒崎くんのファン多いからさ……申し訳なく感じてきちゃって……」
　という私の言葉に、
「……浅野は俺といるの嫌なのか？」
　と真顔で聞き返された。
「そ、そんなことないよっ！」
　まさかそう聞かれるとは思ってなかったからあせって答えた。
「じゃ、いいじゃねーか。わざわざ嫌な奴と一緒に帰らねぇよ」

黒崎くんの言葉に胸がまたドキッと高鳴った。

「じゃあ、私こっちだから」
　バス通りを抜けたこの交差点で別れる。
「家まで送ろうか？」
　少し暗くなってきたせいか黒崎くんがついてこようとする。
「いいよいいよ！　ほんとすぐ近くだから！　お兄さんに早くご飯持って帰ってあげて？」
「そうか……？　じゃあ気をつけろよ」
「うん、ありがとう。今日はほんと、黒崎くんとは偶然ばっかりだったね」
「そうだな」
　ふたりで笑いながら「また明日」と言い合って別れた。

第四章
縮まる距離

次の日から電車を一本早くしようと心に誓ったにもかかわらず、早速起きれなかった……。
　しかも寝坊ときたもんだ。
　な、情けない……。
　どうせ今から走っても電車には間に合わない。
　遅刻決定かぁ……。
　はぁ〜とため息をついたその時、
「モカ、送ってやろうか？」
　授業が休講になったという大学３年生の兄が声をかけてきた。
「いいの!?」
　お兄ちゃんはバイクを持っている。
　送ってもらえたら間に合うかもしれない。
「あぁ、かわいい妹のためだ!!」
　ガバッと抱きつかれる。
「ははっ……ありがと……」
　身内が言うのもなんだが、お兄ちゃんはいわゆるイケメンという部類だ。
　両親のいいところは私にではなく、残らず全部お兄ちゃんに持っていかれたのかもしれない。
　彼女を取っ替え引っ替えする最低ヤロウだけど妹の私には甘々だ。
　そんなシスコン兄の過剰なスキンシップにひきつりながらお礼を言った。

第四章　縮まる距離 >> 37

　街中をバイクで器用に走るお兄ちゃんの背中にしがみついていると、あっという間に学校に着いた。
「モカ、着いたぞ」
　エンジンを停め、ヘルメットを脱いだお兄ちゃんにポンポンと肩をたたかれた。
「え？　もう着いたの？」
　ヘルメットを脱ぎお兄ちゃんに渡して、バイクから降りた。
「ありがとっ！　お兄ちゃん！」
　ニッコリ笑って感謝したのが間違いだった。
　──ガバッ!!
　目をうるうるとさせたお兄ちゃんが抱きついてきた。
「かわいいなぁ、モカ！」
「ちょっ……！　やめてよ……!!」
　外、しかも校門の前で抱きつくなんて信じられない!!
　遅刻ギリギリの時間で、幸いほとんど人がいなかったのが救いだ。
　ベリベリとお兄ちゃんをはがして、急いで下駄箱に向かった。

　チャイムが鳴り終わると同時に教室に入ったから、ほとんどの人がもう席に着いている。
　さすがに今は、黒崎くんの席に誰も群がっていない。
　息を切らしながら席に向かう途中、麻美と目が合った。
　苦笑しながら口元だけ『おはよ』と動かしてあいさつを

交わす。
　席に着いてカバンをしまうと、
「おはよ」
　この席になって初めて黒崎くんがあいさつをしてくれた。
「おはよう。寝坊しちゃった」
　小声で黒崎くんにささやくと、フッと黒崎くんが笑った。
「だろうな。はねてる」
　肩まである髪の毛の先を黒崎くんの手が触れる。
　寝ぐせよりも黒崎くんに髪を触られていることに恥ずかしくなり、髪をバッと押さえて離れた。
　まるで髪の毛に神経があるみたいに、身体に電流が走ったようだった。
　朝のHR(ホームルーム)もうわの空。
　先生の声が耳に入らない。
　昨日から黒崎くんにドキドキさせられっぱなしだ。

「いーずみっチャン♪」
　授業の合間の休憩時間、裕太くんが黒崎くんの所へ来た。
「名前で呼ぶんじゃねぇよ」
　黒崎くんが不機嫌に言い放つ。
「なんだよ？　昔は呼ばせてくれたじゃねぇか」
「いつの話だ」
　黒崎くんが名前を呼ばれる事を嫌うのは有名な話。
　理由は、女の子みたいだから、らしい。

第四章 縮まる距離 >> 39

「なぁ、和泉」
　黒崎くんが嫌がっても裕太くんは名前で呼ぶことをやめない。
　まぁ、黒崎くんも半分諦(あきら)めかけてると思うけど。
「お前、昨日デートしてたってマジ？」
　クラス中がピタッと静まり、一瞬でしんっとなった。
「……は？」
「いやさ、他校のサッカー部の奴がさ、夕方お前が女の子とふたりで仲睦(なかむつ)まじく歩いてたって」
　ビクッと身体が揺れた。
　それって、もしかして私のことじゃ……!!
　ご、誤解よ！と大きな声で言いたかったが、まさか名乗り出るわけにいかない。
　皆が返事を待っている。
「……あぁ、あれ見られてたのか」
　黒崎くんが呟く。
「お前マジかよ!!　和泉が女とふたりで歩くわけねぇって否定しといたけどマジだったのかよ!!」
　興味津々(しんしん)に相手は誰だと聞き出そうとする裕太くんを「うるせぇな」と振り払いながら、黒崎くんは教室から出て行った。
　黒崎くんが出ていったあと、クラスではどよめきと悲鳴があがっていた。
　黒崎くん、ちゃんと否定しとこうよ!!
　あの言い方だとすべて肯定(こうてい)したみたいに聞こえる。

黒崎くんのことだ。
　おそらく否定するのも面倒だったのだろう。
　バレたら大変なことになってしまう……!!

　黒崎くんの噂はすぐに校内に広まった。
　4限目の体育の時間、女子更衣室はさっきの黒崎くんの話題で持ちきり。
　誰だ誰だと皆騒いでいる。
「あいつにも彼女のひとりやふたりいてもおかしくないでしょ」
　ねぇ？と麻美が言う。
「……だよね」
　どうしよ……麻美に相談してみようか……。

　まだ麻美にも言えないまま、お昼休みを迎えた。
　お弁当を食べ終わり、いつも通り迎えに来た慎くんと少し話して、ふたりと別れた。
　言うタイミングが見つからない……。
　ま、考えてもしょうがないや。
　そのうちみんな忘れるでしょ、と無理やり楽観的に考えることにした。
　気持ちを切り替え、さ、勉強勉強。
　今日も図書館へと向かう。

　図書館へ入ると先客がいた。

「よお」
「……黒崎くん!?　今日も来てたんだ」
　黒崎くんが手招きしている。
「今日は寝てないの？」
　笑いながら言うと、
「毎日寝てるわけじゃねぇよ」
　黒崎くんも笑って否定した。
「今日はなんの勉強？」
「英語だけど……」
　答えながら黒崎くんの向かいに座った。
「一緒にやるか？　その方が早く終わるだろ」
「……え？」
　また教えてくれるんだろうか？
　確かに、黒崎くんの説明はわかりやすいからひとりでやるよりも効率がいい。
「いいの!?」
　期待に満ちた目で見てると「あぁ」と笑いながら私の隣に座り直し、ポンと頭をなでられた。
　他の女子にはいつも冷たいのに、そんな笑顔見せるなんて反則だよ……。
　その笑顔と行動に照れていると、
「よし、やるか」
　と参考書を開き始めた。
　勉強は順調に進む。
「黒崎くんってなんでもできるんだね。できないことって

ないの？」
　スポーツも万能、勉強もできるなんてパーフェクトじゃないか。
　感心していると、
「あるに決まってんだろ」
　と笑いながら返ってきた。
「なになに!?」
　完璧男の弱点を知りたい!!
　興味津々に聞くと、
「秘密」
　口角を上げ、意地悪そうな笑みを浮かべる黒崎くん。
　そんな姿もカッコいい……。
「お前は？　なんか得意なことあんの？」
　なっ……！　失礼な！
「まるで私がなにもできない子みたいじゃない！」
　……まぁ、それに近いものはあるけど。
「こう見えても料理だけは上手なんだよ!!」
　ちょっとムキになって言う。
　地味だがこれでも家庭科部の部長だ。
「マジ？　俺、料理は全然しねぇな」
「あ、できないことひとつ発見！」
　得意気に笑いながら言ってみた。
「お前ホントにできんのかよ。じゃあ今度なんか食わせてよ」
　と、ニヤッと笑いながら黒崎くんが言った。

信じてないな……。
　少し意地になり、
「いいよ！　作るよ！」
　と言ってみたものの、どこで？
　ま、黒崎くんも本気じゃないだろう。
　会話の流れで言ったんだ。
　と、思っていたら、
「じゃあ今度の日曜日、俺んち来い」
　はいぃぃーーっ!?!?
　本気!?!?
　黒崎くん……有言実行タイプ!?

第五章
ドキドキの週末

今日は土曜日。
授業は午前中までで終わり、今はHR中。
あれからすぐ日は経ち、あっという間に週末を迎えてしまった。
どうしよう……黒崎くん明日のこと本気なのかな……。
グルグル悩んでいると。
——トントン……。
後ろの黒崎くんから肩をたたかれ、紙を渡された。
開いてみると。
『昼、図書館で』
そうひと言書かれていた。

あの日から毎日図書館で顔を会わせていた。
一緒に勉強したり、朝練で疲れている時は黒崎くんひとりで寝ていたり。
図書館がふたりの秘密の場所になっている。
今日こそ麻美に相談してみようか……。
まだ麻美には言えないでいる。
相変わらず黒崎くんの彼女騒動が続いているので言い出しにくい。
HRが終わると麻美がやって来た。
黒崎くんはもう教室を出ている。
「今日部活休みなんだ♪　モカ、一緒に買い物行かない？」
ドキッとしながら、
「ご、ごめん、ちょっと先生に呼ばれてて……」

「そっかぁ、……じゃあ慎と帰るか」
　しょうがない、と麻美は呟いてじゃあねと帰っていった。
「うん、バイバイ……」
　麻美にウソついちゃった……。

　図書館に着くと、黒崎くんが座って待っていた。
「よぉ」
　いつものあいさつ。
　黒崎くんに近寄り、
「ねぇ、明日って本気なの？」
　と不安げに聞いてみた。
「……なに？　嫌になった？」
　声が少しだけ硬くなっている。
「いやっ……そうじゃなくてっ……冗談かな、と思って」
「うまいもん食わせてくれんだろ？」
　黒崎くんはフッと笑った。
　……はぁ。
　やっぱり本気なんだ……。
　あんなこと言うんじゃなかった……。
「駅に着いたら電話して。迎えに行くから」
　最寄り駅を教えてくれ、はい、とスマホを出されて連絡先交換をした。
　誰もが欲しがる黒崎くんの連絡先。
　簡単にゲットしちゃったよ……。
「じゃあ俺、これから部活あるから」

明日必ず来いよ、と念押ししながら黒崎くんは出ていった。
　ど、どうしよ……!!

　帰りの電車で悶々と考えていた。
　まさか本当にこんなことになるなんて!!
　ドタキャンしたらダメだろうか……。
　……ていうか、おうちの人は!?
　知らない女の子が勝手にキッチン使って料理するなんていくらなんでもマズイでしょ!!
　いったいどうしたらいいのぉ!!??

　夕食を終え、部屋でひとりスマホとにらめっこ。
　やっぱり、断ろう……。
　男の子の家にひとりで遊びに行くなんてできない……。
　今日交換したばかりの番号を表示させ、勇気を出して電話をかける。
　2コールして黒崎くんは出た。
『……もしもし?』
「あ……、浅野です」
『うん、どした?』
　思わず胸が高鳴る。
　電話を通して聞く声も色気たっぷりだ。
「あの……実は明日のことなんだけど……」
　急用ができたことにしようかと思ったけど正直に話し

た。
　男の子の家に遊びに行くのが初めてなこと。
　ご家族の前で料理なんてできないこと。
　だから明日はやめたい、と。
「料理はまた部活で作った時にあげるから、ね？　明日はやっぱりやめよ……？」
『………………却下』
　えぇっ!!
　そんなっ!!
「ちょっと黒崎くん……！」
『大丈夫だって、まずくてもちゃんと食ってやるよ』
　そっちの心配してるんじゃないんだってば！
『それに、両親は今、出張中でいないから』
　はいぃっ!?
　じゃあ、ふたりっきりってこと!?
　それはそれでまずいよっ!!
　精一杯の抵抗をしたけれど、結局黒崎くんに押しきられ、予定通り行くことになった。

　眠れない夜を過ごし、気づけばもう朝。
　洗面所で、はぁ、とため息をついた。
「おはようモカ♪　休みなのに今日は早いな」
　もうすでに着替えて髪をセットしにきたお兄ちゃん。
　おそらくデートだろう。
「うん、ちょっと友達の家に遊びに……」

……男の子だけど。
「そっか、楽しんでこいよ♪」
　うん、と答え洗面所から出た。

　約束の時間は10時。
　大体30分位で駅に着くと思う。
　そろそろ出ようか……。
　花柄のスカートに淡いピンクのインナー、薄手の白いカーデを羽織ってバッグを持つ。
　料理をするので、髪はおだんごにしてまとめた。
　この格好変じゃないよね!?
　鏡で全身を見てチェック。
　よしっ！
「行ってきまーす！」
　リビングにいるお母さんに声をかけ、家を出た。

　駅に着き改札を出ると、黒崎くんはもう来ていた。
　ロータリーにある噴水の前で私を待っているのが見える。
　Tシャツにジーンズというシンプルな格好だけど、まるでなにかの撮影かと思うくらい様になっている。
　道行く人も振り返るくらい、私服姿の黒崎くんはカッコいい。
　なんか行きづらいんですけど……。
　しばらく『どうしようか』とためらっていたけど、行く

しかない。
　勇気を出して、近づいた。
「おはよ、黒崎くん。お待たせ」
　黒崎くんが顔を上げ、一瞬怪訝な表情をした。
「……浅野？」
「え？　……うん、なに？」
　なんでそんな顔するの？
「一瞬誰かわかんなかった。私服だと雰囲気違うな」
　ほめ言葉かどうかもわからなかったけど、なんだか照れてしまった。
「よし、行くか」
　黒崎くんが隣に並んで歩き始めた。
　周りの視線を感じる……。
　こんなカッコいい男の子が連れてるのが私だなんて……皆おかしく思ってるんだろうな……。
　はぁ、なんだか恥ずかしい。

「まずは買い出しだな」
　と、近所のスーパーに入った。
　いつも利用するスーパーらしい。
　カゴを持った黒崎くんが、
「なに作ってくれんの？」
　と期待を込めた声で言う。
「ふふ、秘密」
　いつかの黒崎くんのように意地悪そうに笑ってみせた。

「マトモなもん作れよ」
　黒崎くんも笑いながら応えた。
　買い物も順調に終わりレジに並ぶ。
　俺が食うんだから当然だろ、と黒崎くんが全部会計をすませた。
　その中には私が食べたくてカゴに入れたお菓子とかアイスとかいろいろあったけど、気にすんな、と全部買ってくれた。
「帰るか」
　袋を持ってくれた黒崎くんについて歩く。
「ねぇ、ご両親とも出張ってことは家には黒崎くんひとりってこと？」
　確認のため聞いてみた。
「あぁ。兄貴はめったに帰ってこねぇし」
　……やっぱりふたりっきりか……。
　黒崎くんはごく普通に答えている。
　気にしてるのは私だけみたい……。
　意識しすぎなのかな……。
「ここ、俺んち」
　指差したのはどこかの外国にありそうな立派な洋館。
「えぇっ‼　ここ!?」
　お、大きい……。
　気後れしている私に、
「早く来いよ」
　と言った黒崎くんは、さくさく玄関へと歩いていく。

第五章　ドキドキの週末 ≫ 53

「待ってよ！」
　あわてて追いかける。
　まさかこんなオチが待っていたとは……。
　さすが黒崎くん……。
　玄関に入ると、黒崎くんがスリッパを出してくれた。
「広い玄関……」
　家族の靴ですぐ埋まっちゃう、うちの玄関とは大違い。
　天井も高く、大理石の床がピカピカ輝いている。
「黒崎くん、こんな大きなおうちに入るの私初めてだよ！」
　興奮している私に、
「いいから早く入れって」
　と呆れ気味に黒崎くんは言う。
　リビングに通された。
　ここも広くて素敵……。
　いちいち感動していると、
「適当に座って」
　黒崎くんが飲み物を用意してくれている。
　ソファーの端にちょこんと座る。
　お、落ち着かない……。
　まさかこんな家だとは……。
　やっぱり断ればよかったぁー!!
　私の超庶民的な料理なんて黒崎くんの口に合うはずがないよ……。
　しょぼんとしていると、ジュースを持った黒崎くんが隣に座った。

「どした？　興奮したと思ったら急に沈んだり」
　黒崎くんが笑う。
「黒崎くん!!　やっぱりこんな立派なおうちで料理なんてできないよ」
　必死で訴えてみるけど、
「却下」
　意地悪く笑いながら、容赦ないひと言を放った。
　高校生の料理なんてたかが知れてるのに、そんなにムキにならなくても……。
　確かに得意とは言ったけど、すごいものを期待されても困る……。
　一度決めたら譲らない黒崎くんにため息をつき、覚悟を決めた。
　もうどうにでもなれ……。

　キッチンを借り、持参したエプロンを着ける。
　すごい……キッチンもピカピカ。
　……ていうか使ってる形跡がない。
「黒崎くん、キッチン全然使ってないでしょ」
「だって俺作れねぇもん」
　そうだった。
　料理しないって言ってたっけ。
「じゃあ普段ご飯はどうしてるの？」
　気になって聞いてみた。
「コンビニとかレトルトがほとんどだな。学校では購買の

パン買うし」
「えぇ!! 身体に悪いよ!!」
　意外な食生活にビックリした。
　お手伝いさんとかいないんだ……。
「じゃあ毎日作りに来てくれんの？」
　ニヤッと笑う黒崎くん。
「いやいや……」
　それはさすがにムリだよ……。
　目線をそらせた。
「じゃあさ、昼弁当作ってきてよ」
　図書館で食うから、と平然と言う。
　自分でお弁当作ってるからできなくはないけど……。
「えぇ……やだよ……」
　そう答えると、
「ふーん、この俺があれだけ勉強教えてやってんのに？いっさい報酬(ほうしゅう)なし？　そんなこと言うんだ、浅野サン」
　ひ、卑怯者(ひきょうもの)〜っ!!
「うぅ……わかったよ……。作ればいいんでしょ……」
　そこまで言われちゃ断れないじゃん……。
　毎日はムリだからね、と付け足す。
「マジ!?　……ありがとな」
　さっきの意地悪じゃない、優しい笑顔でお礼を言われる。
　───うわぁ……急にそんな笑顔見せられたら照れちゃうよ。
　お弁当ひとつでそんなに喜んでくれるなら、作ってあげ

るのもいいかも、と思い始めた私がいる。
　お昼ご飯のメニューは、デミグラスソースのオムライスとサラダ。
　半熟に仕上げた卵がポイントだ。
　家族からも大絶賛だったからきっと大丈夫なはず……。
　お皿に盛りつけ、黒崎くんが待つテーブルへ運んだ。
　料理をしている間ずっと、黒崎くんの視線を感じた。
　そんなに疑ってたんだろうか……。
　コトッとテーブルに置く。
「お口に合うかどうか……」
　オムライスを凝視したあと、私をじっと見つめる。
「浅野すげぇな！」
　とほめながら、黒崎くんはいただきます、と口に運んだ。
　緊張の瞬間だ——。
　どう？　どう？と、感想を待ちきれない私に、
「………ちょーうめぇ」
　ニカッと笑い、頭をなでてくれた。
　その後もパクパク食べてくれる。
「やったーっ！　だから言ったでしょ〜料理は得意なんだから！」
　得意気に言う私に、はいはい、と優しく笑う黒崎くん。
　オムライスは見事完食だった。

　ご飯の後はふたりで一緒に片づけて、テレビを観ながらのんびりしていた。

役目も終えたし、そろそろ帰ろうかな……。
　そう思って黒崎くんを見ると目が合った。
「……勉強でもするか？」
　時計を見るとまだ13時。
　時間もたっぷりあるし、そうしようかな……。
「うん、黒崎くんはいいの？」
「あぁ、昼ご飯のお礼」
　じゃあ上がるか、とテレビを消しリビングを出た。
　勉強は黒崎くんの部屋でするらしい。
　黒崎くんの部屋は想像通り、シンプルで落ち着いている。
　ごちゃごちゃと物があふれている私の部屋とは比べものにならない。
「きれいに片づけてるんだね」
　私も帰ったら片づけようかな……。
「いや、いつもはもっときたねぇよ。特に裕太が来た時はヒドい」
　苦笑しながら言う。
　裕太くんで思い出した。
「そういえば大丈夫なの？　私と歩いてるところ見られたって……。黒崎くんちゃんと否定しないから皆、彼女じゃないかって躍起になってるよ」
「あぁ、そんなこともあったな……」
　全然気にしてない様子。
「もう、バレたら大変だよ〜。私だって気づかれなくてよかったよ……」

ホッとしながら言うと、
「……なんで？」
　と真顔で返された。
「なんで、って……。彼女でもないのに……。皆から怒られちゃうよ」
　苦笑して言うと、
「……じゃあ、ホントになる？」
　噂どおり、と黒崎くんは呟いて不敵に笑う。
　——え？
　思わず固まってしまった私を見て、黒崎くんはぶはっと吹き出した。
「冗談だよ。さ、勉強勉強」
　そして、何事もなかったように始めた。
　もう!?　ビックリさせないでよ！

　勉強は私が苦手な数学を中心にすることになった。
　黒崎くんは結構スパルタだから、ちゃんと理解しないとにらまれてしまう。
「ほら、次これやってみ」
　問題集から数問ピックアップされる。
　勉強開始から約１時間、休憩なしでぶっ通し……。
　さすがに疲れたよぉー。
　昨日からあまり寝てないうえ、緊張が続いていた体が限界を迎えてる。
　眠気が襲い、コクリコクリと首が揺れる。

「……おい、浅野？」
　と呼びかける黒崎くんの言葉を遠くに聞きながら、ついにブラックアウトしてしまった。

「う……ん……」
　少し息苦しい……。
　クルンと寝返りをうつ。
　身体になにか巻きついてる感じがする……。
　重たいまぶたを上げると、飛び込んできたのは黒崎くんのドアップの寝顔。
「な……に……？」
　首の下と背中にまわる引き締まった腕……。
「え……え……」
　……この状態はもしや……抱きしめられて……。
　頭がどんどん覚醒(かくせい)していく。
「……キャアァァーっ!!!!」
　私の叫び声にガバッと飛び起きた黒崎くん。
「なに!?」
　『なに!?』じゃないよ!!
　心臓バクバクで顔を真っ赤にさせ、
「な……なんで……一緒に寝て……」
　黒崎くんに問うと、
「……あぁ、お前の寝顔見てたら俺も眠くなった」
　ふわぁっとあくびしながらわりぃわりぃ、と全然心の込もってない謝罪が返ってきた。

「だ、だからって普通一緒に寝ないよっ!!　信じらんないっ!!」
　バシッと枕を投げつけた。
「ってぇ!」
　見事ヒットし、黒崎くんは後ろに倒れた。

第六章
止まらない思い

【和泉side】

　週末、浅野とふたりきりで過ごした俺は心が満たされていくのを実感した。
　もう止められない——。
　まさか自分が、と初めて感じる気持ちにひとり笑った。

　今年の春、高校３年生になり、新しい教室へと入った瞬間に見つけた。
　——あ、あの子だ……。
　周りの女子が騒がしかったが、それを無視してあの子を見つめていた。
　そう、同じクラスになる前から浅野の存在は知っていた。
　中等部にある旧図書館。
　まとわりついてくる女子から逃れるため、毎日のように昼はそこで寝て過ごしていた。
　先生も図書委員もめったに来ない隠れ家的スポット。
　彼女もここの常連だったのだ。

　ある日、いつものように本棚に背を預け寝ていた。
　——ガラガラ……。
　扉が開いたと同時に目を開ける。
　この場所もバレたのか……？
　息を潜めて様子をうかがう。
　入り口からはちょうど死角になっているため、向こうからこちらは見えない。

第六章　止まらない思い ≫ 63

　ひとりの女子がキョロキョロと室内を見渡しているのがわかる。
「わぁ〜誰もいなぁい♪」
　その子はうれしそうに呟き、一番窓際の陽当たりがいい席に着いて勉強を始めた。
　なんだ……ただの利用者か……。
　そう安心して再び眠りについた。

　その日から度々その子は現れるようになり、勉強や読書、時には机に突っ伏して寝てたりと、いつの間にか彼女にとっても秘密の場所となっていた。
　ま、俺の存在はバレてないようだし別にいいか……。
　お気に入りの場所を取られた気分もしたが、俺のモンでもないし……。
　バレるまではこの空間を共有しよう。
　彼女は共有していることにさえ気づいてないけど。
　そんなふうに、一方的に存在を認識しているだけの関係だったから、今年の春、彼女と同じクラスになった時は驚いた。
　同じ学年だったのか……。
　少し幼い容姿をしているからてっきり後輩だと思い込んでいた。
　──浅野モカ。
　出席番号１番で名前を呼ばれ、かわいらしい声で返事をした彼女。

浅野モカ……。
　その名前をもう一度頭で繰り返す。
　クラスの中で誰よりも先に彼女の名前を覚えた。
　最近気づいたことがある。
　彼女はとても表情豊かだ。
　教室では落ち着いており、大人しいイメージしかないが、ここでは違う。
　勉強中は難しい顔でうなり、読書中はその内容が表情で読み取れるほど、笑顔があふれたり泣きそうになったり。
　話しかけたら、どんなふうに返してくれるんだろう。
　彼女の視界に俺が入ることはあるんだろうか。
　いつしか、昼寝よりもクルクルと百面相する彼女を見つめる時間の方が長くなっていった。

　新しいクラスになってから２ヶ月が過ぎた頃、席替えをすることになった。
　ひとりずつクジを引いて決める方式。
　俺の番になり、クジを引く。
　窓際の一番後ろ。
　その列だけひとり多いので、右隣には誰も来ないようになる。
「黒崎くんの前の席誰!?」
「変わって!!」
　と女子が騒ぎ出す。
　……あほらしい。

第六章　止まらない思い ≫ 65

「あ！　浅野さんが黒崎くんの前だ！」
　ひとりの派手めな女子が騒ぐ。
　……浅野が前？
　なぜか少しうれしさを感じた。
　声がした方を見ると、その女子に「変わって変わって」と迫られている浅野がいた。
「え？　うん、いいよ」
　あっさり譲ろうとする浅野。
　ちょっ……！
　マジかよっ!!
　ひとりあせっていると、
「コラァそこ！　クジで決めたんだから変更なしだ！」
　と担任の救いの声がかかる。
　はあぁ……。
　誰にも気づかれないよう、安堵の息を吐いた。

　皆、いっせいに席を移動し始める。ガヤガヤと騒がしい。
　俺はさっさと新しい席に移動して、浅野が来るのを待っていた。
　なにか話しかけてみようか……。
　他の女子には決して持たない気持ちが起こる。
　少しだけ、緊張する。
「いーずみ♪」
　……あぁ、もう。
　うるせぇのが来た。

「なんだよ裕太、名前で呼ぶなっつってんだろ」
　眉を寄せ不機嫌さを最大限に表して裕太を見た。
　裕太とは幼い頃からの腐れ縁。
　くだらない事ばっか言ってる調子のいい奴だが、俺の事を一番よく知ってる。
「いやー、席離ればなれになっちゃったな！　ま、遊びにきてやるから安心しろ」
　ケラケラ笑いながら言う。
「来んな」
　こいつが来ると、余計な女子までおまけに付いてくる。
　ほら、こうしてる間にも……。
「黒崎くん♪」
　名前も知らない女子達が寄ってくる。
　……あぁ、うるせぇ……。
「裕太と話してたんだけど、今日みんなで一緒にカラオケ行かない？」
　……行きたくねぇ……。
「いや」
　うんざりした表情で答える。
「和泉行かねぇなら俺もパス♪」
　裕太が調子よく言った。
　……はなから行く気ねぇくせに。
　裕太は誰とでも仲良くするように見せかけ、嫌いな奴にはわからないように距離を置く奴だ。
　俺を理由にして、こうしてなにかと誘いを断っている。

第六章　止まらない思い ≫ 67

　俺よりたちが悪いかもしれない。
　チラッと裕太を見ると、ニヤッと笑みを返された。
　えぇ!?と女子達が裕太に詰め寄る。
　まあまあ落ち着いて、とヘラヘラ笑いながら裕太がなだめていた。
　……ったくこいつは……。
　周りがギャーギャーと騒ぐ中で、浅野がこちらに荷物を持ってやってきた。
　と思ったら、クルッと向きを変えて引き返した。
　……なんだ？
　彼女は今、友達らしい木下麻美のところでなにやら話している。
　木下は中等部の頃から何度か同じクラスになったことがある。
　気の強い女だがサバサバした性格でもあって、まともに話すことができる数少ない女子だ。
　木下がこちらを見て呆れた表情をしている。
　あぁ……なるほど。
　俺の席に群がるコイツらのせいで席に着けないみたいだ。
　はぁぁ……。
　ため息をつく。
「お前らうるせぇ。帰れ」
　いらつく声で言い放つ。
　なぜか教室もしんっと静まりかえった。

顔を蒼白にした女子達は、ぶーぶーと文句をたれる裕太と一緒に、大人しく自分達の席へと帰っていった。

　再び教室がにぎわいを取り戻し始めると、ようやく浅野がやってきた。
　……こちらを全然見ない。
　まぁ、話したこともないから当然だけど。
　前の席に座った浅野の後ろ姿を見る。
　まっすぐで艶やかな黒髪。
　そこからのぞくうなじは透き通る様に白くキメ細かい。
　……目が離せない。
　触れたい。
　思わず手が伸びそうになる。
　すると、突然、浅野がこちらに振り返った。
　ハッとする。
　――俺、今なに考えた!?
　浅野がこちらを見ている。
　な、なんだ？
　先ほどの自分の思考もあってか、心臓がドキリとする。
「……呼ばれてるよ？」
　浅野が怪訝な表情で見る。
　前を見ると、クラス中が俺を見ていた。
「おい。黒崎??」
　担任が呼んでいる。
「あ……あぁ……」

第六章　止まらない思い　》》69

　動揺しながら担任のもとへ行った。

　それから浅野とは特に接点もない。
　朝も俺の席に群がる女子を見て、うんざりと言った感じですぐ木下の所へ行く。
　放課後もさっさと帰っている。
　家庭科部らしいが、活動は週１回しかない。
　相変わらずいつもの図書館で見るだけだった。

　今日、初めて浅野と会話した。
　想像通り、素直で飾らない感じの子だった。

　浅野はまだ図書館に来ていない。
　しばらく待っていたが、久々にキツかった朝練の反動か、眠気が襲ってきた。
「……黒崎くん」
　遠くの方で名前を呼ぶ声がした。
　目を覚ますと、目の前に浅野がいた。
　驚きと同時に覚醒しつつある頭で考える。
　……ついにバレてしまった。
　動揺を隠しながら、浅野に話しかけた。
　最初こそ驚きを見せていた浅野だったが、次第に何事もなかったかのように勉強を始めようとする。
　……もっと一緒にいたい。
　浅野が近くにいると、自分でもわからない感情が芽生え

る。
　彼女の側にいたくなる。
　なにかと理由をつけて、一緒に勉強することにした。

　浅野が図書館での出来事を言いふらすことはなかった。
　バレたら図書館にはもう行かないつもりだったが、あの日から相変わらず毎日通っている。
　ただひとつ変わったのは、もう本棚に隠れながら寝なくなったこと。
　浅野がいつも座る隣の席で堂々と待っている。
　スーパーで偶然会い、一緒に帰ったことで、ふたりの距離がずいぶん縮まったように思う。
　あれから毎日昼の休憩時間は浅野と一緒に過ごしている。
　裕太にも言ってない。
　言いたくなかった。
　浅野の隣は居心地が良い。
　他の女子のような媚びた笑顔や作った声、アホみたいなしゃべり方などしない。
　素直で自然体、コロコロ変わる表情は見ていて飽きない。
　柔らかい笑顔には見とれてしまう。
　彼女のことをもっと知りたい……。
　会話の流れを利用して、嫌がる彼女を強引に家に誘った。

　日曜日、ふたりで過ごす時間はやっぱり楽しい。

第六章　止まらない思い　>> 71

　浅野の手料理もマジで絶品だった。
　当初の目的を果たし、帰りたそうにしていた浅野だったけど、まだ帰したくなくて勉強しようと誘った。
　誰かに勉強を教えるなんて、今まであり得なかったことだ。
　浅野じゃなきゃ、こんな気持ちは起こらない。
　最初は真面目に勉強していたけど、だんだん浅野の様子がおかしくなった。
　問題を解く手が一向に進まない。
　考え込んでんのか？
「……浅野？」
　呼びかけても反応なし。
　次第に首がガクッと揺れ、スーッと寝息が聞こえてきた。
　どうしたものか……。
「普通この状態で寝るか……？」
　一応これでも男の部屋でふたりきり。
　……まったく意識されてないってことか？
　はぁ、とため息をつき、机に突っ伏した状態だとツラいだろうとベッドに運ぶことにした。
　ひざの下に手を入れ、よいしょ、と抱える。
「……軽っ」
　その柔らかな重さにドギマギしつつ、ソーっとベッドに降ろした。
　幸せそうなあどけない表情で眠る浅野に苦笑していると、ゴロンと寝返りを打ち、こちらに向いた。

いつもは後ろから見ているだけだったきれいな黒髪とうなじが目の前にある。
　　起こさないよう、そっとなでた。
　　浅野がくすぐったそうに、身体をよじる。
　　視線を下ろすと、スカートからのぞく白い脚……。
「…………やべぇ。止まんね」
　　ベッドに上がり、無防備に眠る浅野の身体を抱き寄せた。
　───完全にハマった。
　　本当は最初から気づいていたけど、気づかないフリをしていたのかもしれない。
　　ヤバいくらい惚れてる。
　　あの日、顔を真っ赤にして怒る浅野を駅まで送りながら、何度も謝った。
　　ホントは悪いとはちっとも思ってなかったけど。

　　翌日の学校。
　　体育が終わり、更衣室で着替える。
　　もう昼だ。
　　約束した弁当は作って来てくれてるだろうか。
　　早く図書館に向かいたくて急いでいると、隣の集団の会話が耳に入った。
「やっぱ立花だなー俺」
　　確かに、とうなずく声。
　　よくある『クラスの女子で誰がいいか？』というやつだ。
　　いっさい興味がない。

さっさと片づけようとしたその時、
「浅野よくね？　なんか守ってやりたくなるっつうか」
「わかるわかる！」
　……一瞬動きが止まった。
「でもあいつ彼氏いるって。こないだ彼氏のバイクで登校してるの見たぜ俺。校門の前で抱き合ったりして」
　なんだ彼氏持ちか、とあっさり会話は終わり、彼らは次の候補を挙げていた。
　………なんだと？
　心の中にドス黒い感情が流れるのがわかる。
　……彼氏？
　浅野がすでに他の男のモノだと考えるだけで、頭がおかしくなりそうになる。
　誰だそいつ……。
　本人から彼氏がいるなんてひと言も聞いてない。
　きっとなにかの間違いだ。
　心が嫉妬で埋め尽くされる。
　――浅野は誰にも渡さない。

第七章

気づいた気持ち

【モカside】
「はあぁぁぁっ!?!?」
「ちょっ……！　シーッ！　シーッ！」
　あわてて麻美の口を押さえた。
　お昼休み中、お弁当を食べながら、ついに麻美にすべてを話した。
「ちょっとアンタ!!　いつの間にそんなことになってんのよ!!」
「いや、私もよくわかんないうちに……」
　流れで……とあいまいに答えた。
　自分でもまさかこの短期間で黒崎くんとこんなに接近するとは思ってなかった。
「まさかあの黒崎がねぇ……」
　私といる時の黒崎くんの行動に麻美は信じられない様子だった。
「……モカ、気をつけなよ」
　真剣な表情で麻美は言う。
「え？　なにに？」
「もう！　バカね！　黒崎っていったら、全校生徒……いや、この辺りの女子達にとって憧れの存在よ!!　そんな人と毎日密会して、しかもお弁当を作ってあげるだなんて、知られたらタダじゃすまないわよっ!!」
　鼻息を荒くして忠告する麻美。
「み、密会ってそんな……！」
「……しかも？　一緒に寝たって？」

じとーっと麻美がこちらを見る。
「……っ!!　い、一緒に寝たって言わないでよっ!!　寝てたらっ……隣にいただけでっ……」
「へー。いただけなのに抱きしめられたと？」
「うっ……そ、それは……。た、たまたま抱き枕と間違えたんだよっ!!」
「……それを世間では一緒に寝たって言うのよっ!!」
　ひいぃぃぃっ!!
　こ、こわいっ!!
「は、はい……」
「まったくアンタって子は……」
　麻美のお説教は続いた。
「ほ、ほら！　麻美！　慎くん来たよっ！」
「やっほ〜♪」
　この時ほど慎くんの登場がうれしかったことはない。
　そそくさとお弁当を片づけ、立ち去る準備をする。
「あ！　コラッ！　まだ話は終わってないわよっ!!」
　もう勘弁してよ〜。
「なに？　なに？　なんの話？」
　慎くんが興味津々に聞いてくる。
「ううん！　なんでもないの！　じゃ、バスケ楽しんできて！」
　バタバタと走る去る私に、
「モカ〜〜っ!!」
　麻美の声が響き渡った。

麻美から逃れ、急いで図書館に向かう。
「遅くなっちゃった……！」
　いつもより、かなり遅れてしまった。
　昨日、お弁当を作る約束をしたから、たぶん黒崎くんはなにも食べずに待ってると思う。
　ハァハァと息切れしながら、図書館の扉を開けた。
　いつもの席に黒崎くんが座っている。
「……よお」
「ゴメンね！　遅くなっちゃった!!」
　じーっと見つめられる。
「え？　なに？」
　なんか……機嫌悪い？
　すごく不機嫌な顔。
　皆の前での無愛想な感じともちょっと違う。
　なにか言いたげな感じ。
「……どうしたの？」
　お弁当遅くなったの怒ってるとか……？
「ご、ごめんって！　そんなに怒らなくても……」
　そもそもお弁当を作ってあげてるのに、なんで怒られないといけないの??
　理不尽だ……。
「……バイクの男って誰？」
　不機嫌な顔つきのまま黒崎くんは言う。
　……はい？
「なにそれ？」

ポカンとした顔で逆に聞き返す。
「朝、男とバイクに乗ってきたって」
「見てたの!?」
「……マジで浅野だったんだ」
　さっきより声のトーンが落ちている。
「アハ……。まさか黒崎くんに見られてたとは思わなかったよ」
　恥ずかしい……。
　もう、お兄ちゃん……。
　今度送ってもらう時は校門の前で降ろしてもらうのはやめよ……。
　お弁当を持って、黒崎くんの向かいに座った。
「………で？」
　射るような視線がこちらに向けられる。
　その無表情が自分の美形さを際立てていることに、黒崎くんは気づいてるんだろうか。
「……で？　とは……」
　いったい、どうしたんだろ……？
　その時。
　ガタッと椅子を後ろに倒し、黒崎くんが隣に来た。
　突然の行動に驚き、声を上げるのも忘れて黒崎くんを見上げた。
「………彼氏？　そいつ」
　机に片手をつき、真っ直ぐこちらを見ながら言う。
「……は？」

イヤイヤイヤっ!!
　　黒崎くんなんか勘違いしてるっ!!
「ち、違うっ!!」
　　思わず立ち上がって大きく否定した。
　　黒崎くんの片眉がピクリと上がる。
「……じゃ、誰？」
「うっ……あれ、お兄ちゃんなの」
　　恥ずかしいけど、正直に言った。
　　だって、なんか黒崎くん怖いんだもん。
「………お兄ちゃん？　……お兄ちゃんと抱き合うわけ？」
　　まだ疑いの眼差しでこちらを見ている。
「抱き合うって……」
　　決して抱き合ってはない。
「抱きつかれただけだよ……うちのお兄ちゃん超シスコンなの……異常なほど」
「……じゃあ彼氏ってのは？」
「残念ながらいないよ……誰とも付き合ったことないし」
　　最後の方は、か細い声で言った。
「………マジ？」
「うん……マジです……」
　　どうしてこんなに問い詰められないといけないの!?
　　若干恥ずかしさが込み上げる。
「……はあぁぁぁ……なんだよ……」
　　盛大なため息とともに、黒崎くんがガクッと肩を落としている。

……ため息つきたいのはこっちなんですけど。
「ね、ねぇ！　それより、約束のお弁当作ってきたんだけど……」
　早く話題を変えたい……。
「あ？　……あぁ……」
　今、黒崎くん完全に忘れてたっぽい……。
「せっかく作ってきたのに!?　今日どうしたの？　なんか変だよ？」
「いや……なんでもねぇ」
　さっきとは打って変わって優しい笑顔で頭をポンとなでられる。
　うわぁぁっ!!
　それ反則だってば!!
　赤く染まった顔を見られないようにうつむいた。
　そんな私を気にすることもなく「食うか！」と黒崎くんは私の隣に座った。
「……うめぇ。やっぱお前すげぇな」
　私が作ったお弁当をもぐもぐと食べながら黒崎くんが呟く。
「エヘヘ……ありがとう」
　ほめられるとやっぱりうれしい。
　こんなに喜ばれるなら、これから作ってあげるのも悪い気はしないかも。
　それから、あっという間に黒崎くんは食べ終わった。
　お弁当は見事空っぽ。

すごくうれしいかも……。
　ひとりでニヤついていると、ふわぁとあくびした黒崎くんが言う。
「メシ食ったら眠たくなってきた……」
　じーっとこちらを見ながら、
「…………一緒に寝る？」
　とんでもないことを言ってきた。
「な、なに言って……!!　寝ないよ!!　眠いなら黒崎くんひとりで寝なよ!!」
　突然なに言い出すんだっ!!
　わたわたとひとりあわてる。
　そんな私の言葉をいっさい無視しながら、私の手を引きズンズンと本棚の方へ向かっている。
　黒崎くんが眠ってたいつもの定位置。
「ちょ、ちょっと……!!　黒崎くん!!」
　寝ないってば、と抗議する。
「いいから、ひざ貸して？」
　嫌がる私を強引に座らせた黒崎くんは、私の太ももの上に頭をのせゴロンと横になった。
「ちょ、ちょっと……!!」
　とんでもなく恥ずかしい!!
「……静かに」
　黒崎くんは視線だけこちらに向け、しーっと人差し指を唇につける。
　……うわっ……なんて色気なの!!

そのしぐさにノックアウトされ、もう抵抗できなかった。

　間もなくして、スーッと寝息をたてながら黒崎くんは眠り始めた。
　……私、ずっとこの状態なの？
　お昼休憩が終わるまで、あと15分はある。
　足がしびれそうなんだけど……。
　それに、かなり暇(ひま)。
　する事がないから、黒崎くんの寝顔を自然と見てしまう。
　なんてキレイな顔……。
　自分と比べるつもりもないけど、なんというか、次元が違う……。
　こうやってまじまじと顔を見る機会はないから、つい引き込まれてしまう。
　この寝顔を独り占めしたなんて知れたら怒られちゃうんだろうな……。
「みんなの黒崎くん、かぁ」
　その事実が時々心に影を落とすことに、私は気づいていた。

第八章
確信した恋

なんだかんだでお弁当作りは毎日続いていた。
１ヶ月以上は経っている気がする。
黒崎くんとの仲も一層深まっている。
それに比例して、私の中の危険信号も高まっていた。
……これ以上進んだら、後戻りできなくなる。
黒崎くんは友達……。
自分に言い聞かせる。

図書館以外での黒崎くんは、相変わらず無愛想だった。
どんなにかわいい女の子でもすごく冷たく接している。
まるで興味がないみたい。
教室では私達はあまり会話をしなかった。
周りの視線が気になるということもあるけど、なにより黒崎くんは私と仲がいいことを皆に知られたくないのかもしれない……。
はぁ……。
なんか最近黒崎くんへの接し方がわからないよ……。
放課後、図書館でひとり考えていた。
黒崎くんは部活があるからここへはお昼休みにしか来ない。
ダメだ……。
勉強も全然はかどらないや……。
今日はもう帰ろう。

図書館から出て、下駄箱へ向かった。

第八章　確信した恋 >> 87

　靴を出して履こうとしたその時、
「……好きです」
　女の子のか細い声が聞こえてきた。
　ええっ!!
　告白っ!?
　こんな現場に遭遇するなんて!!
　隣の列から聞こえるので、ここからは顔が全然見えない。
　う、動けない……。
　とりあえず、告白が終わるまで待つことにした。
　まいったなぁ……。
　動けないよ……。
　息を潜めながら、静かに立っていた。
　盗み聞きするわけじゃないけど、動向を見守ってしまう。
「……黒崎くん、彼女いるの？」
　え……？
　この声は……。
　聞き覚えのある声……。
　告白の相手は黒崎くん……？
　告白している女の子は立花さんだとわかった。
　鼓動が一気に早くなる。
　……聞きたくない。
「……なんで？」
　黒崎くんがさっきの問いに聞き返している。
　……なんて冷たい声なの……。
　怖い……。

「か、彼女がいないなら……わ、私が黒崎くんの彼女になりたいっ……」
　懇願(こんがん)するような立花さんの声に胸が苦しくなる。
　黒崎くんの返事を聞く勇気がなくて、その場から走り去った。

　逃げた場所は図書館。
　無意識だった。
　ここに来たのは。
　心臓がバクバクするっ……。
　走ったからじゃないのはわかってる。
　黒崎くんはなんて答えたんだろ……。
　今まで女の子からの告白を片っ端から断っているのは噂で聞いてる。
　今回も断るかもしれない……。
　でも、相手はあの立花さん。
　女の子から見てもすごく魅力的で文化祭のミスコンでも優勝したほど。
　あの黒崎くんでも、心が動かされるかも……。
　今まで必死にふたをしていた想いがあふれてくるのがわかった。
　扉に背を預け、ズルズルと座り込む。
　もう、ムリ……。
　認めざるを得ない。
　――黒崎くんが好き……。

……ヒックヒック……。
　涙が止まらない……。
　自覚した途端、叶わぬ想いに笑いたくなった。
　よりによって黒崎くんか……。
　今になってやっと麻美の言葉が思い出された。
　はぁ……。
　キツ……。
　今まで黒崎くんが仲良くしてくれたのも、好きだという素振りを見せなかったからかもしれない。
　……まぁ、実際は気づいてなかっただけだけど……。
　もし、今日の立花さんのように告白でもしようものなら、きっともうあの笑顔は見れなくなるだろう。
　冷たい声と無表情な視線で容赦なく黒崎くんは振る。
　それがとても怖かった……。

　次の日、なるべく黒崎くんを見ないようにした。
　顔を見ると、泣いてしまいそうになる。
　図書館にも行っていない。
　偶然出会ったあの日から毎日のように通った図書館。
　今思えば、勉強を理由にして、黒崎くんに会いに行ってたのかもしれない。
　久しぶりにひとりで過ごすお昼休みは、とても寂しかった。

　お昼休みの時間が終わるには少し早いけど、教室に戻っ

た。
　あまり人はいない。
　自分の席に着き、ボーッとグラウンドを見る。
　昨日からなにもする気が起きない。
　はぁ……。
　ため息ばっかり……。
　チラッと立花さんの席を見る。
　今日は学校には来ていない。
　もしかしたら、告白、ダメだったのかもしれない……。
　あの立花さんでもダメなら、私なんて考えなくてもわかる……。
　諦めなきゃ……。
　早く、忘れよう……。
　再び、グラウンドへ目を向け決意をしようとしたその時、
「あれ〜？　モカちゃん？」
　私の心とは正反対の、陽気な声が聞こえてきた。
「裕太くん……？」
「お昼に教室いるの珍しいね」
　ニコニコしながら、後ろの黒崎くんの席に座り始めた。
　裕太くんは、基本的に誰にでも優しく気さくに話しかける。
　ひとりぼっちでいる子を放っておけないタイプなのかもしれない。
「裕太くんは……いつも教室にいるの？」
「ああ。最近ひとりぼっちでさ」

ケラケラと笑いながら裕太くんは言う。
「最近、和泉が昼も食わずにすぐどっか行っちゃうからさ」
　前は一緒にご飯食べてくれたのに、と顔を覆って泣くしぐさを加えながら言った。
　黒崎くん、裕太くんにも言ってなかったんだ……。
「どこ行ったか教えてくんないからさ〜。ま、問い詰めるほど興味もねぇけど」
　ニカッといたずらに笑う。
　だから、お昼はクラスに残ってる人たちと過ごすらしい。
「ひとりでなに考えてんの？　いつも麻美たちと一緒にいるんでしょ？」
　ケンカでもしたか〜？　と笑う裕太くんに、
「違うって！　たまには教室で過ごすのもいいかな〜と思って」
　明らかに嘘だとわかる答えでも裕太くんは、そっか、と笑ってなにも聞いてこなかった。
「じゃあさ、今日みんなでカラオケ行こうぜ！　麻美や慎も誘って！」
「えぇ!?　なんで!?」
　な、なんでそうなる!?
　じゃあさ、って全然話がつながってないよ！
「あいつらも最近付き合い悪くなってきたしさ、俺寂しいのよ。和泉も冷たいしさ」
　また、泣き真似でふざける裕太くんに苦笑する。
　元々、麻美達と裕太くんは中等部から一緒で、仲も良かっ

たらしい。
「じゃ、そういうことで！　決まりね？」
　私の返事も聞かないまま裕太くんは「さ！　人数集め！」と教室を出ていった。

　それから５分と経たないうちに、麻美から着信があった。
「モカちゃん？　どういうことかしら？」
　こ、怖いっ!!
「い、いやっ……私も返事しないうちに裕太くんが勝手に決めちゃって……」
「もうアンタって子は……少しは断るということをしなさいよ!!」
「ご、ごめんなさい……」
「まぁ、今回は慎もノリノリみたいだからしょうがないけど！」
「は、はい……。すみません……」
　なんか最近麻美に怒られてばっかりな気がする……。
　ふぅ……。
　パタリとスマホを閉じる。
　結局行くことになっちゃった……。
　まぁ４人だし、別にいいか……と考えてたら、
「モカちゃん！　麻美たち行くって！」
　裕太くんが帰ってきた。
　うんうん、それさっき本人から聞いたよ……めちゃくちゃ怒られながらね……。

第八章　確信した恋

「しかも！　なんだかんだで人数増えちゃって、結局20人くらいになっちゃった」

　へへッと裕太くんはバツが悪そうな顔で笑う。

「……えぇぇ!?」

　それはむしろ、私は別に行かなくてもいいんじゃ……。

「あ！　今行きたくないって顔しただろ！　ダメだよ！　最初に約束したのはモカちゃんとなんだから！」

　約束した覚えはないんだけどな……。

「う、うん……わかってるよ……」

　はぁ……。

　今日何度目かのため息をついたその時、スマホに黒崎くんから着信が入ってきた。

　ど、どうしよう!?

　液晶に出る名前を見つめながら固まる。

「鳴ってるよ？　出ないの？」

　裕太くんが怪訝な表情で言う。

「い、いいの！　たいしたことじゃないと思うし！」

　そう言いながらスマホの電源を切った。

　間もなくして、黒崎くんがガラッと大きな音を立てて扉を開け教室に入ってきた。

　私を見つけると、ホッとした表情を一瞬見せ、その後、みるみる不機嫌な表情に変わる。

　そりゃ怒るよね……。

　連絡もしないですっぽかして、しかもスマホの電源も切ったし……。

黒崎くんには意味がわからないだろう。
　にらみつけるような顔で私を見る黒崎くんに、なにも知らない裕太くんが近づいて行った。
「なぁ和泉〜♪　今日みんなでカラオケ行かない？」
　陽気に話しかけている。
　裕太くんは黒崎くんのあの顔を見ても怖いと思わないんだろうか……。
　やっぱり幼なじみってすごい……。
　変なところで感心してしまう。
「行かねぇよ」
　うわっ。
　いつもより声が低い。
　裕太くんをチラリとも見ず、こちらに近づいてくる。
　恐怖と愛しさが入り交じった変な気持ち。
　心臓がバクバクする……。
「……言うと思った。今日は麻美や慎も来るんだってば」
　行こうぜ〜と黒崎くんに駄々をこねている。
　そんな裕太くんに、
「……るせぇ」
　と冷たく言い放ち、私の前に立った。
　バッとうつむいて、目をそらす。
　心臓が破裂しそうだ……。
「はぁダメだこりゃ。じゃ、モカちゃん俺達だけで楽しもうね♪」
　ちょっ……裕太くん……なんてタイミング……。

その言葉に黒崎くんがピタリと止まった。
「……ちょっと待て」
　クルッと裕太くんに向き直る。
「俺も行く」
　その言葉に、クラスにいた派手めなグループの女子達が、
「黒崎くんカラオケ行くの!?　私も行く〜!!」
　と騒ぎ始めた。
　いっさい無視する黒崎くんに変わって裕太くんが、
「ごめんねぇ〜もう人数オーバーだからまた今度ね」
　となだめてた。
　えー!!と詰め寄る女子達をかわしながら、裕太くんは教室を逃げている。
　……黒崎くんが後ろに座った。
　背中に神経が集まっているみたい……。
　確実に怒ってるであろう黒崎くん。
　相変わらず前を向いてうつむいたままでいた。
「どういうつもり？」
　周りに聞こえないくらいの小さな声で、黒崎くんが背を向ける私に話しかける。
　ブンブンと首を振ることしかできない。
「なにがあった？」
　今度は少し硬い声……。
　同じく首を振る。
　はぁ、とため息が聞こえた後、黒崎くんはもう話しかけてこなかった。

言えないよ……。
黒崎くんのことを好きになりました、なんて……。
どう接したらいいのかわかりません、なんて……。

　チャイムが鳴り、続々とみんな戻ってくる中、黒崎くんは教室を出ていった。
　……もう泣きそう。
　切なすぎて胸が苦しいよ……。
　あふれ出そうになる涙を必死で抑えた。

第九章

重なるふたり

「まさか黒崎くんがいるとは思わなかった♪」
「それならもっとオシャレしたのに〜!!」
　女の子たちの黄色い悲鳴が聞こえる。
　カラオケ店の一室。
　麻美と慎くん、3人でカラオケに向かった私は、少し遅れて到着した。
　黒崎くん、やっぱり来たんだ……。
　女の子たちに囲まれ、不機嫌そうに眉を寄せている黒崎くんと一瞬目が合った。
　黒崎くんを意識しすぎて、カラオケを楽しむどころじゃない。
　皆が盛り上がってる中、私と黒崎くんだけは静かだった。
「モカちゃん？　楽しんでる？」
　左隣に座る男の子が声をかけた。
　慎くんと同じ男子バスケ部の高橋健くん。
　さわやか系なのも同じだった。
「そうよ！　モカ！　どうせなら楽しむわよ!!」
　右隣の麻美がイェーイ!!とはしゃいでいる。
「う、うん……」
　そんな気分にはとてもなれないけど、そう返事をしておいた。
「………む？」
　高橋くんがなにか話しかけている。
「え？　ごめん、なに？」
　音が大きすぎて、声が聞こえない。

「飲み物なにか頼む？」
　顔を近づけて、高橋くんが耳元でもう一回言う。
「ううん、平気……。ありがとう」
「顔色悪いけど……。気分悪いなら……出る？」
　心配そうに私の背中をさする高橋くん。
　その手が、すごく嫌だった。
「平気だから……ありがとう」
　身体をよじらせ、その手を避ける。
「………ねぇ、モカちゃんて彼氏いるの？」
　顔どころか、身体までくっつけて高橋くんが聞いてくる。
　なんか、やだ……。
　どうしてそんな話になるの……？
　触れてる部分がどんどん冷たくなっていく。
　高橋くんがそっと手を握ってくる。
　やだっ……気持ち悪いよっ……!!
　隣の麻美も気づいていない。
　手を振りほどこうとしても強く握られたそれはなかなか離れない。
　泣きそうな顔で黒崎くんを見た。
　突き刺すような視線で黒崎くんはこちらを見ている。
　目が合った瞬間、ガタッと椅子から立ち上がりこちらに向かってきた。
「どうしたの？」
「和泉〜？」
　女の子たちや裕太くんの言葉に答えず、私の前で立ち止

まった。
「く、黒崎……くん……」
　驚いて声が出ない……。
　黒崎くんは握られた手をにらみつけた後、
「わりぃ、先帰るわ」
　私の腕を強引にひっぱり、部屋を出た。

　みんなのどよめきと悲鳴が聞こえる中、引きずられるように店を出た。
「ちょっ……ちょっと、待って……！」
　私の言葉を無視して、どんどん先を歩く黒崎くん。
　無言のまま街を歩き、やがて駅に到着した。
　なにも言わない黒崎くんを見上げる。
「電車乗るぞ」
「ど、どこ行くの……？」
　相変わらず腕はつかまれたまま。
　電車の中でも無言は続き、すごく気まずい……。
「ねぇ……どこに向かってるの？」
　私の問いにも答えず、腕を握る手に力がグッと込められただけだった。
　いったい、どういうつもりなんだろう……？
　黒崎くんの真意はわからないままだったけど、今、こうして彼の隣にいられることをとても幸せに感じる私がいた。
「降りるぞ」

ハッと顔を上げる。
　着いた駅を見ると、黒崎くんの家から一番近い駅だった。
「もしかして……黒崎くんの家に行くの？」
「あぁ……」
　やっと私の問いかけに答えてくれた……。
　でも、家に行くって……？
　ダメ、これ以上ふたりで一緒にいると勘違いしてしまいそうになる……。
　ダメっ!!
　心の中で叫ぶ。
　引きずられていた足を止め、力いっぱい抵抗した。
「ヤッ……！　は、離して!!」
　私の突然の行動に、つかまれていた腕がパッと離れた。
　黒崎くんも驚きが混じった表情で振り返り、私の顔を見ている。
「……そんなにイヤか？」
「イ、イヤとか、そんなんじゃなくて……」
「じゃあ、なんでだよ……」
　苦い表情の黒崎くんが言う。
　そうだよね……。
　黒崎くんには意味がわからなくて当然だ。
　突然私がこんな態度をとるなんて。
　でも、言えないよ……。
　黒崎くんに自分の気持ちがバレるのが怖い……。
　答えられず、うつむいたままでいた。

「……なんなんだよ……」
　黒崎くんは深いため息とともに呟いたあと、強引に私の手をとった。
「なにも言わないなら、連れてく」

　あれから、引きずられるように歩き、結局黒崎くんの家に来てしまった。
　玄関に入っても、靴を脱いでいる間も、手はしっかりと握られたまま……。
　そのまま、２階にある黒崎くんの部屋まで連れて来られた。
「とりあえず、座って」
　私はベッドに座らされ、黒崎くんはパソコンがあるデスクの椅子に座ってこちらを向いた。
「いろいろ聞きたいことはあるけど、……なんで今日図書館に来なかった？」
「な、なんでって言われても……。きょ、今日はそんな気じゃなかっただけだし……それに、毎日来るって約束してたわけじゃないし……」
　私のしどろもどろの言い訳を黒崎くんは黙って聞いている。
「そ、それに、ほら！　黒崎くんも私なんかと仲良くしてるのバレたら大変でしょ？　……だから、行くのやめちゃおうかなって……？」
　……もう、黒崎くんの顔を見ることができない。

第九章　重なるふたり ≫ 103

「……そうか」
　低い声が聞こえた。
　自分で出した答えのくせに、納得しているような黒崎くんに対して、すごく悲しくなった。
　……なんて自分勝手なんだろ。
「……今日のカラオケは？」
　……カラオケ？
　そんなことを聞かれるとは思ってなかったので一瞬ポカンとする。
「……あ、あぁ。あれは裕太くんが強引に行くって決めちゃって。麻美たちと久しぶりに遊びたいって……」
「……隣の奴は？」
　隣……？
「……高橋くんのこと？　慎くんと同じバスケ部みたいで麻美たちが誘ったって……」
　黒崎くん、なにが言いたいんだろ……。
「話が終わったなら、もう帰っていい……？」
　早くこの場から去りたくて、立ち上がった。
「まだ、終わってない」
　同じく立ち上がった黒崎くんにパッと腕をつかまれる。
「……なにを、聞くの？」
「……俺がいつバレたら嫌だって言った？」
「え？　……だって、」
「嫌だと思う奴に誰が好き好んで勉強教えると思う？」
「そ、それは、席に座れないお詫びだって……！」

「……こうして部屋まで入れて？　……なわけねぇだろ」
　つかまれていた腕をグッと引かれ、そのまま、黒崎くんの胸に抱き込まれた。
　突然の出来事で固まってしまった。
　この状況が理解できずにいる。
「……いい加減気づけよ……」
　耳元でささやく黒崎くんの声に全身がゾクリとした。
　パニックになって暴れる私の身体を、黒崎くんはさらにグッと力強く抱きしめる。
「勝手に離れようとするな。……お前だから……お前だからそばにいんだよ……」
　もう、限界……。
　我慢していた涙は、その言葉をきっかけにあふれ出た。
　勘違いしてもいいってこと……？
　こうして、これからも黒崎くんのそばにいてもいいってこと……？
　泣き出してなにも答えられずにいる私に黒崎くんは苦笑しながら、
「なんとか言えよ」
　と、顔をのぞきこんできた。
「ほ、ほんとに……？」
「あぁ」
「……う、嘘じゃない……？」
「あぁ、嘘じゃない」
　夢じゃない……？

ヒックヒックと涙が止まらない。
「……ほんと……？」
　まだ、信じられない。
「しつけぇよ」
　笑いながら、黒崎くんは私の頭を抱き込んだ。
「……わ、私、こないだ……立花さんに告白されてる黒崎くんを見ちゃって……」
　うん、と黒崎くんは聞いてくれる。
「そ、それで……黒崎くんがOKしちゃうんじゃないかと思ったら怖くなっちゃって……。その時、自分の気持ちに気づいたの……」
　黒崎くんの腕に力が込められる。
「で、でも……。この気持ちが黒崎くんにバレたら、きっと嫌われると思って……だ、だったら自分から離れちゃおうって……」
　素直に自分の気持ちを言った。
「……ざけんなよ」
　黒崎くんが笑う。
「どんだけあせったと思ってんだよ……。スマホの電源は切られるし」
　抱きしめたままコンッと意地悪に頭を小突き、再びベッドに座らされた。
「ご、ごめん……つい……」
　や、やっぱりそれ根に持ってる……!!
「しかも男とイチャついてるし」

「ち、ちがっ……!!　あれは高橋くんが強引に……!!」
　全力で否定する。
「あいつの名前は呼ぶな」
　鋭い視線を向けられる。
　ほ、本気で怒ってる……？
「……どこ？」
「え？」
　な、なんだろ……？
　冷えきった声がこわい……。
「どこ触られた？」
　抱きしめていた腕を離して、じっと見つめてくる。
「さ、触られたって……!!」
　その言い方が恥ずかしくて、赤い顔であたふたする。
「……気分悪そうって言われて背中をなでられただけ……あとは……手を……」
　あの感触(かんしょく)を思い出し、少し声が小さくなる。
　うつむいたまま答えると、チッと舌打ちが聞こえた。
「……勝手に触りやがってあの野郎……」
　再び腕の中に閉じ込められた。
　は、恥ずかしすぎて死にそう!!
　頭がクラクラして、心臓どころか全身がバクバクする。
「お前も触らせてんじゃねぇよ」
　ジロッとにらまれる。
「さ、触らせてなんて言わないでよ!!　く、黒崎くんだって……女の子に囲まれてたじゃない……」

自分ばかり責められるのが癪(しゃく)だったので、ちょっぴり強気に出てみた。
「……ああ？」
　眉を寄せ、一気に不機嫌モードになる黒崎くん。
　ひいいっ!!
　こ、こわいよっ!!
「あれが楽しそうに見えたか？　えぇ？」
　私の頬をプニプニ引っ張りながら言う。
「しゅ、しゅみましぇん……」
　なんか、どんどん意地悪になってるように感じるのは気のせいだろうか……。
「……ったく」
　引っ張ってたほおを離し、ポンッと頭をなでられる。
　いつの間にか、すっかり優しい目に戻り、甘い笑顔で見つめてくる黒崎くんに見とれていた。
「なぁ……」
　黒崎くんが私に手を伸ばしかけたその時、けたたましくスマホの着信音が鳴り響いた。
　ピタッと黒崎くんの手が止まる。
「……チッ……誰だよ」
　小さく呟きながら、黒崎くんはデスクに置いていたスマホを取りに行く。
「……もしもし？」
　液晶を見たあと、不機嫌な声で電話に出た。
「あぁ……あぁ……そういうこと。……頼む……あとは裕

太に任せる……」
　話の内容はわからなかったけど、相手はおそらく裕太くんだ。
　用件を素早く終わらせ、スマホを切った黒崎くんに聞く。
「裕太くん？」
「あぁ」
「裕太くん、なんて？」
　あの状態でカラオケから帰ったんだ。
　裕太くんも心配するだろうし、私も皆の様子が気になる。
「……」
　黒崎くんはなにも言わず、再び私の隣に座ってじっと見つめてくる。
「ねぇ、裕太くんなんて言ってたの？」
　どうしてなにも言わないの……？
　不安が押し寄せる。
「……なんで？」
　私の質問には答えず、不機嫌なままの黒崎くんが言う。
　……え？
「……なんで？ってなにが？」
　質問の意味がわからない。
「なんで裕太は名前呼びで俺は"黒崎くん"なわけ？」
　えっ!?
　予想外の質問にびっくりする。
「だ、だって……ずっと黒崎くんって呼んでたし……。裕太くんは皆そう呼んでるから自然と……。そ、それに、黒

崎くん名前で呼ばれるの嫌いなんだよね？」
　そう話してたのを思い出す。
　唯一黒崎くんを名前で呼ぶ裕太くんによく言っていた。
　ていうか、さっきの電話は？
　なんだったの？
　再び黒崎くんに聞こうとしたその時、
「……名前で呼んで？」
　耳元でささやくような甘い声。
　その声が私の心臓をギュッとわしづかみにする。
「そんなっ……突然……」
　ドキドキして恥ずかしがる私に対して、
「……早く」
　急かすような黒崎くんの声。
「……今？」
　いきなり名前で呼ぶなんて照れてしまう。
「……うん、今」
　黒崎くんがどんどん近寄ってくる。
「は、恥ずかしいよ……」
　顔を赤くして渋る私に、
「他の男は名前で呼ぶのに？　俺には？」
　意地悪く言ってくる。
　こ、これは、黒崎くんは譲らない雰囲気だ……。
　さっさと呼んじゃおう……。
　か、覚悟を決めなければ……。
「い………」

うっ……。
　いざ、口にしようとするとやっぱり恥ずかしいっ‼
「い？」
　黒崎くんが続きをうながす。
　右手を私の頬に当て、親指で肌をなぞっている。
　心臓がとんでもなく鳴り響く。
　たぶん、黒崎くんには丸聞こえだろう……。
「……ねぇ……早く……」
　もう片方の手が私の腰に回った。
　端正な顔で至近距離から見つめられる……。
　私の心臓はもう爆発しそうだった。
　もう、呼ぶしかない……。
　今度こそ、覚悟を決め、泣きそうな顔で黒崎くんを見た。
「い……い……いずみくっ……んっ……」
　言い終わらないうちに口をふさがれた。
「……んっ……」
　くっついたり、離れたり……。
　チュッ……と音を立てながら何度もついばむようなキスを繰り返す。
「……んっ……ふっ……」
　初めてのキスに慣れなくて思わず声が漏れる……。
　黒崎くんがピタリと止まった。
　唇が離れるのがわかる。
「…………モカ……」
　苦しそうな声で名前を呼ばれたけど、それどころじゃな

い……。
　体に全然力が入らなくて、グッタリと黒崎くんにもたれかかった。
「モカ………」
　もう一度名前を呼ばれると同時に、私の身体を抱きしめる腕の力がグッと強くなった。
　ボーッと放心状態だった。
　突然のキスに驚きと混乱でなにも考えられない。
　相変わらず私を抱きしめたままの黒崎くんは、髪をなでながら、頭や耳にチュッと次々キスを落としていった。
「……モカ……」
　愛おしそうに呼ぶ声。
　とんでもなく甘い黒崎くんについていけず、ついに意識を手放してしまった。

第十章

戸惑いの嵐

自分の部屋のベッドに寝転がって考えていた。
　今日はいろんなことがありすぎて、頭がパンクしちゃった……。
　あれから、目覚めたら黒崎くんは部屋にいなくて、ベッドにひとり寝かされていた。
　いつかのように、一緒に寝てなくて良かった……。
　少しホッとした。

　その後は、ちょうど起こしに来た黒崎くんに駅まで送ってもらい、ひとりで家に帰ってきた。
「遅かったのね、どこ行ってたの」
　というお母さんの声にも答えず、フラフラと部屋に入った。
　そして、今でもほぼ放心状態が続いており、ベッドから離れられずにいる。
　私……黒崎くんと……キス……しちゃったんだ……。
　その事実を思い出すと、ボボボッと顔が赤くなる。
　今でも信じられない……。
　起きたら実は夢だった……なんていうオチだったらどうしよう……。
　頭の中が黒崎くんでいっぱいになる。
　あんな黒崎くんを見たのは初めてだった。
　とろけるような甘い笑顔。
　艶やかで色気のある声。
　あれじゃ心臓がもたない……。

ホントにいつか壊れちゃう……。
　気絶してしまった自分を思い出した。
　なんて恥ずかしい……!!
　もう、消えてしまいたいっ!!と思うほど。
　黒崎くん、呆れただろうか……。
　そういえば、駅までの帰り道も、あまり会話はなかった。
　その時は余裕がなくて、そんなことは気にならなかったけど、今思うと不安になる。
　やっぱり嫌になったのだろうか……。
　さっきから赤くなったり、青くなったりの繰り返しだった。
　とにかく、明日学校で会ったら、なんて声かけたらいいんだろ……。
　あ……そういえば。
　カラオケから勝手に帰っちゃって、麻美になんの連絡もしてなかったことも思い出した。
　あわててカバンからスマホを取り出す。
　パカッと開くと電源が入ってなかった。
　しまった!!
　お昼に黒崎くんからの着信を切ったまま、電源を入れるのを忘れていた。
　電源を入れ、問い合わせをすると、麻美からメールと留守電のメッセージがたくさん入っていた。
　ど、どうしようっ!!
　あわてて麻美に電話をかけると、すぐにつながった。

「もしもしっ!?」
　麻美のあせった声。
「ゴメンっ!!　麻美っ!!」
　謝罪の言葉と、先ほどまでの一部始終をすべて麻美に話した。
「心配したんだからね、もぅ。でも、おめでとうというか、まぁ、いつかはこうなるとは思ってたけど予想より早かったわね」
　てっきり怒られると思って構えてたけど、穏やかな麻美の言葉に拍子抜けした。
「……麻美、怒らないの？」
「なんで私がモカの恋路を怒るのよ」
　麻美が呆れ気味に笑う。
「黒崎のこと好きなんでしょ？　だったら、私は応援する。おめでとう、モカ」
　麻美の優しい言葉に涙が出そうになった。
「ありがとう、麻美」
　涙声になりながらお礼を言った。
「でも、モカ。これからが大変よ。相手はあの黒崎。今日カラオケにいた女の子達はあんたと黒崎が一緒に帰ったのを見てるんだからね」
　心配そうな声で麻美は言う。
「あの場は裕太と慎が察したから適当に言ってごまかしてたけど、あの子達がいつどんなふうに言いふらすかわかんないわよ」

そ、そうだった……。
　舞い上がりすぎて、"みんなの黒崎くん"という事実を忘れていた。
「ど、どうしよう‼　麻美‼」
　皆にバレたらどんな目に遭うか……。
「まあ、しばらくはふたりの関係を秘密にしておく方が無難かもね」
　麻美の意見に納得する。
　ひとりでいつまでも照れてる場合じゃないよ……。
　とにかく、明日黒崎くんと話さなきゃ……。

　次の日、いつもよりかなり早く登校した。
　教室にはまだ数人しかいない。
　黒崎くんはまだ朝練のはず……。
　いつもは女の子が群がって朝は座れないけど、今日は譲るわけにはいかない……。
　黒崎くんの到着をじっと待った。
「さ、和泉くん、詳しく聞かせてもらおうか？」
　問い詰める口調で、裕太くんが黒崎くんの肩に腕をかけながら教室に入ってきた。
　ドキドキしながら見つめていると、ふたりの視線がこちらに向いた。
　ニタ〜ッと裕太くんの顔が緩んでいくのがわかる。
　一気に顔に熱が集まった。
　黒崎くんを見れば、裕太くんをにらんでいた先程の顔と

は打って変わって、とても穏やかな表情になっている。
　それにまた恥ずかしくなる。
「いいところにいた……。そろったところで、さ、教えてもらおうか」
　裕太くんが私達の顔を見ながらニヤニヤしている。
　でも、今そんなこと言われても、こんな場所で言えるわけがない……。
　困った表情で黒崎くんを見る。
　私の顔を見た黒崎くんは、はぁ、とため息をつき、
「……裕太。また後で話すから、どっか行け」
　と、裕太くんを追い払おうとする。
「はいー？　和泉ちゃん？　昨日、どんだけ大変だったかわかる？　俺、頑張ったんだけど？」
　裕太くんも引き下がらない。
　そんなふたりをおろおろと見ていたら、女の子たちがやって来た。
「黒崎くんおはよう♪」
「黒崎く～ん♪」
　その黄色い声に黒崎くんはぐったりしている。
　わらわら集まって来た女の子に、3人同時にため息をついた。
　あぁ、結局黒崎くんとひと言も話せなかった……。

　教室じゃやっぱりダメだ……。
　いつもの図書館で話そうと心に決め、席を離れた。

女の子に囲まれる黒崎くんを近くで見ているのは、結構ツラい……。
　ちょうど教室に入って来た麻美のもとへ向かう。
「さ、モカ。今日はゆっくり聞かせてもらうわよ」
　麻美まで裕太くんと同じことを言ってるよ……。
「ゆっくりって……。昨日電話で話したのが全部だよ……」
　「それより……」と、今日はお昼にすぐ、図書館に行くからご飯は一緒に食べられないことを話した。
「あぁーん!!　モカが巣立ってく〜!!」
　泣き真似しながらふざける麻美に笑った。

　午前の授業が終わり、いよいよお昼休みだ。
　結局、授業の合間の休憩時間も黒崎くんとはなにも話せていない。
　まるで何事もなかったかのように、いつもどおりだった。
　急いで図書館に向かう。
　まだ黒崎くんは来ていなかった。
　息を整えながら待っていたその時、ガラッと扉が開き、黒崎くんが入って来た。
「よお」
　いつものあいさつだ。
「どした？　今日は早ぇな。木下とメシ食ってねぇの？」
　聞きながら黒崎くんがこちらに向かってくる。
　思わず立ち上がった。
「う、うん……。黒崎くんと話がしたくて……」

急に昨日のことを思い出し、恥ずかしくなってうつむいた。
　黒崎くんは私の前で立ち止まり、肩に手を置いて私をグイッと引き寄せた。
　驚きの声をあげる間もなく、そのままギュウッとキツく抱きしめられた。
「……はぁ。やっと触れた……」
　もう限界……と黒崎くんは呟き、頭に何度もキスを落としてくる。
　……あ、頭がまたショートしちゃいそう……。
　教室とはまるで別人……。
　甘々モードの黒崎くんにクラクラしてなにも考えられなくなる。
　ダ、ダメ……。
　話をしなきゃ……。
　ぼーっとしたまま黒崎くんを見上げると、彼の表情が固まったのがわかった。
「あ、あのね黒崎くん……」
　意を決してしゃべろうとしたその時……。
　んちゅう、っと黒崎くんの唇によって私の口がふさがれた。
「ん！　……」
　突然のキスに目を見開いた。
　ドンドンと黒崎くんの胸を叩いても押してもビクともしない。

第十章　戸惑いの嵐

　それどころか、角度を変えながらキスは深まっていく。
　く、苦しい……。
　互いの唇が少し離れ、ぷはっと息をした瞬間、待ってましたとばかりに黒崎くんの舌が侵入してきた。
「んっ!!」
　こ、こんなキス知らないっ……!!
　胸を押して離れようとするけど、黒崎くんはビクともしない。
　逃げようとする私の舌を黒崎くんの舌が追いかけ、絡めようとする。
　も、むり……。
　脚がガクガクして力が入らない私の体を黒崎くんが支える。
「……んんっ……はぁっ……」
　やだ……声が出ちゃう……!!
　泣きそうになりながら、黒崎くんの制服をギュッと握った。
　静まりかえった図書館に、キスをするふたりの甘い水音だけが響いているようだった。

　いつの間にか床に座り込んでいた。
　抵抗しようにも、腕にさえ力が入らないので、黒崎くんのされるがままになっている。
　どれくらい時間が経ったのか、ようやく唇が離れ、ハァハァと乱れた息をふたりで整えていた。

「も……信じ……らんないっ……」
　キッと黒崎くんをにらんだ。
「……あんな顔して見るモカが悪い」
　口角を上げ、妖艶に微笑む黒崎くんにまたも気絶しそうになった。
　息を落ち着かせ、黒崎くんの顔を見つめる。
　これから、こんなことが続いてくの……？
　私の心臓耐えられないよ……。
　昨日から黒崎くんの行動には戸惑いの連続だ。
　そんな私の考えはよそに、
「なに？」
　とニコニコ穏やかな笑顔で私の頬をなでている。
　恥ずかしがる余裕も先程のキスのせいでなくなった。
「と、とりあえず、ご飯食べよ？」
　ね？　と黒崎くんにお願いする。
　早くこの状況から抜け出したい。
「あぁ」
　ニッコリ笑った黒崎くんは、私の頬にチュッと軽いキスを落として立ち上がった。
　その小さな行動ひとつに、胸がドキッと鳴る。
「はい、どうぞ」
　机に並んで座り、持ってきたお弁当を黒崎くんに渡した。
　相変わらず気持ちのいい食べっぷりで完食した黒崎くんに、いよいよ話を切り出す。
「あ、あのね、黒崎くん……」

「ん？」
　自販機で買ったコーヒーを飲みながら、黒崎くんがこちらを見る。
「これからも、今まで通り、黙っていたいの……ふたりのこと……。学校の皆にバレたくない……」
　うつむきながら黒崎くんに言った。
「……なんで？」
　コーヒーの缶をコトッと置いたのがわかった。
「だって……。黒崎くんすごくモテるし、告白も絶えないし、ファンクラブとかあって"みんなの黒崎くん"だし……。バレたら大騒ぎで大変だよ……」
　なんだそれ、と黒崎くんは鼻で笑う。
「俺はお前のモンだ。……共有されるつもりはないんだけど？」
　続けて黒崎くんは言う。
「俺はバレても構わない。……むしろ見せつけてぇかも」
　私の目を見ながらはっきり言う黒崎くんの言葉に胸が震える。
　その言葉だけでうれしかった。
「でも……、でも……」
　もう私のわがままだった。
　皆にバレることで、周りの目を気にしてしまう。
　黒崎くんの隣にいるのがあんな子？と思われるのが怖かった。
　困った顔で黒崎くんを見る。

「あーもう！　わかったって！　……だから、んな顔で見んな」
　頭をガシガシかきながら、黒崎くんも困ったような笑顔を浮かべた。
「……本当!?　いいのっ!?」
「ああ。ただし、もしバレたら隠さねぇから」
　しょうがねぇな、と呟く黒崎くんに「ありがとう!!」とお礼を言った。
　納得してくれたことにホッとしていたら、
「話はもうおしまい？」
と黒崎くんが聞いてきた。
　うんとうなずくと、
「じゃ、寝るぞ」
と、黒崎くんはいつも寝ている場所に私を強引に連れて行く。
「また寝るの!?　黒崎くんひとりで寝なよ!!　私勉強するから」
　元々ここへ来てたのは勉強するためで、寝るためではない。
「却下」
　本棚に背を預け座り込んだ黒崎くんの脚の間に、私も無理やり座らされた。
「週末俺んち来い。勉強はそん時たっぷり教えてやる」
　艶のある声でささやく黒崎くんに、後ろからギュッと抱きしめられる。

やっぱり甘い黒崎くんに、一気に顔が熱くなる。
　うわっ〜!!
　心臓がバクバクするよっ!!
　身を小さくしながら、黒崎くんが早く眠りにつくことをひたすら願ってた。
　最近わかったことだけど、黒崎くんはかなりスキンシップが激しい。
　すぐにくっつきたがるから、その度にドキドキしてしまう。
　抵抗しようにも、あの優しい眼差しで見つめられたら、なんにも言えない。
　私にとってはすべてが初めてだから、ひとつひとつの行動にいちいち戸惑ってしまう。
　こんなお子様な私で、黒崎くん呆れないかな……。

第十一章

理性と本能

【和泉side】
　モカを手に入れたことで、日々心が満たされていくのを感じると同時に、もっと貪欲になっている自分がいた。
　もっと、もっと、一緒にいたい。
　……触れたい。
　うれしかったモカの後ろの席が、今ではツラい。
　目の前にあるのに触れない。
　まさか、こんなに溺れるとは……。
　俺たちのことは黙っておきたいと言うモカに、しぶしぶ了解した。
　あんな顔でお願いされれば断れるはずもない。
　たぶんモカは無意識だと思うけど……。
　はぁ……こんなことならOKすんじゃなかった……。
　目の前にあるモカの背中を見ながら思う。
　制服の上からでもわかる華奢な身体のライン。
　艶やかな黒髪は陽に当たりキラキラしている。
　俺、いつまで我慢できんだ……？
　自分がモテることはさすがに自覚している。
　モカもそれを気にして、周りの奴らに知られたくないと言う。
　まぁ、実は俺も少し考えていた。
　女子は時に残酷でえげつない。
　俺と仲良くしゃべったというだけで、陰でイジメにあったという話を昔から聞いていた。
　女嫌いになったのもそのせいかもしれない。

第十一章　理性と本能　>> 129

　もし、モカが標的になったら……。
　それを考えて、モカの提案に反対しきれなかった部分もある。

　──放課後。
『また明日。サッカー頑張ってね』
　というあっさりしたメールをひとつ寄こしただけでさっさと帰ったモカ。
　後ろにいるというのに、あいさつもしないまま……。
　はぁ……想像以上にキツい……。
　俺ホントに好かれてんのか……？
　そんな不安さえ感じる。
「いずみちゃ～ん♪」
　落ちてる俺とは正反対の、能天気な声が聞こえてきた。
　はぁ……。
　めんどくせぇのが来た。
「さぁ、聞かせてもらおうか」
　ニヤニヤした裕太が近寄ってくる。
　なんだかんだ理由をつけてはぐらかしてたけど、もう逃げきれないだろう。
　まぁ、コイツにも迷惑かけたし、おそらくこれからも協力してもらうようになる。
　誰もいない場所に移動し、裕太にすべて話し始めた。
「和泉も水くせぇな。そんなことになってんなら、さっさと言えよ」

いつものお調子者の姿ではなく、親友としての裕太が言う。
「わりぃ。カラオケの時も迷惑かけたな」
　モカを連れて帰ったあと、裕太と慎は適当に理由をつけてごまかしたらしい。
　実際はごまかしきれてないと思う、と裕太は言う。
「いつ変な噂がたつかわからねぇから気をつけろ。そうなったら……おそらく攻撃されるのはモカちゃんだ」
　硬い声で裕太は忠告した。
「……あぁ、わかってる」
「しっかし、あの和泉が恋するとはね？」
　裕太がケラケラ笑ってからかう。
「……うるせぇ」
「孤高の王子、黒崎くんについに彼女ができたか？」
「……お前……ばかにしてんだろ」
　「女子の皆さんに知れたら大変〜」と笑っている裕太をにらみつける。
「お前もだけど、モカちゃんもモテるからな〜。気をつけろよ？」
　裕太が肩をポンっと叩いて言う。

　そう、最近知ったがモカは何気にモテる。
　今までは興味がなかったから耳に入らなかったが、野郎どものそういう話題の中にモカはちょくちょく登場する。
　小柄でかわいらしく、清潔感にあふれている。

第十一章 理性と本能

　それに控えめで儚げな姿が庇護欲をかき立てられるそうだ。
　まぁ、実際そうなんだけれども。
　でも、俺以外の男がモカをそういう目で見ているのはムカつくし、気が気じゃない。
　それに……、と裕太は続けて言う。
「カラオケの時にいたバスケ部の高橋。あいつ、お前らが帰った後もモカちゃんの事しつこく聞いてたから、相当入れ込んでるぞ。気をつけろよ」
　高橋……。
　モカの体をベタベタ触ってた奴か……。
　今思い出しても相当腹が立つ。
　チッ……胸くそわりぃ。

　その後のサッカーの練習もどこか上の空だった。
　考えるのはモカのことばかり。
　……相当重症だな、俺。
　監督にも背中をドカッと蹴られ「集中しろ」と檄を飛ばされる始末。

　練習が終わり、なにか食って帰ろうと言う裕太や仲間たちの誘いを断り、さっさと帰ることにした。
　校門からひとり出て、モカに電話する。
　………出ねぇし。
　はぁ……とため息をつき、スマホをしまったその時、

「……黒崎くんっ！」
　後ろからか細い声が聞こえた。
　反射的に振り返る。
　顔を紅く染めた女の子がひとり立っていた。
　……またか。
　その後の展開が想像できる。

　それから駅までの道のりの間、3人の女子から立て続けに告白された。
　同じ学年らしいが、名前も知らない。
　いつもは裕太やサッカー部の奴らと帰るから、視線を感じてもこんなことはなかった。
　ひとりだとこんなに寄ってくんのかよ……。
　めんどくさいと思いつつ、すべて丁重にお断りした。
　悪いけど、モカ以外興味がない。

　家に帰り、ベッドの上で考えていた。
　今日告白してきた女の子たち。
　皆、顔を赤らめ必死な顔で俺に気持ちを伝えようとしていた。
　今までは、告白されてもちゃんと聞きもせず冷たくあしらってただけ。
　でも、あの子たちの顔を見てたら胸が痛くなった。
　好きな人に話しかけること、気持ちを伝えることに、どんなに勇気がいるか。

第十一章　理性と本能 》》133

　今ではあの子たちの気持ちが痛いほどわかる。
　ちゃんと、相手に向き合って断ったのは初めてだったかもしれない。
　俺って結構最低な奴だよな……。
　勝手に自己嫌悪に陥る。
　モカは俺の、どこが好きなんだろうか……。
　モカからの連絡はまだない。
　スマホを握りしめたまま、眠りに落ちた。

　結局モカからの着信があったことに気づいたのは翌朝だった。
　やべ……全然気づかなかった。
　出られなかったことを詫びるメッセージも来ていた。
　それに、朝のあいさつも兼ねて返信する。
　おそらくまだモカは寝ている時間だろう。
　本当は朝から声が聞きたかったけど、早朝練習のため、学校へ向かった。

　朝練を終え、教室からグラウンドを見ながらモカが登校するのを待った。
　校門も見えるため、登校してくる人の中にモカがいないか自然と探してしまう。
　横では相変わらず裕太と誰だか知らない女子どもが騒いでいた。

――来た……。
　うつむき加減でゆっくり歩いているモカを発見した。
　胸が高鳴り、鼓動が速くなる。
　……今、電話したら出てくれるだろうか……。
　少しでも早く声が聞きたくて、ポケットにあるスマホに手をかけた。
　――その時。
　後ろから近づいている男の姿に思わず手が止まった。
　その男はモカの肩をポンッと叩いたあと、隣に並んで一緒に歩き出した。
　一気に心がどす黒い感情で埋まる。
　あいつは……高橋……？
　昨日の裕太の言葉を思い出した。
　モカを気に入っているという奴だ。
　隣に並んで、奴は楽しげになにか話している。
　モカも笑顔を浮かべながら聞いてる様子だ。
　――ざけんじゃねぇ……。
　そこは俺の居場所だ――……。

　教室に入ってきたモカを見れないでいる。
　今見たら、抑えている感情をぶつけてしまいそうだ。
　モカも、ごめんね、と女子の群れをかきわけ、カバンを置いてさっさと木下の所へ行った。
　も……ヤバい……。
　自分でもわけがわからない感情が俺を支配する。

第十一章 理性と本能

　高橋と、なにをしゃべってたのか、問い詰めたくなる。
　こんなにも、自分が嫉妬深いとは思わなかった。
　お昼休み、いつもの図書館。
　モカを抱きしめ、むさぼるようにキスをした。
　本当は、なにを話していたか問い詰めたかったけど、できなかった。
　呆れられるのが怖かった。
　心の小さい男だと思われたくなかった。
「……モカ、俺のこと好き？」
　唇を離し、モカを見つめる。
　息を整えながら、顔を真っ赤にしてコクコクとうなずくモカに笑った。
　少しホッとする。
　それと同時に、我慢できなくなる。
　もう、すべて奪ってしまいたい……。
「……なぁ」
　モカの頬をなでながら見下ろす。
　赤い顔のまま、ん？と首を傾げるモカ。
　……ヤベ……かわいい……。
　胸がドクドクと鳴る。
「今度の週末だけど……」
　うん、勉強でしょ？とモカが言う。
「………モカが欲しい」
　言った瞬間、ピキィッとモカが固まるのがわかった。

土曜日、学校は休み。
　しかし、部活があるためモカが家に来るのは夕方になる。
　部活帰り、駅でモカを待つ。
　こないだ、図書館でああ言ったものの、本気ではない。
　ちゃんとモカの意思を尊重するつもりだ。
　ある意味試したのかもしれない。
　俺とそうなることを考えてくれるかどうか。
　……目の前に抱きたいと思う彼女がいるのに、手が出せないのはキツい。
　モカの様子を見ていたら、きっとまだ覚悟はできてないのがわかる。
　早くモカの全部が欲しいけど……気長に待つか。

　約束の時間ちょうどに彼女は来た。
　ノースリーブのシャツに、ふんわりとしたひざ上のスカート。
　普段は下ろしている髪を今日はひとつにまとめている。
　かわいい……。
　制服とは雰囲気が違って新鮮だ。
　しばらく見とれていたけど、ふと気づく。
　……露出が多すぎないか……？
　周りの男がチラッとモカを見るのがわかった。
　……見んじゃねぇよ……クソ野郎。
　急いでモカに近づき、腰に手を回して隣に並ぶ。

コイツは俺のだと、視線で周りを牽制した。
　モカにも、
「頼むから、今度からそんな格好でひとりで外に出ないでね」
　とニッコリ笑って言う。
　モカは青ざめた顔で、
「ええ!!　この格好変かな!?」
　とあわてている。
　……違うって。

　それからの帰り道は、俺がいない時は露出の多い服は禁止だと、説教じみたことを延々しゃべった。
　モカもうんざりした表情で聞いている。
「わかったってばもう!!」
「いや、わかってねぇ」
　そんな言い合いを繰り返しているうちに、家まで着いた。

　家に入ってから、モカの表情が硬くなっているのがわかる。
　たぶん、俺が言ったことを気にしているんだろう。
　リビングのソファーに座りながら、ガチガチになっているモカに笑った。
「なぁ、モカ。俺が言ったこと気にしてる？」
　ビクッとモカの身体が跳ねる。
「半分冗談だから。ちゃんと待つから。モカが覚悟するま

で手は出さねぇから」
　だから、んな緊張すんな、と笑いかける。
　明らかにホッとした様子でホント？と聞いてくるモカにまた笑った。
「あぁ。半端ねぇくらいキツいけど、待ってやるよ」
　そう言った途端、みるみるモカの身体の力が抜けていくのがわかった。
　……そうあからさまに安心されると、ちょっと傷つくんですけど。
「……ありがとう」
　そう微笑むモカに、ぎこちない笑みを返す。
　いつまで待てるのか……俺……。
　早く覚悟してくれよ、モカ……。
　それから他愛もない話をしたあと、外がすっかり暗くなっていることに気づいた。
　モカといると、あっという間に時間が過ぎる。
　……そういえば全然勉強してねぇ。
「モカ、そろそろ送る。全然勉強できなかったな」
　そう笑いながら声をかけた。
　ソファーから立ち上がったけど、モカは気まずそうに、こちらを見ているだけ。
　……なんだ？
「……モカ？」
「じ、実は……。今日……、黒崎くんと、そうなるって、思ってて、泊まるんだって思ってて……。麻美のところに泊ま

るって言って来ちゃったの……。麻美も協力するからって、今日わざわざお母さんに電話までしちゃって……」
　モカは泣きそうな顔でこちらを見る。
　…………マジか？
　しばらく固まって動けない俺にモカは、
「ご、ごめんっ!!　うん、やっぱり大丈夫っ。なにか理由つけて帰っちゃうよっ」
　そう立ち上がり帰ろうとする。
　あわててモカの腕をつかんだ。
「……待って、……帰らないで」
　モカの身体を抱きしめる。
「で、でも……。私、まだ覚悟できてないよ……？」
「あぁ。でも、一緒にいたい。帰したくない」
　身体だけが目的じゃねぇよ、と笑う。
「……いいの？　……泊まっても」
　不安そうな顔で言うモカに、
「ここにいて……一緒に寝よ？」
　さらにキツく抱きしめて言った。
「い、一緒にって!!」
　それはちょっと！とあわてるモカに、手は出さないことを約束した。
　一緒に寝ることは譲らなかったけど。
　モカが泊まる……そのことがうれしくて心が弾む。
　ご飯も、冷蔵庫になにも入ってなかったから出前をとって一緒に食べた。

約束通り、勉強も一緒にする。
　俺はそれどころじゃないけど、真面目に勉強するモカに付き合った。
　明日までずっと一緒にいられる。
　その事実が、俺の心にあった嫉妬や疑いといった負の感情を解消してくれるのがわかった。

　勉強が終わった今、モカは風呂に入っている。
　先に入れようとしたけど、あとから入ると聞かないから俺が先に入った。
　ちなみに、一緒に入ろうと言ってみたら本気で怒られた。
　部屋でひとりモカの帰りを待つ。
　手は出さないって言ったけど、我慢できんのか……？
　そんなこと言わなきゃ良かった……と激しく後悔していたら、モカが部屋に戻ってきた。
　パッと顔を上げる。
　風呂上がりのモカは、本気でヤバかった。
　上気したほおと肌、髪はしっとり濡れている。
　……押し倒してぇ。
　衝動的に行動に移してしまいそうな自分をなんとか抑え、モカの手を握った。
「……おいで？　髪、乾かしてあげる」
　脚の間にモカを座らせた。
　ドライヤーで優しくモカの髪を乾かす。
　サラサラとした艶を取り戻し、甘い香りが漂っている。

……頑張れ、俺。
　クラクラする頭を振り、何度も気合いを入れ直した。
　俺が必死で欲望と闘っているとは知らないモカは、無邪気に話しかける。
「こうして髪を乾かしてもらうの久しぶりだぁ。お母さんによくやってもらったなぁ」
　ね？とコチラに微笑みかける。
「んー……」
　はっきり言って、モカの話は半分耳に入ってない。
　美味(おい)しそうな獲物(えもの)を前にしながら、ずっとおあずけをくらってる状態だ。
　さっきから頭の中で天使と悪魔が闘っている。
　モカの言葉にもあいまいな返事をするだけ。
　そんな俺に、さっきまで普通に座っていたモカが無防備にも背を預け寄りかかってきた。
「なんか、気持ちよくて……眠くなって……きちゃっ……た」
　トロンと甘えた声で俺に体重を預けている。
　───プチッ……。
　理性の糸が切れたのがわかった。
　──もう、限界……。
　ドライヤーの電源を切り、床に置く。
「………モカが悪い」
　そう呟いて、後ろから華奢な身体をギュッと抱きしめた。
「えっ？　えっ？」

モカは今の状態が把握できていないのか驚きの声を上げている。
　それを無視し、頭や耳にキスを落とす。
「やっ……！　ちょ、ちょっと……！」
　身体をよじらせ、抗議をしようと振り返ったモカの唇をふさいだ。
「……んっ！」
　無理やり唇をこじ開け、舌を入れた。
　逃げようとするモカの舌を捕らえ、ゆっくり味わう。
「……んんっ……はぁ……」
　モカから甘い吐息が漏れる。
　それが、余計俺をあおることになるなんてモカは気づいてないだろう……。
　キスを堪能し、首筋に顔を埋めた。
　白くて細いうなじに唇をはわす。
「……やだっ！　手は出さないって……！」
「うん……」
　言ったっけ、そんなこと。
　最初は本当に守るつもりだったけど、やっぱり無理だ。
　ごめんね、モカ。
　…………いただきます……。
　モカを抱え、ベッドに落とす。
　逃がさないようにすぐさま覆いかぶさり、額にキスを落とした。
　おびえさせないように……とモカに微笑んだあと、パ

ジャマのボタンをひとつ外して胸元に吸いつく。
　真っ白な肌に浮かんだ紅い痕(あと)に満足して目を細めた。
「イヤッ!!」
　俺の頭を押して逃げようとするモカの唇を再びふさぐ。
　やめて！と暴れるモカの身体を押さえ、パジャマの下から手を差し込んだ瞬間、
「……いや……やだよ……」
　ヒックヒックと泣きじゃくるモカの声が聞こえた。
　………俺、今、なにしてる……？
　ハッと起き上がり、モカの顔を見る。
「……ゃだ……」
　顔を背(そむ)け、涙をこぼしながら僅(わず)かに身体を震(ふる)わせていた。
　……なにやってんだ俺……。
　一番大切な女の子に、一番最低なことをした……。
「……モカ……ごめん……」
　もうしないから、と震える身体をそっと包んでモカに謝る。
　ビクッと身体を震わせたけど、離すわけにはいかない。
　抱きしめたまま頭をなで、何度も謝った。
　腕の中にいるモカが抵抗しないことにただただ安心した。
　徐々にモカの体の力が抜け、落ち着きを取り戻しているのがわかった。
「ごめん……俺、完全に暴走してた……」
「待つって……手は出さないって……言ったのに」

グスッと鼻をすすりながらモカが言う。
「うん、ごめん。……でも、モカ見てたら、我慢できなかった……」
　かわいくて、と付け加えるとモカの顔が真っ赤に染まった。
「私の方こそ、ごめんね……恐くなっちゃって……」
　気まずそうに微笑むモカに首を振る。
「呆れちゃった？　お子様過ぎて……」
　今度は暗い表情になるモカに驚く。
「なんで？」
　なにを、言ってる？
「私、こういうの、全部初めてで……。慣れてなくて……嫌になっちゃった……？」
「……慣れてたら嫌なんだけど」
　不機嫌に言い放つ。
「……モカの初めては、全部、俺だから」
　俺がもらうから、と呟き胸に抱き寄せた。

　モカを抱きしめたまま、しばらくお互い黙ってた。
　……実は、この状態は結構きつい。
　こっちはさっきの熱が冷めやらないまま。
　だけど、離したくない。
　ひたすら、我慢……。
　……でも、ちょっとくらいなら……。
「………モカ？」

うん？　と上目遣いでこちらを見る。

俺の心臓をいとも簡単に破壊するその顔。

「………キスしてもいい？」

えぇっ!!と顔を赤くするモカに追いうちをかける。

「………だめ？」

至近距離で、自分でもわかるほど甘く優しく微笑んでモカの頬をなでる。

だ、だめじゃないけど、と真っ赤な顔であわてながら俺を見るモカ。

「……けど？」

その先をうながす。

「……大人のチュウはやだ……」

か細い声で言うモカに笑った。

「……了解」

その言葉とともにモカの唇をふさいだ。

何度も、ついばむようなキスを繰り返す。

時々、目を開けて見つめ合いながらふたりで笑った。

泣き疲れて少しはれているまぶたにも、たくさんキスをした。

さっきのような失態をしないように、優しく、優しく扱う。

「あはっ……くすぐったいよ黒崎くん……」

声を上げて笑うモカに、ピタッと動きが止まる。

まただ……。

モカは気づいてるんだろうか……。

「……こないだからまた黒崎くんに戻ってんだけど？」
　名前で呼んでくれたのは、気持ちが通じ合った日の一回きりだ。
「うっ……なんか恥ずかしくて……」
　慣れてないし、とモカが言い訳をする。
「呼んで？」
　チュッと唇に軽くキスをする。
「うっ……うん、頑張るよ」
　照れまくっているモカに、今すぐ、とせがむ。
　ほら、と言い続けてるとようやくモカも観念したみたいだ。
「い……いずみくん……？」
　恥ずかしそうに呼ぶモカに、よくできました、と頭をなでる。
　でも、くんはいらねぇんだけどな。
　まぁ、それはまた徐々に慣れてもらうか。
「でも、名前で呼ばれるの嫌じゃなかったの？」
　モカが不思議そうに聞く。
「あぁ。嫌だね」
　当然、という顔で答える俺に、だったら！とモカが反抗する。
「……でも、モカは別」
　女の子みたいな自分の名前が大嫌いだ。
　昔から密かなコンプレックスだったりする。
　名前で呼んでくる女子には容赦なく、呼ぶな、とにらみ

第十一章　理性と本能 >> 147

つける。
　サッカー部の仲間にも呼ばせてない。
　……唯一聞かないのは裕太ぐらいだ。
　でも、モカには、モカにだけは呼んでほしい。
　あの甘い響きで呼ばれると、自分の名前が特別に思えて、好きになれる。

　どれくらい時間が経ったか。
　甘い時間を過ごすうち、モカがうとうとし始めた。
「……もう寝るか」
　うんとうなずいたのがわかった直後、モカはスーッと眠りについた。
　たぶん、今日は俺のせいで疲れてしまったんだと思う。
　ゆっくり眠ってほしい。
　穏やかに眠るモカの額にキスをひとつ落とし、一緒に眠りについた。

　……ゆっくり目を開ける。
　カーテンの隙間から漏れる陽の光で目覚めた。
　もう朝か……。
　隣にいるはずのモカを引き寄せようと手を伸ばした。
　…………あれ？
　あるはずのものがない。
　手がベッドの上をバタバタと動く。
　…………いない!?

「モカっ!?」
　一気に頭が覚醒し、蒼白になりながら飛び起きた。
　スー……と聞こえる寝息。
　………ん？
　ベッドの端にある小さな膨らみ。
　広いベッドの隅っこに丸まって寝ているモカがいた。
「はああぁー……あせった……」
　マジでどうしようかと思った。
　黙って帰ったのかと思った。
「……そんな隅で……勘弁してよ」
　苦笑しながら、モカの体を引っ張り腕の中に抱き寄せた。
　寝ぼけてるのか、モカは気持ちよさそうに俺の胸にすり寄って、ギュッと抱きついてきた。
　…………うわっ……やべ。
　鼓動が速くなる。
　柄にもなく固まってしまった。
　普段のモカなら、こんなことはしない。
　俺が抱きしめてもされるがまま。
　バクバクと鳴る心臓を抑えられないまま、動けない自分に情けなく笑った。
「……モカ、起きて」
　耳元でささやく。
　うーん、とうなりながらモカはさらにギュッと抱きついてくる。
　ちょっ……マジでヤバい。

第十一章　理性と本能 >> 149

　俺も健全な男子。
　好きな女の子に抱きつかれるといろいろヤバい。
　しかも手は出せないってのに……。
　最高にうれしいはずなのに最高にキツい状況だ。
「……モカ！」
　少し声を大きくして、頭をポンポンとなでる。
「う……ん……」
　もそもそと動き出したモカに少し安心する。
　体を離し、ボーッとしながら起き上がっている。
「おはよ、モカ」
　一緒に起き上がりながら朝のあいさつ。
「……おはよう、いずみくん……」
　まだ少し寝ぼけた様子のモカがふにゃっと笑いながら言った。
　……壮絶に、かわいい。
　押し倒したくなる衝動を必死に抑え、頬にキスをするだけにとどめた。

「モカ、すごい寝相だったな」
　笑いながら言うと、
「うそっ！？　やだっ!!　やめてよ!!」
　とバシバシ身体をたたかれた。
　ボッと顔が赤くなるモカにまた笑い、ベッドから降りた。
　こんな朝が毎日続けばいいのに……と思う。

午前中、部屋でまったり過ごしたあと、昼メシはなにか作ると言うモカと一緒に近所のスーパーへ行った。
　カゴを持ち、なににしようかと楽しそうに食材を選ぶモカの後ろ姿を見つめる。
　……なんかすげぇ幸せだ。
　自然と頬がゆるむ。
「ね、なにが食べたい？」
　にっこり笑って振り返るモカに近寄り、耳元に顔を近づけた。
「……モカが食べたい」
　持っていたじゃがいもをゴトッと落とし、真っ赤になって固まったモカに笑った。
　今朝、あんなに翻弄させられた仕返しだ。

第十二章
かき乱す者

【モカside】
　黒崎くん……いや、和泉くんと一緒に過ごした週末は、パニックの連続だった。
「で？　どうだった？」
　麻美がニヤニヤ笑いながら聞いてくる。
「……」
　なにもしていないけど、昨日の色気たっぷりの和泉くんと情けない自分を思い出し、ひとり赤くなった。
　そんな私の反応を見てキャーッと興奮している麻美に、
「違う違うっ!!　誤解だって!!」
　とあわてて否定する。
「なぁんだ。つまんないの」
　麻美に昨日のことを全部話した。
「でもあんたもすごいわね。あんな超絶美形の男に迫られても落ちなかったなんて」
　……いや、何度も落ちそうだった。
　自分でも覚悟していたつもりだったし。
「……でも、やっぱり怖くなっちゃって……」
　私が拒否したあと、和泉くんはすごくツラそうだった。
「黒崎もかわいそうに……」
　同情たっぷりの表情で憐れんでいる麻美。
「だって〜……！」
　できれば私も期待に応えたかったよ……。
「なになに？　モカちゃん、黒崎とうまくやったって？」
　慎くんがニヤニヤしながら現れた。

「もう！　ふたりしてやめてよ〜!!」
　私達のことを知ってるのは、裕太くんと麻美、そして慎くんの３人だけ。
　だから、会うたびに冷やかされる。

　ふたりから逃げるように図書館へ向かう。
　中等部へと続く渡り廊下を通ろうとしたその時、
「モカちゃん！」
　遠くから大きな声で呼ばれた。
　反射的に振り向く。
「……高橋くん？」
　バスケットボールを持った高橋くんがそこにいた。
「……どうしたの？」
　カラオケでの一件から、高橋くんは苦手……。
　用件を聞いて、早く終わらせたい。
「いや？　モカちゃん見つけたからつい」
　にっこり笑う高橋くん。
　その笑い方が、少し怖い……。
「麻美とメシ食べ終わったの？」
「え？　……うん」
「じゃあ弁当持ってどこ行くの？」
　ドキッと心臓が鳴り、冷や汗が吹き出す。
「……ううん？　どこにも行かないよ？」
　お弁当をさっと後ろに隠した。
　ひとつはさっき私が食べたもの。

ひとつは和泉くんのお弁当だ。
　それを目ざとく見つけた高橋くんは、
「なんでふたつ持ってんの？　もしかして……誰かにあげるつもりだった？」
　いやらしい笑みを浮かべながら近づいてくる。
「……ううん。時々麻美にも作ってあげるの。でも、今日は私体調悪くて食べられなくて……」
　すごく苦しい言い訳だ、と自分でも思ったけど、ごまかさないといけない……。
　ふーん、と言いながら、高橋くんはまたにっこり笑った。
「じゃあさ、それちょうだい？」
　高橋くんが目の前に立ち、お弁当箱を指差した。
「えっ……ちょっとそれは」
「食べないんでしょ？　それ。じゃあ、もらってもいいじゃん」
　私の言葉を聞かず強引にお弁当箱を奪う。
「や！　……ちょっと!!」
　返して！と高橋くんに詰め寄るけど、ひょいとかわされる。
「俺が食べてあげる。……俺がもらうから」
　意味深な言葉で、にやっと笑う高橋くんに、ゾクッと背中が寒くなった。

「はあぁぁあっ!?　ねぇの!?　弁当!!」
　和泉くんがガクッと肩を落としている。
　お弁当は奪われたまま、あれから高橋くんと別れ、急い

で図書館に向かった。
「ご、ごめん!!　……つい忘れちゃって……。その代わり、購買でパン買ってきたから！」
　ほら！とパンを机に置く。
　じとーっと責めるような視線で見てくる和泉くんから目をそらした。
　高橋くんに取られたとはいえ、あげてしまったのは事実。
　本当のことを和泉くんに言えなかった。
　渋々パンを食べている和泉くんがじっとこちらを見ながら言う。
「……なにかあった？」
　ビクッと身体が跳ねる。
　す、鋭いっ!!
「……なにかって……？　なにも、ないよ……？」
　明らかにうろたえる私に和泉くんは疑いの眼差しを向ける。
「じゃあ、なんで目を見ない？」
　………うっ。
「そ、そんなことないよっ」
　あわてて目を見る。
「怪しい」
　パンを食べ終わり、缶コーヒーを飲みながら眉をひそめている。
「うっ……。い、いや、あの……。なんか、昨日のこと思い出したら、照れくさくて」

まともに顔が見れない……、と呟く。
　苦しい言い訳だけど、実際それも半分はある。
「なんだ、そんなこと」
　フッと穏やかに笑う和泉くん。
　……どうやら疑ってないみたいだ。
　でも、なんかちょっと胸が痛くなる。
　しゅんと落ち込んでいると、和泉くんはポンポンと頭をなでる。
「弁当のことは別に怒ってねぇから、んな落ち込むな」
　違うのに……。
　全部私が悪いのに……。
　隙だらけで、嘘までついて、自分に都合のいい言い訳までして……。
　私、最低だよ……。
　それなのに、どこまでも優しい和泉くんに泣きたくなった。
「ごめん……ごめんね……和泉くん」
　ギュッと抱きついた。
「だから！　怒ってねぇって！　んな小せぇ男じゃねぇ」
　笑いながら抱きしめ返してくれる。
　違うの……そうじゃないの……。
　そう言いたかったけど、声が出なかった。
　私を抱きしめながら、和泉くんはいつもの定位置へ向かう。
　本棚を背に座り込んだ和泉くんの脚の間に座る。

「自然とここに座ってくれるようになったな」
　笑いながら後ろから抱きしめられる。
　……そういえば……無意識に座ってた。
　いつの間にか、和泉くんの色に染まっていたんだ……。
　その事実に顔が赤くなった。
「……好きだよ、モカ」
　抱きしめる腕にグッと力が込められる。
「……うん、私も……」
　照れながら小さな声で呟けば、和泉くんは頭や耳に次々とキスを落とす。
　どうすればいいのか固まっていると、その唇が耳から首へと下がってきた。
　ビクッと身体が震える。
「ゃ！　……和泉……くん？」
「……そのまま」
　和泉くんの言葉に制され、固まったまま動けないでいる。
　制服でギリギリ隠れる鎖骨の辺りに、和泉くんがチュウッと吸いついた。
「……いたっ……！」
　小さな痛みが走り、あわてて和泉くんを振り返る。
　舌をペロッとなめながらニヤリと妖艶に微笑む和泉くん。
　もしかしてっ……!!
「痕、つけたっ!?」
　首元を見るけど自分からは見えない。

「あぁ。つけた」
　悪びれる様子もなく、堂々と言う和泉くんに詰め寄る。
「やめてよ！　誰かに見られたらどうするの!?」
　思いっきりにらむけど、和泉くんは満足そうに微笑むだけ。
「……俺の、って言えねぇから」
　だからつけた、ともう一度屈んで、痕を残した場所をペロッとなめてくる。
「……ここは？」
　私の胸元を指して言う。
「俺の痕、まだ残ってる？」
　ボッと顔が赤くなる。
　の、残ってるけど……!!
「し、知らない!!」
　ごまかして逃げようとする私と、見せろと詰め寄る和泉くんとの言い合いで休憩時間は終わってしまった。

　いつものように、ひとりで先に教室へ帰る。
　階段を上がり教室へと続く廊下を曲がろうとした時、壁に背を預けて寄りかかっている高橋くんがいた。
　グッと足が止まる。
「モカちゃん♪」
　こちらに気づいた高橋くんが近づいてきた。
「教室行ってもいないからさ。……どこ行ってたの？」
　麻美や慎も教えてくれねぇし、と呟く。

「別に。ちょっと気分悪くてひとりになれる所に……」
　思いっきり嘘をついた。
　ふーん、と意味深に微笑む高橋くん。
「これ。お弁当ありがとう。……美味しかったよ」
　空になったお弁当箱を返してきた。
　なにも答えずバッと奪うように受け取る。
　それに、くすっと笑う高橋くんが続けて言ってきた。
「こないだの質問、答えてくれない？」
「……質問？」
　高橋くんの笑みが怖くて、一歩後ずさる。
「彼氏いるの？って聞いたでしょ、俺」
　カラオケの時だ……。
　手を握られながら言われたことを思い出し、不快感が走る。
「……いないけど……」
　和泉くんの顔が頭をよぎる。
「じゃあ、俺、立候補していいんだ」
「…………え？」
　……な、なにを言ってんの……？
「モカちゃんのこと好きになっちゃった。彼氏いないなら、付き合おうよ」
「え……いや……」
　突然すぎて言葉が出ない。
「ね？」
　と、動けない私に高橋くんが肩に手を置いてくる。

いや！
　和泉くんの手とは違う高橋くんの大きな手に嫌悪感が走り、思わず振り払った。
　また、にやっと笑う高橋くん。
　……すごく気分が悪い。
「ご、ごめん。私、好きな人いるから……」
　早くこの場から立ち去りたくて、高橋くんに断りながら歩き出した。
「待って」
　逃げようとする私の腕をバッとつかむ。
「好きな人、ならまだチャンスはあるよね？　……俺、諦めるつもりないから」
　その方が燃えるし、とまた嫌な笑みを浮かべる。
「……ごめんなさい」
　つかまれている腕を振りほどく。
　早く立ち去りたい……。
　教室へと足早に帰る私に、
「モカちゃん！」
　と後ろから呼ばれる。
「……なに？」
　嫌々振り向く。
「見えてるよ」
　ココ、と自分の首元を指差し、ニヤつきながら高橋くんは去って行った。

第十二章　かき乱す者 >> 161

　首元を隠すように意識しながら、教室へ入った。
　もう和泉くんも戻っていた。
　相変わらず、寄ってくる女の子達を追い払っている。
　……どうしようか……。
　和泉くんに報告して、相談してみようか……。
　でも、余計な心配させたくないし……。
　なにより、嫉妬深い和泉くんの反応も怖い……。
　しばらく考えて、結局言わないことに決めた。
　和泉くんも、いちいち告白してきた女の子のことを私には言わない。
　……まぁ、数が圧倒的に違うから、報告するとなると毎日大変だ……。
　高橋くんのことは、もう一度ちゃんと断り、自分で処理しよう。

　それから一週間。
　高橋くんは私がひとりの時を狙って、なにかと話しかけてきていた。
　休憩時間や掃除の時間。
　そして今は、放課後の下駄箱。
「モカちゃん、一緒に帰ろ♪」
「……あの、高橋くん……。前にも言ったと思うけど、高橋くんの気持ちに応えられないから……。悪いけど、こういうの……困る」
「……俺も言ったよね？　諦めないって」

高橋くんが不敵に笑う。
「でも……！」
　私の言葉は聞かず、手をつかんで無理やり引きずるように校門へ向かっていた。
「ちょっと……!!　やめてよ!!」
　手を振りほどこうとするけど、しっかり握られて離れない。
「やだっ……!!」
　校門の近くにはグラウンドがある。
　部活中の和泉くんがいるはず。
　こんなところ、和泉くんに見られたらどうしよう!!
「高橋くん!!　やめてよ!!」
　大きく手を振り払った瞬間、
「……なにやってんの？」
　後ろからひどく冷静な声が聞こえた。
　まさか……!?
　和泉くん……!?
　恐る恐る振り返ると、そこにはユニフォーム姿の慎くんがいた。
「……慎……くん」
　少しホッとする。
「お前練習サボってなにやってんだよ……モカちゃん嫌がってんだろ！」
　声を荒らげて高橋くんから私を離した。
「なにって……モカちゃん口説いてんの♪」

怒っている慎くんとは対照的に、楽しげに答える高橋くん。
「お前……いい加減にしろよ……」
　そう呟いたあと、慎くんは私に向き直り、
「あとは俺がなんとかするから、帰りな」
　と、背中を押してくれた。

　あれから、慎くんの言葉に甘えて急いで家に帰った。
　明日、慎くんに謝らなきゃな……。
　そう思い、スマホを取り出す。
　慎くんに迷惑かけたこと、麻美に黙っておくわけにはいかなかった。
「……うん、慎から聞いたわ……。モカ、大丈夫？」
　電話をすると、麻美もすでに慎くんから聞いていたみたいだった。
「うん、なにかされたってわけじゃないし……」
「でも、高橋は遊んでるって噂よく聞くから気をつけて」
　麻美が心配そうに忠告してくれる。
「……うん。明日、和泉くんにも相談してみる……」
　いつまでも黙っていられない。
　明日言おう、そう決心して電話を切った。

　翌日、いつものように登校し、下駄箱で上履きを履く。
　はぁ……、和泉くんになんて相談しようか……。
　切り出し方がわからない。

まぁ、お昼休みまでに考えればいいか……。
　決心したものの、なかなか難しい……。
　ぐるぐると考えながら教室へと向かうが、なんだかいつもと様子が違うことに気づいた。
　な、なに……？
　すごく視線を感じる……。
　廊下を歩きながら、周りがチラチラと自分を見ているのがわかる。
　なんだか、嫌な予感がする……。
　変な汗をかきながら教室へと近づいた時、怒声が響き渡った。
「お前ぇらふざけんじゃねぇ!!!!!」
　……この声。
　和泉くんっ!?
　あわてて教室に入ると、教壇に立った和泉くんがクラスの皆をにらみつけていた。
　なに……!?
　今の状況がわからないでいると、クラスのひとりが私に気づく。
「お！　浅野が来た!!」
　その言葉でクラスがざわつき始める。
　男子からは興味深い視線、女子からは嫉妬や怒りが混じった視線が刺さる。
「な、なに……!?」
　イヤな予感は的中した。

ハッと顔をこちらに向けた和泉くんと目が合う。
　それから、和泉くんの背後にある黒板が目に入った。
　白いチョークではっきりとそれは書かれていた。
『清純派・浅野モカの隠された真実!!　学園No.1の黒崎和泉とバスケ部エース高橋健、ふたりの男をもてあそぶ!!』
「……な、なにこれ……」
　……誰がこんなこと……。
　呆然(ぼうぜん)と黒板を見つめる。
「モカ……」
「モカちゃん……」
　心配する麻美と裕太くんの言葉が耳に入らない。
「サイテー……」
「まさか浅野がな……」
　周りから誹謗(ひぼう)する声だけが聞こえ、全身がガタガタ震える。
　蒼白な顔で突っ立って動けない私を見て、和泉くんはより一層怒りの表情を現していた。
　その雰囲気に誰もがたじろぎ、話しかけることができない中、和泉くんが黒板消しを持って、その落書きを無言で消し始めた。
　それに続いて麻美と裕太くんも一緒に消し始める。
　なにも考えられない……。
　カバンもお弁当も床に落としたままボーッと立っているだけの私の下に、黒板を消し終えた和泉くんが近づいて来た。

「行くぞ、モカ」
　ここが教室だということも、ふたりの関係がバレてしまうという懸念も、いっさいを無視して和泉くんは皆の前で私の名を呼び、腰に手を当て私を教室から連れ出した。
　それに戸惑うという思考もなく、大人しく連れて行かれるまま。
　教室や廊下からは女子達の絶叫がこだましていた。

　階段の下にある小さな倉庫、そこに隠れるように入った。
「誰があんな事……」
　まだ怒りが収まってない様子の和泉くんが呟く。
　先ほどのことが衝撃的すぎて、まだ声が出ない。
「大丈夫だから、モカ。俺がなんとかする」
　私を優しく抱きしめる和泉くんにうなずくこともできなかった。

　授業が始まる直前、私達は教室に戻った。
　皆、さまざまな視線をこちらに向けているけど、和泉くんの威圧的に牽制する視線であからさまな言葉をぶつけてくる人はいなかった。
　席に座り、恐る恐る前を見る。
　おもしろがってこちらを見ている人、心配そうに見ている人、そして、憎悪を向ける人。
　その視線に耐えられなくなり、再びうつむいた。

「嘘に決まってんじゃん！　あんなデタラメな落書き。モカちゃんがそんなことするわけないじゃん」
　わざとあっけらかんと言う裕太くんに、麻美も「そうよ！」と賛同する。
　その言葉をきっかけに、クラスの皆も「だよな？」と言い出し、だんだん冗談としてとらえ始めていた。
　誰かの悪ふざけだろう、と。
　ただ、一部の女子を除いては。

　授業の内容も全然頭に入らず、気づけばもう４限目を迎えている。
　次の授業は移動教室のため、教室には数名しか残っていない。
「モカ、行こ！」
　教科書とノートを持った麻美が私の席まで来た。
「……うん」
　いつもと変わらず話しかけてくれる麻美がありがたかった。
　元気出しな？と頭をなでてくれる麻美に少し微笑む。
　準備をして立ち上がり、チラッと後ろにいる和泉くんを見ると、優しく微笑み返してくれた。
　……うん、頑張れる。

　麻美と一緒に教室を出ようとした時、突然、高橋くんが入って来た。

身体がビクッと固まる。
「おはよ♪　モカちゃん！」
　後ずさった私にさらに一歩近づく。
　麻美も警戒していた。
「……なにか、用？」
　硬い声で問う。
「いや？　教室の前を通ったからあいさつしようと思って」
　迷惑だった？と聞く高橋くんを無視して教室を出ようとした時、
「モカちゃん！　またお弁当作って来てね？」
　と後ろから声をかけられ、あわてて振り向く。
「あ！　今日は一緒に帰ろ？　待ってるから」
　ね？と首を傾げる高橋くんが、一瞬和泉くんの方を見て、にやっと不敵に微笑んだ。
「……なぁんだ。本命は高橋くんなんだ」
　教室に残っていた立花さんと、その取り巻きの女子が遠慮ない言葉をぶつけてくる。
「違っ……!!」
「黒崎くんに近づかないでよ!!　迷惑してるじゃない!!」
　以前、和泉くんに告白していた立花さん。
　おそらく、まだ和泉くんのことが好きなのだろう。
　かわいい顔が今では憎悪で歪んでいる。
　にらみつける立花さんに言葉が出ない。
　しかし、それ以上に、なにも言わない和泉くんが怖かった。

「……どういうこと？」
　お昼休みの図書館で、和泉くんが問い詰める。
「……誤解なの!!」
　先ほどの高橋くんが残した言葉。
　そのまま聞いてしまえば誰もが誤解してしまうような言い方だった。
「……ふたりでこそこそ会ってたわけ？」
　弁当まで作ってあげて、と和泉くんが苦い顔になる。
「違う!!」
　誤解をとくため、和泉くんに黙っていたことを全部話した。
　お弁当のこと、放課後待ち伏せされていたこと、……高橋くんに迫られていることを。
　私が話している間、聞いているのかいないのか、和泉くんはずっとうつむいたままだった。
「……ごめんなさい。ずっと相談しようかどうしようか迷ってて……」
　すべてを話し終え、和泉くんを見る。
　なにも言わない和泉くん。
　そのことが胸を苦しめ、涙が出てくる。
「和泉くん……」
　なにか言ってほしい……。
「……話は、わかった」
　和泉くんが口を開いた。
「……モカを、信じる」

その言葉にハッと顔を上げる。
「……でも、なんですぐ俺に言わない？」
　俺はモカのなに？と、苦しそうな顔をしてこちらを見る。
「……ごめん、なさい。余計な心配かけちゃだめだって思って……」
　余計な心配？と和泉くんが笑う。
「……なにも知らされない方がツラい」
　そう言って、和泉くんは立ち上がり、この場から立ち去ろうとした。
「待って和泉くん!!」
　このままじゃ嫌！
　そう思って和泉くんを引き留める。
　立ち止まった和泉くんは振り返らず言った。
「ごめん……。ちょっと今俺、自分の感情抑える自信がない……。モカは、悪くないってわかってる。でも、アイツへの怒りと嫉妬で、モカをメチャクチャにして……奪ってしまいそうだ……」
　しばらく頭冷やす、そう言って和泉くんは出て行った。
　まさか、こんなことになるなんて……。
　そのまま座り込み、声も上げず涙を流した。
　開かれもしないお弁当と、浅はかな自分が図書館にむなしく残る。

　和泉くんと心がすれ違ったまま１週間が過ぎ、夏休みに突入しようとしていた。

第十二章　かき乱す者　>> 171

　相変わらず、私達ふたりの間に会話はなかった。
　図書館にも、和泉くんは姿を現していない。
　……もう嫌われちゃったかな。
　教室で目も合わせない私達、そして、ますます無口で無愛想になった和泉くんの険悪な態度もあってか、あれから私達の噂を立てる者はいなかった。
　ただ、立花さんを始めとする一部の女子からは陰湿な嫌がらせは続いている。
　無視や陰口は日常、時にはカバンやシューズが汚されていたり。
　でもそれも和泉くんに避けられることに比べればたいしたことない、と感じている。

「モカちゃん♪　一緒に帰ろう？」
　あれから、しつこく言い寄ってくる高橋くんにもきっぱりと断るようにしている。
「帰らない」
「アイツのこと、もう諦めれば〜？」
　高橋くんの言葉に目を見開いて振り向く。
「黒崎でしょ？　モカちゃんの言う好きな奴って」
「……関係ないでしょ」
「アイツと付き合うと苦労するぜ？　なんたって学園一の男前だし？」
　女の子選び放題でうらやましいけど、とばかにしたように笑う高橋くんを、初めて憎いと感じた。

流れるように毎日が過ぎ、気づけば今日は終業式。
　明日から夏休みに入るので、和泉くんとはしばらく顔を合わせないことになる。
　この状態だから、夏休みに会う予定ももちろんない。
　毎日顔が見れたことでどこかに安心感があったけど、このまま休みに入ってしまうと、ホントに終わりそうな気がした。
　麻美や慎くん、裕太くんにも何度も心配されたけど、大丈夫、としか答えていない。
　ある意味自分に言い聞かせていた。
　このままじゃ、ダメだ。
　もう一回、ちゃんと和泉くんと話をしなければ……。

　家でひとりため息をつく。
　和泉くんと話をする、と決心したものの、終業式の日、女の子に囲まれている和泉くんを見たらその中に入っていく勇気がなかった。
　なにやってんだろ……。
　自分が情けない。
　スマホを握りしめ、何度もかけようとするけど、やっぱり直接会って話したい。
　よしっ！　明日、勇気を出して和泉くんの家に行ってみよう……。
　そう固く決心していたら、コンコンと部屋をノックしたお母さんが入ってきた。

第十二章　かき乱す者 >> 173

「モカ、明日の準備できてる？」
「…………は？」
「忘れたの!?　明日、従兄弟のまーくんの結婚式でしょ!!」
　………そうだった……。
「お母さん！　それ何時から!?　どうしても、明日会って話さないといけない子がいるの!!」
　鬼気迫る表情で詰め寄る私に、困惑気味のお母さんが、
「……12時からだけど……」
　と呟く。
「お願い!!　絶対間に合うように帰ってくるから！」
　懇願する私に、渋々お母さんは了承してくれた。

　翌朝、髪を結い、薄く化粧をして清楚なワンピースに着替える。
　結婚式にすぐ向かえるよう、準備をして和泉くんの家に行くつもりだ。
　和泉くんに連絡してないけど、家にいるよね……？
　気合いを入れ、ハイヒールを履いた。
　よしっ!!
「行ってきます!!」
　お母さんの「早く帰って来なさいよ〜」と言う声を聞きながら家を出た。

　駅に着き、改札を出る。
　一気に緊張が高まってきた。

和泉くんの家の方向に進むため、駅のロータリーまで降りると、白いジャージに身を包み、大きなスポーツバッグを持った男の子がこちらに向かってきた。
　進めていた足をピタリと止め、その男の子を見た。
　うつむきながら歩いているが、周りの女性からの視線を一身に集めている。
　……間違いない。和泉くんだ。
　まさかこんなすぐ会えるとは……。
　予想外の遭遇に驚きつつも、勇気を出して一歩踏み出した。
「……和泉くん‼」
　顔を上げた和泉くんが怪訝そうに眉を寄せこちらを見た。
「……モカ？」
　歩みを止め、驚きの表情で固まっている和泉くんに近づく。
「……おはよう」
　微笑みながら言うと、あぁ、とだけ返事をしてくれた。
「……どした？」
　まだ驚きが隠せていない様子の和泉くんが問う。
「うん、話があって……。もう、ずっと話せてなかったでしょ？　私たち……。だから……どうしても、会って話したいって思って……」
　和泉くんはうつむき、その表情が曇っているのがわかる。
「……そう。どうしたの？　その格好……」

ふいに顔を上げた和泉くんは、今日の私の格好に疑問を感じたのか聞いてくる。
　突然おめかしして現れたら、そりゃビックリするだろう。
「あ、あぁ、これ……。今日、従兄弟の結婚式がこれからあって……」
　時間がなくてこの格好のまま来ちゃった、と苦笑する。
「……そっか」
　とくに興味も示さないまま、再びうつむいた和泉くん。
　沈黙が続く。
「でね、和泉くん……」
　時間もない。
　意を決してしゃべり始めたその時、
「夏休みは？　……どっか行くの？」
　かぶせるように和泉くんが問いかける。
「え？　……あぁ、とくに……。夏期講習くらいかな……それより！」
　こんなのん気なことを話しに来たんじゃない!!
　再び、本題に入ろうとした。
「あのね！　今日来たのは……」
「あのさ、悪いんだけど……。今日から俺、強化合宿だから……。急いでて……もう行かないと」
　……じゃあ、と悲しそうに微笑んで和泉くんは去って行った。

　家までの道をとぼとぼ歩く。

……なんで？
　もう、話もさせてもらえないの？
　そんなに嫌われたの？
　なんで……和泉くんがあんな悲しそうな顔をするの？
「……泣きたいのはこっちだよ」

　その日の結婚式は、華やかで幸せに満ちた雰囲気の中で、ひとり、辛気くさい暗い表情の私がいた。
「なんて顔してんのよ」
　お母さんからパシッと何度も頭をたたかれた。
　夏休み、和泉くんに会えたのはその一回きりだった。

第十三章

アナタの隣に……

今日から、いよいよ二学期が始まる。
　結局夏休みは和泉くんと連絡も取らないまま、勉強のみという非常に高校３年生らしい１ヶ月を過ごした。
　今日、久しぶりに顔を会わせることになる。
　緊張のせいか、手がとても冷たい。
　麻美によると、和泉くんや裕太くんは秋から始まる全国高校サッカーの予選に向けて、合宿と練習試合の繰り返しだったらしい。
　そんなスケジュールさえも知らなかった私は、和泉くんにとってどうでもいい存在になってしまったんだ、と自嘲気味に笑った。
　今年で引退となるため、全国大会連覇を目標にかなり気合いを入れている。
　そう話していた和泉くんのことを思い出す。
　とても、遠い昔のように思えた。

「おはよ！　モカ」
　教室に入ると、麻美が近づいてきた。
　黒板の事件があって以来、できるだけ私の側にいてくれようとする。
　立花さんを始めとした一部の女子からの嫌がらせも、私には言わないけど麻美は気づいていた。
「おはよ」
　一瞬和泉くんの方を見たら、相変わらず女の子が集まっていた。

前のように、あの間をぬってカバンを置きに行く勇気も
ない。

　チャイムが鳴り、皆ぞろぞろと自分の席に着き始めた。
「……モカ、鳴ったよ」
　麻美が心配そうに声をかける。
「……うん、そだね」
　自分の席へと向かう。
　途中、裕太くんと目が合うも、やっぱり麻美と同じよう
に心配そうな目をされた。
「……おはよ」
　念のため、和泉くんに声をかけた。
　……返ってこないかもしれないけど。
　カバンを置いて席に着く。
「……はよ」
　思わずバッと振り向く。
　……返してくれた。
　それだけで、胸がいっぱいになるほどうれしかった。

　授業中は黒板より、背中に集中していた。
　教科書をめくる音、シャープペンシルの音、咳払い。
　和泉くんの存在がすぐそこに感じられることがすごく幸
せだった。
　こんなにも好きになってるなんて……。
　今さら、だよね……。

お昼休み、少し期待して図書館に行ったけど、やっぱり和泉くんは来なかった。
「よーし、二学期に入ったことだし、席替えするか!」
　5限目、授業を中断して言った担任のその言葉に一瞬思考が停止した。
　うそ……。
　この席だから、和泉くんのそばにいられたのに……。
　ただひとり呆然とする中、クラス中がにぎやかに盛り上がっていた。

　席替えの結果、やはり、というか、奇跡は起こらず離ればなれの席になってしまった。
　一番前になってしまった私の席から和泉くんの席なんて見えなかった。
　しかも、和泉くんの隣の席は立花さんだ。
　楽しそうにはしゃぐ彼女の声が耳につく。
　……神様の意地悪。
　なにかに八つ当たりしたい気分だった。

　次の日の朝は、すんなりと自分の席に座れた。
　……もう、麻美のところへ避難しなくてもいいんだ。
　……少し寂しい。
　席に着き、ボーッとする。
　麻美は今日休みなのか、まだ登校していない。
　後ろから立花さん達の笑い声が聞こえる。

胸がつぶれそうなほど苦しかったけど、和泉くんの笑い声がないことが救いだった。

　授業も上の空で、ただボーッと座っていた。
　相当重症かもしれない。
　休憩中は嫌でも後ろの立花さん達の会話が聞こえてくる。
　……はぁ。麻美がいたら気が紛れるのに……。
　やっぱり麻美は休みらしい。
　風邪を引いたというメッセージが入っていた。
　今日のお昼はひとりぼっちか……。
　今日、何度目かのため息をついたその時、今どきっぽいギャル風の女子ふたりがドタドタと教室に入ってきた。
「ねえ黒崎くん！　本命の彼女ができたってホント!?　夏休みにキレイな女の子と一緒にいた所を見た子がいるの!!」
　その言葉に思わず振り向いた。
　…………うそでしょ……。
　目の前が真っ暗になる。
「マジ!?」
　裕太くんが期待を込めた目でこちらを見るけど、私じゃない……。
　夏休みは初日に一回会っただけだし、一緒にいたというほどの時間でもなかった。
　第一、キレイな女の子って時点で違う……。

「……あぁ」
　和泉くんのそのひと言で、周りの女子がいっせいに騒ぎ出した。
　………うそ……。
　……なんで？
　別れの言葉もないまま、終わってたの……？
　私達……。
　一瞬、立花さんが私を見てにやりと笑った。
「皆で問い詰めたら黒崎くんも大変でしょ〜！」
　立花さんが笑みを浮かべて皆に言う。
　もしかして……相手は立花さんなの……？
　なにも言わない仏頂面の和泉くんをただ見つめた。
　……なんで？
　その言葉がひたすら頭を駆け巡っていた。
　私……そんなに取り返しのつかないことした？
　結局信じてもらえなかったの……？
　信じるって言ってくれたのに、黒板の落書きを信じちゃったの……？
　なんでよ……なんでこんなことになるの？
　悲しみと同時に、だんだん怒りが沸き起こってきた。
　なんでなにも言ってくれないの？
　ずっと避けるだけで……別れたいならそう言えばいいじゃない!!
　気づけば和泉くんの席に足が向かっていた。
　女の子の群れをかき分け、和泉くんの前に立つ。

「な、なに……」
　立花さんはじめ、和泉くんの周りにいた女子達が私の行動に戸惑っている。
　そんな様子も目に入らず、和泉くんにたんかを切った私はキレていたとしか言いようがない。
「和泉くんのバカ!!!!　なんで……？　なんで私のこと信じてくれないの……？　いつ私達別れたのっ!?　新しい彼女って……なんでよ!!」
　勝手だよ……、最後は泣きながら呟く私に、和泉くんはもちろん、クラス中が唖然としていた。
「まだ、好きなのに……私は……どうすればいいの……？」
　泣きじゃくりながら、教室を飛び出した。
「モカっ!!!!」
　和泉くんの声が聞こえた気がしたけど、とにかく、あの場から逃げたくて、いっぱい、いっぱい走った。

　走って向かった場所は、やっぱり図書館だった。
　……私、ここしか来る場所ないのかな。
　無意識に選んだこの場所に苦笑する。
　よりによって和泉くんとの一番の思い出の場所だ。
　……もう、教室には帰れない。
　というか、帰りたくない。
　だんだんと冷静になってくる頭で、大変なことをしでかしたことはわかっていた。
　でも、あの時の私は自分でも止められなかった。

椅子に座り、机に突っ伏す。
「……どうしよ……」
　泣きながらひとり呟いたその時、ガラガラッと扉が開いた。
　……和泉くんっ!?
　顔を上げてバッと振り向く。
「モカちゃん、派手にやっちゃったね？」
　にやついた笑みを浮かべた高橋くんがそこにいた。
「なんで……ここが……？」
「あれだけ激走してたらわかるでしょ。それに、前からここに来ていたのは知ってるし」
　高橋くんが徐々に近づいてくる。
「なんなの……？」
　今は誰とも話したくない。
　しかも、こんな時に高橋くんに会いたくない。
「いーかげん、黒崎のことやめちゃえば？」
　高橋くんが笑いながら言う。
「……やめない」
「言ったでしょ、俺。アイツは苦労するって」
　強情だね〜、と高橋くんが隣に座る。
　逃げる気力もない。
「せっかく俺が離してやろうとしたのに」
　……離す？
「……もしかして、あの黒板の落書き、高橋くんが書いたの……？」

「うん、あれ俺書いた」
　あっけらかんと言う高橋くんに、全身から血の気が引いていくのがわかった。
「信じ……られない……なんで……」
「……なんでって？　モカちゃんが欲しかったから」
　真顔で言う高橋くんに背筋がどんどん寒くなる。
「なに……言ってるの……」
「あれぐらい書けば、モカちゃん孤独になるかなと思って。そこにつけ入ろうとした」
　あんまり効果なかったけど、と笑う。
「………最低……!!」
「うん、知ってる」
　ニッコリと高橋くんは笑う。
「最低なことしても、手に入れたくなった」
　なにも言葉が出ず、絶句してしまう。
「俺、一回見たんだ。黒崎とモカちゃんがここで楽しそうに話してるところ。あの黒崎が……って最初は驚いたけど、アイツが親しくなる女の子に興味が湧いちゃって」
　だからカラオケの誘いに飛びついた、と高橋くんは話した。
「ねぇ、今からでも俺にしない？」
　高橋くんの手が私の肩に置かれ、抱きしめようとしているのか、徐々に引き寄せている。
　振り払うこともできず、驚きと恐怖から体が震える。
　その時だった。

「⋯⋯⋯⋯触ってんじゃねぇよ」
　怒りをはらんだ低い声とともに、高橋くんの身体がグイッと引き離された。
　激昂した形相で高橋くんをにらみつける和泉くんがいた。
「コイツは俺のだ。失せろ」
　私でも足がすくむほどの恐ろしい声だ。
「⋯⋯その割にはずいぶんほったらかしにしてたみたいだけど？」
　負けじと高橋くんも挑戦的に言う。
「てめぇには関係ねぇだろ」
　言いながら和泉くんが高橋くんに詰め寄った。
　高橋くんをダンッ！と本棚に押しつけた。
　その衝撃で本が数冊落ちる。
　初めて見る和泉くんの様子に、高橋くんも少したじろいでいた。
「⋯⋯ちょ、ちょっと待て黒崎」
「⋯⋯るせぇ。もう我慢ならねぇ」
　呆然と見ていたけど、和泉くんの言葉でハッと我に返る。
「和泉くんもうやめて!!」
　これ以上大きな騒ぎにできない。
　万が一、高橋くんを傷つけたら大会にも影響する。
　そう思って、とっさに胸ぐらをつかんでいた和泉くんの腕を握った。
「⋯⋯高橋くんも⋯⋯私の気持ちは変わらないから⋯⋯も

う私に関わらないで!!」
　涙が止まらなかったけど、キッパリと高橋くんに言い放った。
「……モカ……」
　高橋くんをつかんでいた和泉くんの手がゆるゆると離れる。
　ヒックヒックと泣きじゃくる私の声だけが響いていた。
　沈黙の中、はぁ～、と深いため息が聞こえた。
「……なんか、お前らめんどくせぇな」
　呆れた声で高橋くんが言い、そのまま図書館から去ろうとしている。
「高橋！　……もう、二度とモカに近づくな」
　出口の辺りで高橋くんは振り返った。
「モカちゃん！　黒崎に飽きたらいつでも俺のとこに来な！」
　待ってるよ♪と楽しげに言い残し、図書館から出ていった。
　その瞬間、和泉くんの眉がピクリと上がったのがわかった。

　図書館に残された私達。
　……しばらく沈黙が続いている。
　き、気まずい……。
　さっきのこと、怒ってるだろうか……。
　この空間にいることが耐えられず、私も出ていこうと

「じゃあ……」と足を踏み出したその時、バッと腕をつかまれた。
　思わず振り返ると、すごく、苦しそうな表情の和泉くんと目が合う。
　力の加減ができていないのか、つかまれた腕がとても痛い。
「さっきのあれ、本当？」
　和泉くんが私の目を見て自信なさげに言う。
　久しぶりにちゃんと目を見たせいか、吸い込まれそうだった。
　……でも、さっきのあれ？
　教室で言ったことだろうか……。
　それとも高橋くんに言ったことだろうか……。
　なにを指しているのかわからなかったけど、どれも嘘は言ってない。
　全部引っくるめて、
「うん」
　とひと言だけ答えた。
　その瞬間、とても強い力で引き寄せられ、ギュッと抱きしめられた。
「く、くるし……」
　思わず呻(うめ)いた。
　頭と腰に手が回され、隙間がないほど、ものすごく密着している。
　和泉くんの心臓がバクバクしているのがわかった。

第十三章　アナタの隣に……　》189

　い、息ができない……。
　それどころじゃない私はドンドンと和泉くんの背中をたたく。
「………あ、わりぃ」
　やっと気づいた和泉くんが腕の力をゆるめてくれた。
　ゼェゼェと息を整える私を、今度はそっと優しく抱きしめた。
「……ごめん、モカ。俺、すごくモカを傷つけた……」
　ごめん……、と何度も和泉くんは謝る。
「和泉くん……」
　和泉くんの腕の中にいることがすごく安心で、うれしくて、抱きしめられたまま涙を流した。
「……俺、本当は余裕全然なくて。信じるって言ったくせに、感情が鎮(しず)まらなくて……モカを見たら歯止め利(き)かなくて激しく気持ちをぶつけてしまいそうで……。こんな情けねぇ俺の姿……、呆れられてマジで高橋を選ぶかもって、どんどん最悪なことが浮かんできた」
　初めて聞いた和泉くんの思いに胸が詰まる。
「……嫌われたって思ったんだから……」
　グスッと涙混じりの声で言うと、なわけねぇだろ、と和泉くんが笑ってくれる。
　止まらない涙を和泉くんが親指で拭(ぬぐ)ってくれる。
　きっと、涙で顔はぐちゃぐちゃだ……。
　そんな私の顔を見て和泉くんはキレイに微笑んで言った。

「…………モカ……大好き」
　その瞬間、ボンッと音が鳴る勢いで私の顔が赤く染まった。
　そ、そんなにストレートに言われるなんて……。
　……あ、頭がクラクラする。
　赤い顔のままなにも言えないでいる私に和泉くんは続けた。
「教室でモカにキレられて、マジで目が覚めた。……好きだって言われてうれしかった」
　少し笑って和泉くんは言った。
「なにも……避けなくてもいいじゃない……」
　照れ隠しもあって、少しすねた風に和泉くんに言った。
「……俺の方が嫌われたって思ってて。ほら、夏休みに会いに来てくれた時……マジでフラれるって思って、わざと会話しないようにした」
　そう和泉くんは苦笑した。
「すごく悲しかったんだから……！　せっかく勇気出して会いに行ったのに」
　……どおりで……。
　全然話ができなかったわけだ。
「……うん、ごめん」
　そう言って和泉くんは少し強く私を抱きしめた。
「……じゃあ、新しい彼女って言うのは？」
　教室でギャルちっくな女子が言っていたのを思い出した。

「新しいもなにも……あれモカのことだけど」
　当然のように言う和泉くんに頭が疑問だらけになる。
「だって……！　夏休み会ってないし……それに……キレイな女の子じゃないし……」
　最後の方は自分で言ってて悲しくなった。
「会いに来てくれた時、あれ見られてたんだろ。……それと、モカ自覚なさすぎだから……」
　ため息混じりに和泉くんが言う。
「あの時、普段の格好と違うし、化粧とかしてたし……すげぇかわいかった。外じゃなかったら、押し倒してたかも」
　不敵に笑う和泉くんに恥ずかしさでまた顔が真っ赤になる。
「でも……でも！　立花さんがこっち見て笑ったからてっきり……」
　じゃあ、あの笑みはなんだったのか……。
　理由がわからない。
「……立花？　……あぁ、アイツか。夏休みの間軽く付きまとわれてた。駅で待ち伏せされたり」
　徹底的に無視したけど、と和泉くんは苦い顔で言う。
「夏休みに女の子と一緒にいたっていったらモカしかいねぇ。短時間だったけど。……アイツ自分のことだと勘違いしたんじゃねぇの？」
　本当に、見事なほどのすれ違いだったんだ……。
　すべての真相に脱力感でいっぱいだ。
「モカ、……許してくれる？」

少し不安げな表情の和泉くん。
「……うん、もうこんなの嫌だからね」
　そう言って、泣きながら笑った。
　お互い思考が突っ走ってしまって、なくてもいい溝を作ってしまったんだ。
　抱きしめてくれる和泉くんの身体に手を回し、そのキレイな顔を見つめれば、引き寄せられるように自然と唇が重なった。
　今までの分を取り返すかのように、何度も、何度もキスをした。
「……このまま一緒に帰りてぇ」
　唇を離し、少し息が上がったまま和泉くんが言う。
　そうだね、と笑いながら返した。
　今が休憩時間なのか、授業中なのかもわからない。
　ただ、もう少しこのまま和泉くんと一緒にいたかった。

　どれだけ時間が経ったか、しばらくこの図書館で一緒に過ごしていた。
　いつもの場所で床に座って、包み込まれるように後ろから抱きしめられている。
　和泉くんはくっついたまま私から離れようとしない。
　幸せだと感じる半面、時間が進めば進むほど、現実を思い出す……。
　今頃、教室は大騒ぎになってるんだろうな……。
　急に沈んだ様子の私に、

「どうした？」
　と和泉くんが聞く。
「教室で……皆の前であんなこと言っちゃったから……」
　暗い気持ちのまま言うと、和泉くんはおかしそうに身体を揺らす。
「笑いごとじゃないよ!!」
　振り返ってキッとにらむと、そのまま顎を持ってチュッと唇を奪われた。
「ちょっ……!!　ごまかさないで!!」
　赤い顔で抗議すると、にっこりと微笑んだ和泉くんが言う。
「やっと、堂々とできる。……俺はモカのもんだって皆に言う手間省けたじゃん」
　そう言って、こめかみやまぶた、頬など、顔中にキスの雨を降らせた。
　とろけるように甘く、そして、楽観的な和泉くんとは裏腹に、私はひとりあせっていた。
「和泉くんはいいよっ!!　教室帰ったらクラスや女子の皆さんになんて言われるか……。怖いよぉ」
　うわ〜ん、とパニックになる私の頭をポンポンとなでながらも、和泉くんは笑ったまま。
「大丈夫だ。モカを攻撃する奴は俺がぶっ飛ばしてやるから」
　安心しろ、と力強く抱きしめてくれる。
　そんなことはさせられないけど、その言葉だけでもうれ

しかった。
「……ありがとう、和泉くん」
「……うん、今度こそ、守るから……」
　切なそうに微笑む和泉くんに、うん、とうなずいた。

　何度目かのチャイムが鳴ったあと、マナーモードにしていた和泉くんのスマホが震えた。
　スマホを取り出し、液晶を見つめている。
「……裕太からだ」
　そう呟いて和泉くんが電話に出た。
「もしも……」
『和泉っ!!!!　てめぇいつまでサボってんだよっ!!　さっさと戻って来いっ!!　自分でこいつらに説明しろ!!』
　ここまでもれている裕太くんの怒声に和泉くんが顔をしかめている。
　電話ごしに、うるせぇおめぇら！と裕太くんの声が響いているけど、和泉くんはプチッと切った。
「ちょっ……!!　裕太くんいいのっ!?」
　おそらく、皆から問い詰められているんだろう。
　なんだか、迷惑かけて申し訳ないよ……。
「あぁ。たぶん一番の被害者は裕太だな。モカと離れてた時も、俺相当荒れてたから」
　そう笑いながら言う和泉くんを見て、裕太くんがとても不憫に思えた。
　……あ、あとで謝っておこう……。

第十三章　アナタの隣に……

　スマホをしまい、和泉くんが言った。
「……そろそろ戻るか」
「…………うん」
　いつかは戻らないといけないんだ。
　平気？と和泉くんはたずねてくる。
　その言葉に笑顔でうなずき一緒に立ち上がった。
　出口まで、ふたりとも無言で歩く。
　扉を開け、和泉くんが一歩踏み出し、こちらに振り返った。
「モカ」
　和泉くんが、ほら、と左手を差し出した。
「……うん！」
　その手を握り、和泉くんの隣に並ぶ。
　それだけで、重くのしかかる不安や恐怖が消えていくのがわかった。
　……大丈夫、頑張れる。
　和泉くんが隣にいれば無敵だ。
「行くぞ」
　自信に満ちた和泉くんの言葉を合図に、一緒に歩き出した。
「……ねぇ、和泉くん。……これからも、隣にいさせてね？」
　当たり前だ、と和泉くんが笑う。
「……あんまかわいいこと言うと、襲うよ？」
　妖艶に微笑みながら、つないだ手を持ち上げ、チュッとキスを落とした。

どこまでも甘い和泉くんに、照れながら、笑った。
　この先もこうして翻弄され続けるんだろう。
　校舎へと続く渡り廊下、女の子たちの悲鳴が響き渡る中を、私達は手をつないで歩いた——。

第十四章

卒業式

和泉くんと仲直りをした日から約半年、常に騒がしい周りを除けば、特に大きな事件もなく順調な日々を過ごしていた。
　和泉くんとの仲も深まっているように思う。
　相変わらず翻弄されっぱなしな私だけど、和泉くんが隣にいないとそれはそれで心もとない。
　そんな私たちは、麻美いわく『ラブラブ』というやつらしい。
　そんな目まぐるしかった高校生活も、今日で終わりを迎える。

「本日は、諸先生方、在校生の皆様、そして――……」
　壇上(だんじょう)に立ち、答辞を述べる和泉くんを見上げた。
　生徒会長だったというわけでもなく、成績トップだったというわけでもなく、ただ、先生たちの強い推薦(すいせん)だけで和泉くんが卒業生代表に選ばれた。
　前日まで『だりー』と文句を言いながらダラダラとあいさつ文を考えていたとは思えないほど、その姿は雄々しく、見とれるほどカッコいい。
　チラリと周りを見ると、同級生はもちろん、在校生、先生、来賓(らいひん)までもポーッと和泉くんを見ている。
　厳粛(げんしゅく)な卒業式のはずが、みんな目がハートになっていた。
　……もちろん、私もその中のひとりだ。
　ふたりでいる時はあんまり思わないけど、こうして見ると和泉くんが私の彼氏っていうのが信じられない……。

第十四章　卒業式 >> 199

　なんだか変な気分だ。

「─────以上をもって、答辞の言葉とさせていただきます。平成××年×月×日、卒業生代表、黒崎和泉」
　見つめながらあれこれ考えてるうち、和泉くんの答辞のあいさつが終わり、盛大な拍手が起こっていた。
　その中を歩み進んで席へと戻っている和泉くんとふと目が合う。
　瞬間、和泉くんの顔がフワリとほころんだ。

　無事卒業式も終わりクラスの皆と最後の別れを惜しんだあと、和泉くんと一緒に帰るために図書館でひとり待っていた。
　ここに来るのも最後かぁ。
　少しだけ感慨深くなる。
　和泉くんは今、同級生や後輩の女の子に取り囲まれている。
　最後ということで、ここぞとばかり皆から狙われていた。予想はしていたけど。
「本でも読もうっと」
　彼女達にいちいち嫉妬していたらキリがないので、あまり気にしていない。
　適当に時間をつぶしながら待つことした。
　あっ、この本アタリかも〜と、すっかり和泉くんの存在は忘れて読みふけっていたら、ガラガラッ！と勢いよく扉

が開き、ゼェゼェと息を切らして和泉くんが入ってきた。
「……あれ？　和泉くん早かったねぇ。もういいの？」
「もういいの？　じゃねぇよ!!　モカの薄情者(はくじょうもの)!!」
「え？　え？」
　いったいなんで私が怒られてるの!?
　どちらかと言えば怒るのは待っていたこっちのような気がする。
「俺があんな目にあってるのに無視して逃げやがって……」
　ギクリと身体が揺れる。
　確かにあの群れを見たら、恐ろしくて和泉くんを連れ出す勇気なんて１ミリも湧かなかった。
　目が合ったけど、お先に〜と後ずさりしてここに来た。
「い、いや……！　逃げたわけじゃないんだよ！　皆にゆっくり最後のお別れをしてもらおうと……」
　なんだか心苦しくなって、うつむきながら言い訳をした。
　そんな私の顔を和泉くんはガシッと両手でつかみ、グッと上げた。
　両方の頬が挟まれ、身動きできない。
「なんで彼女のモカが、あいつらに気を遣(つか)うわけ？」
　和泉くんは優しい口調で言ってくるが、目は笑っていない。こ、怖い……。
「だ、だって、皆の気持ちもわかるんだもん……。最後くらいって……」
　弱々しく言うと、和泉くんはため息をついた。
「何回言ったらわかんだよ。……俺は皆の黒崎くんじゃ

ねぇ」
　そ、そうだった……。
　私が皆に対して遠慮を見せると、和泉くんはいつも不機嫌になる。
「……少しは独占してくれない？」
　和泉くんはため息混じりに呟いて、両頰を挟んだその体勢のまま私の唇にキスをした。

　図書館で和泉くんはなかなか離してくれず、結局帰りが予定より遅くなってしまった。
　あれだけ不機嫌だった和泉くんもすっかり元通り。
　おかげでこっちはヘトヘトだ……。
　代償(だいしょう)は高くついてしまった……。

　帰り道、ふたりで並んで歩く。
　この道を制服で一緒に歩くのも今日で最後だ。
「でも和泉くんが進学するとは思わなかったな〜。てっきり、サッカー続けるのかと思った」
　残念ながら全国大会では準決勝で敗れてしまったけど、和泉くんはその技術に目をつけたさまざまなクラブチームからスカウトされていた。
　しかし、その道に進むことはなく、私と同じ附属の大学にそのまま進学したのだ。
「いや、先が見えないから。大学行って経営学を学んだ方が将来の役に立つ」

「和泉くん……意外と現実的だね……」
　そんなことを考えていたのか……。
　確か、和泉くんのお父さんは会社を経営している。
　まぁ、あの家を見たら大体想像はついていたけど。
　将来は跡継ぎとして社会勉強を積んでいくのかもしれない。
「モカは？　将来はなにか考えてる？」
「私？　……そうだなぁ……無事に大学卒業して、無難に就職できれば……。フツーのOLでいいや……」
　正直、あまり考えていない。
　和泉くんのように将来設計も立てられない。
　情けないけど、ビジョンが見えないのだ。
「……で？」
　物足りないのか、和泉くんが先を促す。
「で？って言われても……。それくらいしか考えられないよ……。夢とかも特にないし……」
「……夢、ないの？　その先は？」
　えっ!?
　先もなにも、夢さえないというのに……。
　も、もしや和泉くんこんな私に呆れてるのかな……。
　でも……。
「……思いつかないよ……。そういう和泉くんは？　大学卒業したらどうするの？」
「俺はもう決めてる。卒業したら、オヤジの会社継ぐために社会勉強積む」

やっぱり。
　予想通りだ。
　うんうんとうなずいている私の横で、和泉くんは立ち止まった。
「……で、かわいい奥さんをもらう」
　にっこりと微笑みながら私を見つめている。
　そんな和泉くんを見て、思った。
「……やっぱり和泉くんって現実的だね」
　夢、かぁ……。
　結構難題だなぁ。
　大学の４年間で見つかるかなぁ。
　そんなことをひとりブツブツと呟く私に、和泉くんは「はあぁぁ……」と盛大なため息をついた。
「え？　どうしたの？」
　急にガックリと肩を落とした和泉くんに振り返る。
「……もういい。もう少し先、一人前になってから、ちゃんと言う」
　和泉くんは諦め気味の声で小さく言った。
「なにを？」
　と首を傾げる私に和泉くんは近づき、腰に手を回して再び歩き始めた。
　急に密着した身体に心臓がドキドキと高鳴り始める。
　身体もカチカチだ。
　未だにこういうスキンシップには慣れない……。
　そんな私に和泉くんは苦笑し、追い討ちをかけるかのよ

うに頭にキスを落としてきた。
　カーッと顔が熱くなる。
「なんでもねぇよ」
　どうやら、今の私は、先のことより、目の前のことでいっぱいいっぱいみたい。

第十五章
ふたりの日常

「ねぇねぇ！　経営学部の黒崎和泉って知ってる!?」
「知ってるに決まってんじゃん!!　今年首席で入学した子でしょ!!」
「この前初めて姿見たんだけどさ、噂通り超カッコいいの!!」
「ウソ!?　いいな〜。私も見に行きた〜い!!」
　お昼休憩中、キャンパス内にあるカフェテリアでご飯を食べていると、隣の席にいる女の子グループが興奮気味に会話しているのが耳に入ってきた。
　……なんだかこの光景、高校の時と全然変わらない気がする……。

　今年の４月、私達は大学生になった。
　"達"というのは、もちろん私と和泉くんのことだ。
　てっきり和泉くんはサッカーの道に進むのかと思っていた。現にいろんなクラブチームからスカウトがあったし、監督もかなり推薦していた。
　でも和泉くんは『オヤジの会社継ぐことになるし、経営学んだ方が役に立つ』とあっさりサッカーの道は捨て、この一ツ橋学園大学に進学したのだ。
「あんたの彼氏、相変わらずモテるわね？」
「……やめてよもう」
　からかい気味につぶやく麻美をジロッとにらんだ。
　ついでに麻美も同じく進学した。
　学部は違うけど、お昼はこうして一緒にご飯を食べてい

る。
　進路がバラバラで別れが多い中、親友とまた同じ学校に通えるのはとても心強いことだ。
　ちなみに麻美の彼氏の慎くんは、美容師になるために専門学校に入学した。
　和泉くんの親友、裕太くんはサッカーを続け、スカウトされたプロチームに所属した。
「黒崎和泉って彼女いるのかな？？」
「そりゃ、あれだけ男前なら間違いなくいるでしょ」
「でも私、最近別れてフリーだって噂聞いたよ！」
「マジ!?　よっしゃ!!」
　再び彼女たちの会話が聞こえ、思わず麻美と顔を見合わせた。
「モカ、別れてないって言ってくれば？」
「い、言えるわけないでしょ!!」
　まったくもう！
　こんなことにいちいち反応して振り回されたら、身がもたないよ……。
　大学に進学する時も、ある程度覚悟していたけど、和泉くんは相変わらずモテる。
　あの容姿で、しかも首席で入学しちゃったもんだから、注目されるのは当然だ。
　高校からの進学組は、私が和泉くんの彼女であることを知っているけど、ここは全国から学生が集まっている大学。
　しかも広大なキャンパス。

和泉くんは有名でも、私の存在なんてほとんどの人が知らない。
　いつも噂だけがひとり歩きしていた。
　高校の時のように、ひとりでいても好奇の目で見られることはないからラクだけど、やっぱり彼女として、和泉くんの噂をこうして間近で聞くのはおもしろいことじゃない。
　だけど……。
「いちいち気にしてたら和泉くんの彼女なんてつとまらないよ」
「ま、それもそうね。毎日しんどいわ」
　苦笑している麻美に「でしょ？」と笑い返して、席を立った。
「じゃ、麻美。私そろそろ行くね？」
「はいはい、じゃまたね～」
　ヒラヒラと手を振る麻美を残して、先にカフェテリアを出た。
「気にしてない」と自分に言い聞かせているけど、できることならなるべく耳に入れたくない。
　あの子たちの会話は、きっとこう続く。
『彼女がいないなら、私が立候補しよう』と。
　大学に入って改めて実感するけど、世の中には美人でかわいいくて魅力的な女の子がたくさんいる。
　本当にフツーの大学生！？ってくらい、オシャレでセクシーで、アイドルやモデル並の子も多い。

はぁ……。
　キャンパス内を歩きながら、思わずため息が出た。
　そんな子たちに告白されたら……。
　いつ和泉くんの心が動いてもおかしくないよね。
　平凡でちんちくりんな私なんか、いつ飽きられてもおかしくない……。
　はぁ……。
　でも、それはそれで仕方のないことだ。
　私なんかが和泉くんと付き合えただけで奇跡だもんね。
　高校の時よりネガティブに磨きがかかっているかもしれない。
　和泉くんと一緒に歩いていると『あんな子が彼女？』といった感じの視線をヒシヒシと感じる。
　しかも、そういう視線をああいう美人から送られると。
　そりゃネガティブにもなるよ……。
　はぁ……。
　今日何度目かのため息を吐きながら歩いていると、和泉くんから着信が入った。
「もしもし和泉くん？」
『モカ？　今どこ？』
「今？　次の講義に向かってるけど……」
『どこの教室？』
「どこって……ええと……」
　講義がある教室の場所を教えると、和泉くんは『そ。じゃあ』と電話を切った。

いったいなんの用事だったんだろ……？

不思議に思いながらスマホを鞄にしまい、教室に入った。

広い教室、多くの学生がにぎわいを見せている中、後方の空いている席に座り、講義が始まるまでぼーっと過ごしていた。

私がいるのは家政学部。

趣味の料理が高じて、せっかくなら栄養士の資格を取ろうと思っている。

しかし、講義は好きなことばかりを学ぶというわけじゃなく、必修科目など様々な講義を受けなければいけない。

「あぁ、なんだかやる気が出ない……」

思いのほか、先ほどの和泉くんの噂話が気になっているのかもしれない。

後方に座ったのは、講義を真面目に受ける気になれないから。

こうしていつまでもやる気は出ないまま、チャイムが鳴り、講義が始まった。

周りを見渡してみると、友達同士でしゃべっていたり、ゲームをしていたり、自分と同じように講義を聞いていない人も多い。

みんな、単位を取得するためだけに出席していると思われる。

不真面目だなぁ……。

自分のことは棚に上げてそんなことを思っていると、後

ろの方からザワザワッと声が上がった。
　……なんだろ？
　出入り口の方をくるりと振り返ると、なんとそこにはいるはずのない人物の姿があった。
　えぇっ!?　和泉くん!?
　なんでここにいるの!?
　経営学部の和泉くんと、家政学部の私は、受ける講義がまったく違う。
　もちろん、この講義を和泉くんは受講していない。
　あんぐりと口を開けたまま固まっていると、和泉くんはキョロキョロと教室内を見回していた。
　おそらく、私を探しているに違いない……。
　『和泉くん！』と声をかける勇気などなくて、固まったままでいると、周りの女の子たちが和泉くんに近づいていった。
「黒崎くんでしょ!?　どうしてここに!?」
「こっちの席空いてるから座って！」
　普段の声より１オクターブ高いと思われる声で、女の子たちが和泉くんにすり寄るように話しかけている。
　あぁ……あの子たち……。
　和泉くんのこと全然わかってないよ……。
　和泉くんはああいう、なれなれしい女の子が大キライだ。
　ほら、どんどん眉間のシワが深まって、不機嫌な顔になっていく。
　和泉くんはその女の子たちに断りを入れるわけでもな

く、ましてや愛想笑いでごまかすわけでもなく、その存在自体をいっさい無視して、教室内を見回していた。
　その冷たさも相変わらず健在(けんざい)だ……。
　どうしよう。
　『ここだよ！』と名乗(なの)り出るべきだろうか。
　でもみんなの視線が怖い……。
　ぐるぐると困り顔で考えていると、和泉くんの視線がこちらに向いた。
　げげっ!!　バレちゃった!!
　ヤバイ！　こっちに来る!?
　……彼氏に対してこんなこと思う私は、なんて薄情なんだろうか……。
　少しだけ自己嫌悪……。
　私の姿を見つけた和泉くんは、不機嫌な表情から一転、フッと優しい表情に変わった。
　あ、あまりそういう顔をふりまかないでほしい……。
　女の子たちがぽーっと見とれているのがわかった。
　和泉くんは当然のように私の所へやって来て、隣にドカッと座った。
　ピッタリと寄りそうように座られたお蔭で、周囲には私たちがどういう関係か一目瞭然(いちもくりょうぜん)だと思う。
　あぁ……視線が痛い……。
「家政学部棟(とう)って遠いな」
　和泉くんの開口一番(かいこういちばん)の言葉に思わず声を上げてしまった。

第十五章　ふたりの日常　》》213

「なんでここにいるの!?　和泉くんの講義は!?」
「休講になったから、モカのところ行こうと思って」
「だからって……」
　わざわざ忍び込まなくても……。
　講義を受ける学生は大勢いるため、他学部の学生が混ざったところでバレはしない。
　興味がある講義なら、勝手に教室に入って聞いている学生もよくいるくらいだから。
　いやでも、だからって……。
　困り顔でチラリと和泉くんを見ると、優しい表情のまま「なに？」とニコリと微笑まれた。
　うっ……。
　カーッと顔が熱くなるのがわかる。
　やっぱり間近で見るのは、いまだに慣れない……。
　なにも言えないままうつむいてしまった。
　もう講義の声なんていっさい耳に入ってこない。
　隣に和泉くんがいるだけで、いっぱいいっぱいだ。
　そわそわしていると、ふと視線を感じた。
　顔を上げると、周囲にいる女の子たちが皆こちらをチラチラ見ている。
　あぁ……やっぱりまたこの視線……。
　おそらく私と和泉くんの不釣り合いさに、納得いかないんだろうな。
　はぁ、と小さくため息をつくと、横にいた和泉くんの腕が私の腰に回された。

「ちょちょちょっ!!　ちょっと和泉くん!!」
　こんな所で!!
　あわてて身体を離そうとするけど、さらにぐいっと強く引き寄せられ、ピッタリとくっついたまま。
　そんな私のあわてっぷりに気づいていないのか、そのフリをしているのか「んー？」と、何事もないように私の教科書をペラペラとめくって見ているだけ。
「こ、こんな所で!!　離してよ!!」
　周りに聞こえないように小声で抗議するけど「嫌だ」とただひと言返ってきただけで、離そうとはしない。
　そ、そんな!!
　和泉くんの『嫌だ』は絶対にゆずらないという意味。
　相当頑固だということは、仲良くなり始めた頃からすぐに実感していた。
　みんなの視線が痛いけど……しょうがない……。
　無になろう。無に。
　無理やり気にしないように頑張った。
　そう心に決めてしばらくおとなしくしていると、突然、隣の和泉くんが「ぶはっ」と笑った。
　……なに？
　和泉くんが笑いをこらえている。
「……？」
　今この時間に、おかしなことが起こっただろうか？
　不思議そうに見つめていると、和泉くんは「やっぱり飽きない」とつぶやいた。

「なんのこと？」
「ん？　いや、恥ずかしがってると思ったら、急にボーっと魂抜けたようになってるから。おかしくて」
　な、なんと!!
　魂抜けてるなんて!!　失礼な!!
「無になってたの!!」
「"む"？」
　意味がわからねえ、と和泉くんはまだ笑っている。
　人の苦労を……。まったくもう……。
　ぶすっと頬をふくらませていると、和泉くんは私の頭をポンとなでて呟いた。
「ほんと、かわいいな」
　なななな、なに言ってんのっ!?
　またもボンッ!!と顔を赤くする私に、和泉くんは楽しそうに笑っている。
　し、心臓が痛い……。
　胸を押さえながら机に突っぷすと、和泉くんのクスクスという笑い声が聞こえてきた。
　大学生になってから、和泉くんの甘々度が急激にアップしたように思う。
　高校の時はふたりきりの時以外、こんな甘い言動はなかった。
　ましてや、教室の中や皆がいる前で、こんなふうにくっついたりしなかった。
　まぁ、高校という狭い世界だったからかもしれないけど、

和泉くんいわく『抑えるのはやめた』らしい。
　ふたりきりの時もどうしていいかわからないのに、みんなの前だと余計にあわててしまう。
　和泉くんは平気でも、私の心がもたない……。
「ところでさ、モカ」
　いまだ机に突っぷしている私に和泉くんが話しかけてきた。
「なぁに？」
　のそのそと体を起き上がらせると、和泉くんはまたニコリと微笑んだ。
「今日これで終わりだろ？　一緒に帰るぞ」
「え………一緒に？」
「なんだよ、その間は」
　ぎくっと身体が跳ねた。
　す、するどいっ……!!
　固まっている私を、和泉くんはじーっとにらんでくる。
　一緒に歩くと周りの視線が痛いんです……とは言えない。
　私が周りを気にすると、いつも和泉くんは怒る。
「な、なんでもないよ！」
　あわててニコッと笑顔を向けるけど、たぶんその顔は引きつっているのか、和泉くんは疑いのまなざしを向けたままだった。

　そして、最初から最後までいっさい講義を聞かないまま、

チャイムが終わりの合図を知らせた。
「よし、行くぞ」
　全然使わなかった教科書やノートをテキパキとしまいながら、和泉くんは私の鞄を持って立ち上がった。
　ほら、と私の手をとり立ち上がらせ、チャイムが鳴り終わる前に、足早に教室から出て行く。
　おそらく、キャーキャーと騒がれる前にこの場から去りたいんだと思う。
　しっかりと手を握られたまま、和泉くんに引きずられるように連れられ、普段、学生があまり使わないエレベーターに入った。
「モカ」
　名前を呼ばれて「ん？」と顔を上げると、なんの前ぶれもないまま、突然和泉くんは私の唇をふさぐ。
「……んんっ!!」
　ビックリして思わず和泉くんの胸をどんどんとたたくと、和泉くんはゆっくりと唇を離して私をギュウッと抱きしめた。
「い、和泉くんっ!?」
　な、なんなの突然!?
　いつも強引だけど、今のは不意打ちすぎる!!
　ビックリしたまま固まっていると、和泉くんは私を抱きしめたまま、苦しげにつぶやいた。
「あまり、考え込むな。不安になったらすぐ俺に言え」
　……やっぱり、和泉くんにはお見通しだ。

私の不安な感情をすぐに読み取ってしまう。
「うん……」
　と小さく返した。
　そして、みんなの視線をヒシヒシと感じながら、手をつないでキャンパス内を歩いて帰る。
　和泉くんは平気なんだろうか……。
　いや、でも昔から注目されてたから、きっとこんなのなんてことないんだろうな……。
　周りに目もくれず歩く和泉くんをチラリと見上げたその時、後ろの方から「おいっ!!　黒崎ーっ!!」と大きな叫び声が聞こえてきた。
　な、なにっ!?
　ふたりで同時に振り返ると、そこには息を荒くしたガタイのいい青年が立っていた。
　その人を視線の先にとらえた瞬間、和泉くんが、はぁ〜と特大のため息を吐いている。
「悪いモカ、ちょっと待ってろ」
　そう言って和泉くんはつないでいた手を放し、その人の所へ向かった。
「黒崎！　頼むから考え直してくれ!!　お前が必要なんだ!!」
「だから何度も断っただろ。いい加減あきらめてくれ」
「お前だけはあきらめられないんだ!!」
　……ふたりの会話を聞いて悟ってしまった……。
　こ、これはもしかして……!!

和泉くん、この人に言い寄られてるの!?
　ついに男性からも……。
　いや、でも和泉くんなら大いにありえる。
　あの人、和泉くんのこと好きなんだ……。
　え……ということは、私、この人と三角関係!?
　どどど、どうしよ!!　まさかの展開!?
　完全に思考が突っ走ってハラハラしていると、その男性はふいにこちらを向いた。
　バチッと目が合った瞬間、思わず身体がビクッと跳ねた。
　こ、こわいっ!!
　ビクビクとする私に、その人は和泉くんを放ってこちらにずんずんと近づいてきた。
「おい!!　待て後藤!!」
　後藤くんっていうんだ……。
　じゃなくて!!　どうしよう!!　逃げる!?
　足が動かないままパニックになっていると、後藤と呼ばれたその人は、私の肩をガシッとつかんだ。
「もしかして君のこと!?　黒崎が超大事にしてる彼女って!!」
　えぇ!?　超大事って!!
『はい、そうです』って答えにくい!!
　カタカタふるえながら「えっと……その……」と言葉につまっていると、和泉くんがあわてた様子で後藤くんの肩をつかみ、私から引き放した。
「触るな」

その衝動でよろけた後藤くんをにらみつけながら、底冷(そこび)えするような恐ろしい声で言い放った。
　い、和泉くんも怖いよっ!!
　しかし、後藤くんはそんな和泉くんなどおかまいなしな様子で、再び私に向いた。
「君からも黒崎を説得してくれよ!!」
「えぇ!?」
　説得!?
　いや、いくらなんでも彼女としてそんなことは説得できない!!
「あなたの気持ちもわかるけど……。私も和泉くんだけはゆずれないってゆーか……!!」
　な、なんて答えればいいの〜!?
　必死でどうにか答えていると、目の前の後藤くんはポカンとした顔をしながら「……ゆずれない?」とつぶやいた。
　……あれ？　なんでそんな顔するの……？
　お互い、え？と首を傾けながら顔を見合わせた。
「えっと……後藤くんだっけ？　あなたも和泉くんのことが好きなんじゃ……」
　恐る恐るたずねてみた。
「「はああぁぁああっ!?」」
　思いがけなかったのか、私のひと言に、ふたりの声が見事に重なった。
「違う違う!!　大きな誤解だよ!!」
「モカ!!　やめてくれ!!」

第十五章　ふたりの日常　≫　221

　ふたりは同時に声を上げながら、ものすごい形相(ぎょうそう)で私につめ寄ってきた。
「え!?　え!?　違うのっ!?」
　じゃあなに!?　そんなに激しく否定されるなんて、私は大きな勘違いをしているの!?
　パチパチとまばたきを繰り返していると、あせった表情の後藤くんが私に説明をし始めた。
「違うんだよ!!　黒崎をサッカー部に勧誘(かんゆう)してただけで、決してそんな気持ちはないから!!」
「そうだモカ！　入部を断ってただけだから!!」
　ええっ!?　そうだったの!?
　そんな!!　……いやでも普通に考えればそっちの方が自然だよね!!
　じゃあなに!?
　私ってば勝手に勘違いして、しかもこの人の前で和泉くんは渡さない宣言しちゃったわけ!?
　……は、恥ずかしすぎるっ!!
　穴があったら入りたいとは、まさにこのことだ!!
　カーッと顔を真っ赤にさせて居心地悪く立っていると、目の前の後藤くんが「アッハッハッハー!!」と豪快(ごうかい)に爆笑していた。
「大丈夫だよ！　君から黒崎をうばったりしないからさ！」
　そ、それを言わないでよっ!!
　泣きそうな顔をしながら、助けを求めるように和泉くんに顔を向けると、同じく笑い返されるだけだった。

「和泉くん、もう帰ろうよ！」
「ああ。そうだな」
　早くこの場から逃げたくて和泉くんの腕を引っ張ると、優しい表情で再び私の手をとって歩き始めた。
「っておい！　俺を無視すんなよ!!」
　もちろん後藤くんが見のがすはずもなく……。
　和泉くんが振り返って面倒くさそうに言い放った。
「後藤……。悪いけど、忙しくてそんな時間ないんだ」
「そこをなんとか！　頼むよ〜！　ね？　ね？」
　すがりつくように和泉くんに懇願していた後藤くんが、今度は私の方に向いた。
「ほら、彼女も黒崎がサッカーする姿、もう一度見たいだろ？」
「え？　私？」
　まぁ……和泉くんがサッカーをする姿は、確かにカッコいいとは思うけど……。
　でも、和泉くんが本当に忙しいのは知ってるし……。
　う〜ん……と考えていると、和泉くんが「いいから行こう」と再び私の手を引いた。
「おい！　黒崎!!　俺はまだあきらめてねえからな!!」
　後ろから後藤くんの雄叫びが聞こえてくるけど、和泉くんはただ面倒くさそうにしているだけだった。

「いいの？　行っちゃっても」
「ああ。あいつ、入学当初からウルサイんだ。他の奴らも

だけど」
「そう……。でも、サッカーやめちゃって本当によかったの?」
「もともと始めたのだって、裕太に無理やり付き合わされたからだし。本当は趣味程度に好きなだけだ」
　趣味程度って……。
　それでよく全国大会に行けたよね……。
　しかも主将で。
　和泉くん、あなたって人は本当に、どこまですごいんですか……。
「モカがまたサッカーしてほしいって言うなら、やるけど?」
「いやいや!　言えないよそんなこと!」
　和泉くんは、サークルや部活動など何も所属していない。
　というのも、大学生になってから、社会勉強のためだとお父さんの会社を手伝っているので、そんな時間がないからだ。
　大学の講義が終われば、そのまま会社へ行くことが多い。
　私と違って、とても多忙だ。
　そんな和泉くんに時間を作ってまでサッカーをしろとは、とてもじゃないけど言えない。
　それに……。
「和泉くんの好きなところはいっぱいあるけど、サッカーしてる姿が好きだったわけじゃないし」
　もともと、練習しているところもチラッと見かける程度

で、試合もわざわざ観に行ったこともない。
　彼女としてどうかと思うけど、サッカーしてようがしてまいが、どちらでもいいのだ。
　そんな私の言葉に、和泉くんはおかしそうに笑った。
「やっぱモカだな」
「え？　なにが？」
「いや？　なんでも」
　そう言って和泉くんはつないだ手を放し、私の腰に腕を回して歩き始めた。
　急に密着度が増し、心臓がバクバクと騒ぎ始めた。
　私の心臓、忙しいったらないよ……。

　そんな私のドキドキを悟られないようにおとなしく歩いていると、いつの間にか、学外に出ていた。
「モカ、今日これからヒマ？」
「うん、なにもないけど……。どうしたの？」
「じゃ、家に来て」
「和泉くんの家に？　今日は仕事のお手伝い、行かなくていいの？」
「ああ。親父、今日から出張だから」
　そうなんだ。
　そういえば、いつもお父さんについて勉強してるって言ってたっけ。
　出張まではさすがについて行けないもんね。
「ご飯、作ってくれる？」

「ご飯？」
　ああ……。
　高校の時は毎日お弁当作ってあげてたけど、大学に入ってからはまったく作ってない。
　和泉くんとも時間が合わないし、私がいる学部と和泉くんがいる学部とでは、場所が離れていて遠い。
「うん、いいよ」
　また望んでくれるとは光栄だ……。
　素直にうれしい。
　張り切っちゃおう、と意気込んでいる私を、和泉くんはニコニコと見下ろしていた。
「久しぶりにモカの料理が食べたい。……ついでにモカも」
　ええぇっ!?　なに!?　最後のひと言は!!
「ななな、なに言ってんの!?　ついでにって……!!」
「あぁ、悪い。ついでにじゃないな。モカの方がメインだ」
「そ、そういうこと言ってるんじゃなくて!!」
　真っ赤な顔であわてる私を、和泉くんは艶やかな表情で見つめてくる。
　だ、だめだ……!!　和泉くんが色気を出し始めた……!!
　ノックアウトされつつ、顔をあまり見ないようにしていると、和泉くんはおぼつかない足取りの私を引きずるようにずんずんと歩いて行く。
「ちょ、ちょっと待って……!!　早い……!!」
「早くふたりになりたい」
　私の制止なんて聞かずに歩く和泉くんに、必死でついて

歩いてると、またもや後ろから大きな声が聞こえてきた。
「ちょっと待てっ!!　お前らっ!!」
　今度はなに!?
　そのただならぬ様子に、私と和泉くんが後ろを振り返ると、そこには鬼のような形相でこちらをにらみつけている、スーツ姿の男性がいた。
　それは、とてもよく見知った顔で……。
　おおおお、お兄ちゃん!?
　うそっ!?　なんでここにいるの!?
　現在大学４年生、就職活動に忙しい私のお兄ちゃんは超ド級のシスコンだ。
　まずいよ!!
　和泉くんのことお兄ちゃんに話してない!!
　私に彼氏ができたのは、お母さんしか知らない。
　お兄ちゃんには恐ろしくてまだ言えてなかった。
　ど、どうしよ!!
　私のことになると、目の色を変えたように凶暴になってしまう。
　おたおたとあわてている私より、お兄ちゃんは和泉くんの方を鋭い目つきでにらみながら、こちらに近づいてきた。
「てめぇ……俺のモカになにしてる」
　和泉くんの前に立ったお兄ちゃんが、私から和泉くんを突き離しながら静かな怒声で言い放った。
「……俺の、モカ？」
　その言葉に、今度は和泉くんがまとう空気の温度が

スーッと下がり、お兄ちゃんに負けじと恐ろしく鋭い表情でにらみ返している。
　ど、どうしよう!!
　和泉くん、最強MAXに不機嫌な時の顔だ!!
　先ほどの、女の子に囲まれた時や、後藤くんに呼び止められた時など比じゃないくらい。
　やばい!!　和泉くん、超怒ってる!!
　ハラハラと見てる場合じゃないよ私!!
「モカ、誰だこいつは」
　和泉くんはお兄ちゃんをにらんだまま、私に向かって言い放った。
「ち、違うの、和泉くん!!　この人、お兄ちゃんなの!!」
「……お兄ちゃん？」
「そう!!　で、お兄ちゃんも!!　別に私なにもされてなくて！　……ていうか、か、か、彼氏なの!!」
「彼氏だぁっ!?」
　私の簡単な説明で、和泉くんはとまどいの表情を浮かべ始め、お兄ちゃんはますます恐ろしい表情になっている。
「俺の大事な妹をたぶらかしやがって……!!」
「……たぶらかして、ません」
　一応和泉くんは敬語を使ったけど、たぶん相当我慢していると思う。
　恐い顔のまま、ピキピキと青筋が立っているのがわかる。
「モカに手ぇ出したら、ただじゃおかねぇからな……」
「もう、出しましたから」

「なっ!!　てめっ!!」
　ちょちょちょっとーっ!!　和泉くん!!
　お兄ちゃんの前で、なんてこと言うの!!
　恥ずかしさのあまり、ただ突っ立っているだけの私に、お兄ちゃんが私の手をむぎゅっとつかんで引き寄せた。
　和泉くんの顔がムッとゆがんでいる。
「モカ!!　こんな奴と一緒にいるんじゃねえ!!　お兄ちゃんと帰るぞ!!」
「ええっ!?」
「はあっ!?」
　私と和泉くんが驚きの声を上げていると、お兄ちゃんはちょうど通りかかったタクシーをすぐさま呼び止めた。
　そして、抵抗する間もないまま、私をタクシーの中に放り込み、続いてお兄ちゃんも乗り込んでくる。
「出してください」
　あっけにとられている和泉くんを残したまま、タクシーはブーンと走り去ってしまった。
　それは、ものの数分の出来事で……。
　う、うそでしょ……。
　お兄ちゃん、強引すぎるよ……。
　皮のシートにぐったりと身体をあずけ、静かにため息をついた。
　和泉くんに申し訳ない……。
　私の日常はこうして何かしらいろんなことが起こり、いつも騒がしくなってしまう。

和泉くんと平和に過ごせる日は訪れるんだろうか……。
　もちろん、家に帰ったらお兄ちゃんの説教が延々と続いたのは言うまでもない。

第十六章

天敵たち？

【和泉side】

　強制的にモカは連れて帰られ、やむなくひとりで家に帰ってきた。
　なんなんだあの強烈な兄貴は……。
　モカから話は聞いたことがあったけど、実際目にするのは今日が初めてだった。
　あー……クソ……。
　"モカの兄貴"というただその一点だけでいろいろ我慢したが、すさまじく気分が悪い。
　予定がすべて台無しだ。
　今日は久しぶりにモカと一緒に過ごそうと、決めていたのに……。
　実家の手伝いもしているため、なかなか時間がとれなかったが、やっと親父から解放されて時間ができた。
　それなのに……。
　最悪だ。
　大学内でもモカとゆっくり会える時間は少ない。
　お互い講義があるし、お昼もモカは相変わらず木下麻美と一緒だ。
　俺も後藤をはじめとするサッカー部の奴らにつかまってしまう。
　モカとの時間が削られていくのがひしひしと実感される。
　しかも、モカは学内で俺とあまり接触したがらない。
　理由は、周りの視線を集めてしまうから、らしい。

モカの悪いクセで、自分と俺とじゃ釣り合わないと、時々卑屈(ひくつ)になっている。
　そんなことあり得ない、と何度説得してもモカの心には届かない。
　モカが不安になっていると、俺までたまらなく不安になってしまう。
　その不安に押しつぶされて、俺から離れていかないか、と。

　乱暴(らんぼう)に玄関の扉を閉めて中に入ると、リビングから兄貴が顔をのぞかせた。
「よお。おかえり〜」
「……なんでいんの？」
　兄貴はマンションでひとり暮らしをしている。
　あまり実家には帰ってこないが、たまにこうしてひょっこり現れる。
「おいおい、どうした。今日はまた一段と機嫌悪いね〜。その仏頂面(ぶっちょうづら)、恐ぇよ」
　兄貴の言葉を無視してキッチンに向かい、冷蔵庫からミネラルウォーターを取り出して一気に飲み干した。
「あー……腹が立つ……」
　ペットボトルをグシャッと握りつぶしながらつぶやくと、兄貴がこちらに近づいて来た。
「その眉間のシワとどす黒いオーラ、なんとかしろよ。いい男が台無しだぜ？」

「……うるせえ」
「あらら。和泉ちゃん、ご機嫌ななめだね〜」
　……和泉ちゃん言うな。
　しかし、そんなことを言い返す気にもなれず、はぁぁ、と深いため息をつきながらソファーにドカッと座り込んだ。
「ったく、相変わらずだな和泉は。そんなことじゃ、いつまでたっても女の子にモテねーぞ？」
「モテてたまるか」
　モカだけでいい。
　俺のことを好きでいてくれるのは。
　今までどんだけうっとうしい目にあってきたか。
「さっすが和泉！　俺もそんなセリフ言ってみたい」
「……よく言うぜ」
　兄貴は救いようのない、最低の女たらしだ。
　まさに、来るもの拒まず。
　"女の子には優しく"をモットーにしている、根っからの優男のため、昔から半端なく女が寄って来る。
　俺と兄貴は見た目だけはよく似ているが、性格は正反対だ。
　兄貴はその容姿を惜しみなく活用し、ショーモデルとして様々な舞台で活躍している。
　俺と違い、華やかな場所が大好きだ。
　そのため、親父の会社も継ぐ気がないらしい。
「お前は不器用だからな。変なところで頭が固い。なんで

も笑ってすませりゃいいんだよ」
「ほっとけ」
　兄貴のように適当に流すことは俺にはできない。
「ところでさ、和泉。お前大学に入って彼女ができたのか？」
「……いや。いない」
　モカのことは兄貴には言っていない。
　誰でもすぐに口説こうとする女たらしのコイツに、モカを絶対に会わせたくない。
　兄貴は女の扱いに慣れている。
　万が一、モカが兄貴に惹かれてしまったら……。
　考えただけでゾッとする。
「おいおい……お前本当に俺の弟かよ。情けねー……。俺よりデキはいいんだから頑張れよ」
「うるせえよ！　誰とでも付き合える兄貴とは違う」
「心外な。俺だって一応選んでる」
「どこが」
　とっかえひっかえのくせに。
　逆に本当に俺の兄貴かと問いたいくらいだ。
「なぁんだ。じゃ、あの子は彼女じゃねえのか。つまんね」
　本当につまらなそうに言い放ち、リビングから出て行こうとする兄貴の言葉が引っかかった。
「ちょっと、待て。……あの子って、誰のことだ？」
　引き止める俺の言葉に、兄貴が「ん？」と振り返った。
「この前、お前が親父の所に行ってたとき。俺がこっち帰ってきたら家の前に女の子がいたから」

……家の前に？　モカが来たのか？
　いや、でもそんなことはモカから全然聞いていない。
「俺のファンでもなさそうだし、和泉に用事？って聞いたら、たまたま近く通ったから寄ってみただけだって。いないってわかってたからいいって。大学でも会えるからって」
　……まじでモカなのか？
「……どんな感じの子？」
「あんまり覚えてねーけど。ひかえめで清潔感があって、ふわふわ柔らかい感じ？　笑顔もかわいかったなぁ……」
　それって‼　やっぱりモカじゃねえか‼
「てめっ‼　手ぇ出してねえだろうな⁉」
　思い出している様子の兄貴につめ寄った。
　モカになにかしてたら、兄貴でも絶対に許さない。
　するどくにらみつけると、兄貴がニヤリと嫌な笑みを浮かべた。
「引っかかったな、和泉」
「……は？」
「嘘だ」
　……嘘？
　ポカンとする俺に、兄貴は「単純な奴め」とおかしそうに笑っていた。
「いや、あれだけ機嫌悪いのは絶対女がらみだろうと思って。やっぱり彼女いるんじゃねえか。隠すなよ」
「なっ……‼　じゃあなんなんだよ‼　まるで本当に見たかのような口ぶりは‼」

「ああ……勘？ 和泉なら、そういう女を選びそうだと思って。まさか本当に当たるとは」
 さすが俺だな、と兄貴はケラケラと笑った。
「いつか紹介しろよ？ 和泉が選んだ女なら、是非会ってみたい」
「意地でも会わせない」
「薄情な弟だな。いくらなんでも弟の彼女にまで手は出さねぇっつーの」
「……どうだか」

 まだ楽しげに笑っている兄貴を置いて2階に上がり、自室に入った。
 ったく……どいつもこいつも……。
 モカの兄貴もだけど、俺の兄貴も面倒くさい。
 家族に頭を悩まされるとは……。
 ベッドに倒れこむように転がり、深く息を吐きながら目をつぶった。
 あー……。
 モカに会いたい……。
 モカのことになると、自分がとてもガキみたいに思える。
 途中、たまらなくなりモカに電話をして「会いたい」と言ってみたけど「ごめんね……軟禁状態なの……」と困ったように断られた。
 強行突破で会いに行こうかと思ったけど、印象を悪くするだけだと思ってやめた。

これ以上あの兄貴を刺激してはいけない。
　まぁ……いつかモカの兄貴もあきらめるだろう……。
　気長に待つしかねえな……。
　ただモカと平穏に過ごしたいだけなのに、いつもなにかに邪魔される。
　結局、ふてくされたまま一晩を過ごした。

　翌日、やはり機嫌はいっこうに直らないまま、午前の講義のため大学に向かった。
　モカは今日は午後からだと言っていた。
　まだ会えないのか……。
　今日こそは絶対に連れて帰る。
　そんなことを考えながら教室に入り、一番前の席に座った。
　講義では、席が決められている以外はだいたい教授のすぐ前に座るようにしている。
　やる気があるから、というわけではない。
　後方など中途半端な席に座ると、わけのわからない女が寄ってきて、うっとうしくて仕方ない。
　さすがに教授の前だと騒がれることもないので、平和に講義が受けられる。
　講義が始まり数十分が経過した頃、隣に人が座る気配を感じた。
　真横という遠慮のなさに顔をしかめながら見ると「よお！」と陽気なオーラを出している後藤がいた。

第十六章　天敵たち？　>> 239

「またお前かよ……。いい加減にしてくれ」
「言ったろ？　あきらめないって」
　ったくこいつは……。
　面倒くさい。
　何度言ってもどうせ聞かないだろうと、無視を決め込んだ。
「なぁ？　黒崎！　頼むって！」
　なぁ！　なぁ！　と服を引っ張りながら説得しようとする後藤をひたすら無視した。
「お願いだからさ！」
　あー……もう……うるせー……。
　ジロリと視線で制すると、後藤が少しだけしゅんとなった。
「冷たいねぇ……黒崎くんは……」
　しょぼんと落ち込みながら、後藤はぶつぶつとつぶやいている。
　まだうらめしそうにこちらを見る後藤が、うっとうしくてたまらない。
「彼女も喜ぶと思うぜ？　えっと……モカちゃんだっけ？」
「気安く呼ぶんじゃねえよ」
　モカの名前を出され、つい反応してしまった。
　それに気づいた後藤が、目を輝かせながらモカのことを話そうとする。
「やっぱり彼女もうれしいだろ？　黒崎がまたサッカー始めればさ！　カッコいい姿が見れるって、きっと惚れ直す

ぜ？」
「残念だが、それはない」
　モカはそんなことで喜んだりしない。
　ほかの女のように、サッカーをしているから格好いい、好きだ、とかそういう目で俺を見ない。
　ちゃんと、この面倒な性格も理解してくれた上で好きになってくれている。
　たとえ、俺がまたサッカー始めるって言っても『ふーん。頑張ってね』くらいしか言わないだろう。
「そうかなぁ」
「そうだ。だから、いくらモカを出して説得しようとしてもムダだ」
　納得いかなそうに呟く後藤に、あきらめろ、と言い放った。
　もうこの話は終わりだと、再び講義に耳を傾けようとしたその時、後藤が何気なくつぶやいた。
「彼女……かわいいな」
「……あ？」
　……なんだと？
　こいつ、今なんて言った？
　隣に目を向けると、後藤はハッ！とあわてたように言い訳を始めた。
「ご、誤解だっ!!　そういう意味じゃなくて!!　そんな恐ろしい顔でにらむなよ!!」
「どこがどう誤解だ」

「い、いやっ!!　一般的にってゆーか!!　決してやましい気持ちなんてないから!!」
　あってたまるか!!
　言いわけをする後藤を容赦なくにらみつけた。
　たとえほめ言葉であっても、他の男からそれを聞くのはこの上なく気分が悪い。
　昨日から気分が悪いことばかりだ。
　講義を終え、ひたすら言いわけを続ける後藤をふり切り、キャンパス内を歩いていた。
　とにかく、ひとりになりたい。
　さっきの後藤の言葉にかなりいらだっていた。
　本当に油断できない……。
　モカはいつも自分のことを平凡だとか言って、かなり自覚が足りない。
　高校の時も、モカのことを好きな男は結構いた。
　運良くというか、モカは鈍感なためまったく気づいてなかったが……。
　俺がどれだけあせってたか、モカは知らないだろう。
　絶世の美女というわけではないが、モカはかわいい。
　モカと一緒にいれば、その柔らかな笑顔や居心地の良さに、男は必ず惹かれていく。
　そういう魅力をモカは持っている。
　天然の武器だ。
　モカはいつも俺のことばかり気にするが、しょせん俺に寄ってくる女は外面しか見ていない。

それに対して、モカのことを好きになる男は、内面も含めてモカに惚れてしまう。
　その違いに、俺の方が危機感を持っている。
「ねぇ黒崎くん♪　一緒にお昼食べない？」
「黒崎く～ん！　どこ行くの～？」
　誰だか知らない女がなれなれしく話しかけてくる。
　うっとうしくてたまらない……。
　見向きもせず、無視を決め込んで歩く速度を上げた。
「待って！」
　遠くの方でなにか聞こえているが、もちろん待つはずもない。
　すたすた歩き続けていると、パタパタとこちらに走ってくる音が聞こえ、腕をガシッとつかまれた。
「ま、待って……!!」
「るせえな!!　放せ!!」
　つかまれた腕をバッ！と振りほどきながら、その女をにらみつけるように見下ろすと、なんとそこにはおびえた様子のモカがいた。
「えっ!?　モ、モカ!?」
「ご、ごめんね和泉くん!!　驚かせちゃって!!」
「悪い!!　知らない奴かと思って!!」
　不機嫌のあまり、モカの声に全然気づかなかった……。
　俺としたことが……。
　「ごめんな？」とモカの頭をなでながら思わず抱きしめると、モカはあわてながら俺の腕から逃げた。

第十六章　天敵たち？　>> 243

「こ、こんな所でやめてよ!!」
「気にすんな」
「するよ!!」
　怒っているのか恥ずかしいのか、赤い顔をしながらキッとにらんでくるモカに笑い、その手を握りしめた。
「でも、どうしたんだ？　こんな所まで。それに、今日は午後からだろ？」
　昨日、電話でそう言っていた。
　それに、俺がいる経営学部棟とモカがいるところでは、かなり距離が離れているため、モカがこちらへ来ることはあまりない。
　俺の問いにモカは申し訳なさそうな顔を見せた。
「和泉くん、昨日はごめんね……？　お兄ちゃんが失礼なことしちゃって……」
「ああ……。ま、モカが妹ならあの気持ちもわからないでもないけど……。でも聞いてた通りだな」
「本当にごめんね……。昨日のお詫びにと思って、お弁当作ってきたの」
「マジ!?」
　一緒に食べよ？と言って、モカがにこっと微笑んだ。
　あれだけ不機嫌だった俺の心は、一瞬で浮上する。
　兄貴の言う通り、本当、俺って単純だ。
　さっそく、モカとふたりきりになれる場所まで移動し、誰も来ないと思われる小さな教室に入った。

「やっと落ち着ける……」
　モカを抱き寄せながらつぶやくと、またあわてた様子で突き放され、「は、はいこれ!!」と、ずいっとお弁当を差し出された。
「……ありがと」
　本当、モカは恥ずかしがりやだ。
　苦笑しながら受け取ると、モカは赤い顔をしながらニコリと微笑んだ。
　……でも、なんかこれ軽くねえか？
　受け取ったお弁当を袋から取り出し、パカッとふたを開けた。
「……空、なんだけど？」
　なにも入っていない。
「ええぇっ!?　ウソでしょ!?」
　モカが驚いた表情でのぞき込んできた。
　なにも入っていない空の弁当を見ながら、あ然としている。
「モカ、天然すぎだろ」
「そんな!!　間違いなく作って………ハッ！　もしかして……お兄ちゃん!?」
　悔しそうな顔をしながら「信じられない!!」とモカが叫んでいた。
　……どうやら、兄貴の仕業らしい。
　宣戦布告されたようだ。
　こんな子どもじみたイタズラだが、かなり腹が立つ。

……やってくれるぜ……。
「ごめんね和泉くん!!　すぐなにか買ってくるから!!」
　財布を持って教室から飛び出して行こうとするモカを、あわてて引き止めた。
「行かなくていいから。離れないで」
　昼飯なんて食わなくたっていい。
　今は、少しでも長くモカといたい。
「和泉くん……本当にごめんね……」
「相当嫌われたみたいだな、俺」
　泣きそうな顔で俺よりうなだれているモカに笑い「気にすんな」と頭をなでた。
「本音を言ったらかなりムカつくけど、モカの兄貴だから我慢する。しょうがない」
　これがほかの男なら、間違いなくぶっとばしているところだ。
「また作ってくるから……」
「ああ。今度は兄貴がいない時に作れ」
　まだしょぼんと落ち込んでいるモカを引き寄せ、優しく抱きしめた。
「それより、今日は絶対うちに連れて帰るから」
「う、うん……」
「兄貴が迎えにくるとか、そんなオチはなしだから」
「だ、大丈夫……だと思う。お兄ちゃんも外せない講義があるって言ってたから」
「そ。じゃあ、問題ないな」

今日こそは連れて帰れると思ったら、はやる気持ちが抑えられない。
　腕の中でおとなしくしているモカにニコッと笑いかけ、抵抗される前に無防備なその唇を奪った。
　モカといると、本当に自分が抑えられなくなる……。
　モカは驚きで動揺しているが、それに気づかないフリをして、思うままにキスを続けた。

　どれくらい時間が過ぎたか……。
　ずっとモカを離さないままこの教室で過ごしていたけど、そろそろ昼休みが終わる頃だ。
　誰か来るかもしれない。
　モカはもう、身体の力が抜けきっている。
　くてっと俺に身をあずけ、ぼーっとしているようだった。
「……モカ？」
「ん……」
　力ない返事をするモカに微笑みかけ、その頬にキスを落とした。もう、モカはされるがままになっている。
「離したくないけど……そろそろ講義が始まる。どうする？」
「い、行かなきゃ……!!　今日は大切な講義なの!!」
　俺の言葉にモカはハッ！と我に返ったようで、あわてて俺の腕の中から抜け出した。
「そんなにあわてなくても、まだ少し時間はある」
　離れていったモカをもう一度つかまえ、後ろから抱きし

めた。
「ちょ、ちょっと……!!　和泉くんだめだってば!!」
「もう少し……」
　逃げられないようにギュウッと抱きしめたまま、首元にキスを落としていった。
「だ、だめっ!!　もうムリ……っ……!!」
　モカはせっぱつまったような声で、暴れだした。その白い肌はみるみるうちに赤く染まる。
「もうムリか？」
　思わず苦笑してしまった。
　……しょうがない。
　これ以上続けると、モカがすねてしまう。
　惜しみながらも、抱きしめていた腕を離した。
「じゃあ、講義終わったら電話して？　迎えに行くから」
　言葉が出ないのか、コクコクとうなずくだけのモカに笑った。

　午後の講義が終わり、日も暮れ始めた頃、モカを連れて家に帰ってきた。
　もちろん、モカに夕飯を作ってもらうという昨日の目的も果たすため、スーパーに寄って食材を調達した。
　キッチンに入り、モカはエプロンをしながら「待ってて、すぐ作るからね」とさっそく買ってきたものを選んでいる。
　うちにはもう何度も来ているため、モカの動きも慣れたもの。

もちろん、俺の出番なんかないため、テキパキと仕度するモカをただジッと見ていた。
「あの……和泉くん？　そんなに見られるとやりにくいんだけど……」
「そ？　ま、気にすんな」
「気になるよ!!　変なものとか入れないから大丈夫!!　信用できないの!?」
「……別に、疑ってるから見てるわけじゃないんだけど」
　モカは時々おかしな勘違いをする。
　今だって、ただ愛しいから見ているだけなのに。
「もういいからあっち行ってて!!」
　やっぱり見られながら料理をするのは嫌らしく、俺をリビングまで引っ張り、ソファーに座らせた。
「ここで待っててね」
　そうニコッと笑うモカに、再び心臓がヤバイくらいに騒ぎ出す。
　その顔、わざとやってんだろうか。
　キッチンへ戻ろうとするモカの腕を取り、グイッと引き寄せた。
　モカが「キャッ」とバランスを崩し、腕の中にすっぽりとおさまった。
「ちょっと和泉くんなにするの!?　こ、これからご飯作るんだから……!!」
「……やっぱり先にモカがいい」
「ええっ!?　な、なに言って……!!　先にって!?」

「ご飯はあとでいいから」
　そう言いながら、立ち上がろうとするモカをソファーへ押し倒し、つけたばかりのエプロンを脱がしていった。
「うそっ!?　い、和泉くん!?　冗談でしょ!?」
　信じられないといった表情のモカに微笑みかけ、真っ赤になっているその頬にキスをした。
「部屋、行こ？」
「……っ!!」
　頬をなでながら間近にモカの顔をのぞき込み、臨戦体勢に入ったその時、家の外からかすかに音が聞こえてきた。
　……なにか聞こえる。
　車の音……？
　もしかして……兄貴っ!?
　ガバッと身を起こし、耳をすませた。
　この車の音、間違いない。
　兄貴が帰ってきた。
　なんでこんな時に!!
「和泉くん……？」
　モカも起き上がり、突然、しかめ面になった俺を心配そうにのぞき込んできた。
「どうしたの……？」
「モカ、ちょっと先に部屋行ってて」
「え？　え？」
　不思議そうにしているモカの手をとり、リビングから連れ出し、無理やり階段を上がらせた。

「ちょっと和泉くん!?　なんなの!?」
「いいから早く。部屋で待ってて」
　しぶしぶといった感じで部屋に行くモカを見届け、急いでモカの鞄や靴を片づけた。
「ただいま〜。……ってなに？　お出迎え？」
「なわけねえだろ。なんで今日も帰ってきてんの？」
「あれ？　俺昨日言ってなかったっけ？　うちのマンション、今工事中でうるせえんだよ。しばらく避難(ひなん)するから」
「マジかよ……そんなの我慢して今すぐマンションに帰れ！」
「はあ？　なに言ってんだよ。ここは俺の家でもある」
　追い出そうとする俺なんてまったく聞かず、兄貴はすたすたとリビングに入っていった。
「頼むからどっか行ってくれ！」
「なんなんだようるせえな……。こっちは疲れてんだよ。悪いけど今日はお前にかまってやれない」
「かまってほしくて言ってんじゃねえよ！」
　必死で説得しようとする俺を、兄貴は怪訝な表情で見つめてきた。
「帰ってきたとたんどっか行けって……。冷たい弟だな」
　ソファーにどかっと座りながら兄貴がつぶやいた。
「和泉、なにか飲み物持ってきて」
「自分で取りにいけよ！」
　またいつものように、俺を使おうとする兄貴に言い返した瞬間、ハッと気づいた。

まずい。
　今キッチンに行かれると、食材やらなにやらスーパーで買ってきたものが転がっているはずだ。
　……見つかってしまう。
「あーあ。冷たい弟……」
　独り言を言いながら、よいしょ、と立ち上がった兄貴をあわてて制した。
「待て！　俺がとってくる！」
「……は？」
「いいから座ってろ！」
「お、おぉ……」
　鬼気迫る俺の表情に圧倒されている兄貴。
　その肩を押さえつけ、もう一度ソファーに座らせた。
　冷蔵庫から適当に選んだ缶コーヒーを渡した。
「さーんきゅ」
　それを飲みながら、兄貴は新聞を読み始めている。
「なぁ、和泉」
「ああ？」
「そんなに張り付かれると、うっとうしいんだけど」
　なにか動き出さないかと見張っているせいで、逆に怪しまれている。
　言葉をつまらせていると、兄貴は怪しげな視線を向けてきた。
「なにを隠してる」
「……なにも」

やっぱり、完全に怪しまれている。
「うそつけ。……なんか、女の匂いがする」
　兄貴は新聞を机に置き、キョロキョロと部屋を見回していた。
　なんなんだこいつは……。
　犬か。
「なにも隠してねえよ！」
「うそつけ!!　誰か来てんだろ!!　もしかして彼女か!?」
「ち、違う!!」
　俺の動揺っぷりに兄貴が興奮しはじめた。
「和泉がそんなにあせるとは……!!　やっぱり彼女だろ!!　どこにいる!?　会わせろ!!」
「来てない!!」
「いや来てる!!　お前の部屋か!?」
　そう言いながらリビングから出て行こうとする兄貴を「行くな!!」と必死で引き止めていると、リビングの扉がガチャ……と開いた。
「和泉くん……？」
　困惑した表情を浮かべたモカが、ひょこっと顔をのぞかせた。
「モカ!?」
　ま、まずい……!!
　部屋で待ってたはずじゃ……!?
　冷や汗をかきながら固まっている俺をよそに、兄貴とモカがじーっと顔を見合わせていた。

第十六章　天敵たち？　>> 253

「もしかして、和泉の彼女？」
「え……あの……。和泉くん、こちらは？」
　頭を抱えながら深いため息をついた。
　さすがに、もう隠すことなんてできない。
「モカ、……これ、兄貴」
「え!?　お兄さん!?」
　あわてたように「はじめまして!!」とお辞儀しているモカに兄貴が近づき、スッと手を差し出した。
「はじめまして。モカちゃんっていうの？　会いたかったよ」
　キラキラとムダに笑顔を振りまく兄貴に、モカもおずおずと手を出して握手していた。
「もういいだろ」
　いつまでもモカの手を握りつづける兄貴の腕をバシッと払った。
　しかし、そんな俺の牽制も兄貴には通じていない。
　モカに興味津々みたいだ。
「モカちゃん、和泉にいじめられてない？　こいつ、意地悪でしょ？」
「そ、そんなことは……!!」
「いじめられたら俺の所においで？　なぐさめてあげるから」
「ええ!?　い、いえ、そんな……!!」
「ふふ、かわいいね」
　早くも優男の本領発揮といった感じで、モカに言い寄っ

ている。
　だから会わせたくなかったんだ……。
「てめぇ……いい加減にしろよ……」
　静かに怒りを含ませながら、兄貴をモカから離した。
「いいじゃねえか。弟の彼女だと思ったらかわいくてかわいくて。そんなに怒るなよ」
　そう言いながら、まだニコニコとモカを見つめている。
　モカも赤い顔をしながら、どうすればいいのかわからないといった表情になっている。
「あんまり見るな」
　モカを背後に隠しながら兄貴に向かった。
「もったいぶんなよ、和泉」
「うるさい」
「おおコワ。ったく……。モカちゃん、こんな弟を選んでくれてありがとね」
「い、いえそんな!!」
「モカもいちいち兄貴に照れるな」
「そんなつもりじゃ……!!」
「和泉、相当心が狭いな。モカちゃんもビビッてんだろ」
　呆れ気味につぶやく兄貴を無視し、モカを無理やり連れて自分の部屋に戻った。
「和泉くん……？　なにか、怒ってる？」
「怒ってるというより、気に入らない」
「……気に入らない？」
　不安げに瞳を揺らしているモカを引き寄せ、ギュッと強

く抱きしめた。
「……兄貴、カッコよかった？」
「え？」
「赤い顔して兄貴を見てたから」
「い、いや！　和泉くんに似てたから、ちょっとビックリしちゃって……!!」
「ほかの男なんて見るな」
「ほかの男って!!　お兄さんでしょ!?」
　たとえ身内でも、モカが俺以外の男を見ているのは、気に入らない。
　モカがとまどっているのは気づいていたが、さらにギュッと強く抱きしめた。
　自分でもわかっている。考えすぎだと。
　それでも、モカに対する想いは強くなる一方で、止まらない。

第十七章
新しい出会い

【モカside】
「また邪魔されたの!? 黒崎も本当につくづくツイてないわね〜！」
　お昼休憩の時間、麻美に昨日の出来事を報告していた。
「もう……超緊張したんだから」
　結局昨日は、和泉くんとお兄さんと私と、3人で私が作った夕食を食べた。
　和泉くんはかなりキレまくっていたけど、お兄さんもゆずらず、奇妙な食事会みたいになってしまった。
「で？　黒崎兄はどうだった？　やっぱりすごいの？」
「そりゃあもう……。さすがお兄さんって感じ。あんなに恐ろしい和泉くんを軽くあしらうの」
「へえ〜。無敵(むてき)の黒崎も兄貴には勝てないみたいね」
　ご飯を食べながら、麻美がケラケラ笑っていた。
「で？　やっぱり格好よかった？」
「うん、和泉くんとよく似てた。和泉くんもあと数年したらこんな感じになるのかと思ったら、なんか照れちゃった」
　ま、でも性格は全然違ったけど。
　お兄さんは終始ニコニコと笑顔を振りまいていた。
　女の子の前ではいつもこうだと言ってたくらいだし、和泉くんと正反対だ。
　きっとああいう人をプレイボーイっていうんだろう。
　こうして麻美にお兄さんのことを話していたその時、ちょうど和泉くんから電話が入ってきた。
『モカ？　今なにしてる？』

第十七章　新しい出会い

「今？　麻美とご飯食べてるけど……」
『ちょっと木下に替わって』
「え？　麻美に？」
　なんでだろう……？
　不思議に思いながらスマホを麻美に渡した。
「はい、和泉くんから」
「え？　黒崎？　私に？」
　麻美も不思議そうな顔をしながら電話に出たけど、その顔はなぜかみるみると険(けわ)しくなっている。
「いやよ!!　今は私のなんだから!!」
　な、なに!?　なにをケンカしてるの!?
　大きな声でわめく麻美をハラハラと見ていると、麻美は「チッ」と舌打ちをしながらスマホをブツッと切った。
「ど、どうしたの!?」
「あんたの彼氏、超ムカつく!!」
「えぇっ!?」
　和泉くん、いったい麻美になにを言ったの!?
「黒崎、これからここに来るって」
「ここに!?　なんで!?」
「あんたに会うために決まってんでしょ。今日はモカを返せって言われたわ。今は私のだって主張してみたけど、モカは俺のだって冷静に返された」
　悔しそうに麻美は言いながら、机を片づけて席を立った。
「え？　麻美、行っちゃうの？」
「当たり前じゃない。ラブラブっぷりを見せつけられるな

んてごめんだわ。邪魔もしたくないし」
　じゃあね、と麻美は手をヒラヒラ振りながら去っていった。

　い、行ってしまった……。
　麻美、なんかごめんね……。
　麻美の後ろ姿を見つめながら心の中で謝った。
　でも、和泉くんここに来るって……。
　ふと周りを見回してみた。
　お昼休憩ということもあって、カフェテリアはものすごく混雑している。
　ひ、人が多すぎる……。
　ここに和泉くんが来たらパニックになるんじゃ……。
　ここは女子が多い。
　まずいかもしれない。
　どこかで待ち合わせることにしよう……。
　和泉くんに連絡するため、もう一度スマホを取り出したその時、出入り口のあたりで「きゃ〜♪」と色めき立つ声があがった。
　もう、来たのかもしれない……。
　姿を見なくてもわかるなんて……ハハ……。
　乾いた笑いを浮かべていると、ポンと頭の上に手が置かれた。
　誰？　と聞かなくてもわかる……。
「和泉くん、どうしたの？」

「あぁ、ちょっと……」
　座ったまま隣に立っている和泉くんを見上げると、その顔は少しだけ不機嫌そうだった。
　おそらく、女の子が多すぎるから居心地が悪いんだろう。
　ここに来るまでに、いろいろ声をかけられたんだと思う。
「場所変えるぞ」
「う、うん、そうだね……」
　おおいに賛成だ。
　こんな所じゃ落ち着いて話せない。
　和泉くんは私の手を引いて、この場所から早く出ようといった感じで、スタスタと足早に歩き始めた。
　なんだか、ものすごく見られている……。
　ヒソヒソザワザワと突き刺さるような視線を感じながら、和泉くんと一緒にカフェテリアを出た。

　和泉くんに連れられやってきたのは、人通りが少ない広場。
　グラウンドが見渡せるベンチに腰をおろした。
「で？　和泉くんどうしたの？」
「ん？　いや、なんでもないけど」
「え!?　じゃあなにしに来たの？」
「なにしにって……。モカに会いたかったから」
「そ、そう……」
　そんなにハッキリ言われると恥ずかしいじゃない……。
　ひそかに照れていると、和泉くんが話しかけてきた。

「木下怒ってた?」
「え? あ、うん。超ムカつくって言ってたよ……」
　苦笑しながら答えると、和泉くんも「だろうな」と笑った。
　それからしばらく、お互いなにも話さず黙ったまま、この時間を過ごしていた。
　会話はないけど、ここには穏やかな時間が流れていて、とても居心地がいい。
　なんというか、すごく落ち着く。
　ポカポカと暖かい陽差しや、優しく吹くそよ風も関係しているのかもしれない。
　和泉くんが隣にいてこんなに心が休まるのは、本当に久しぶりかもしれない。
　いつもこんな感じだったらいいのになぁ。
　この時間がうれしくて、思わず和泉くんの肩にコテッと頭をあずけてしまった。
　いつもわたわたとテンパッている私にはない行動だ。
　こんなこと普段はできない。しかも外で。
「っ!!」
　寄りそった瞬間、和泉くんの肩がビクッと跳ねた。
「あ、ご、ごめん……!」
　また私ったら考えなしに……。
　急にくっついちゃってスミマセン……。
　あわてて離れると、和泉くんはあせったように「違うから!!」と手をギュッと握りしめてきた。

「ちょっと不意打ちでビックリしたってゆーか……。モカからってめったにないから……」
　照れているのか、和泉くんは口元を手で押さえながらうつむいていた。
　和泉くんが照れるなんて珍しい……。
　確かに、私から積極的になることはなく、いつも和泉くんのされるがままになっている。
　こっちが困るくらい和泉くんは大胆にくっつこうとするのに。これくらいで照れちゃうなんて……。
　仮に、キスでも迫ってみたら和泉くんはどんな反応をするんだろうか……。
　ま、でもそんなことできる勇気なんてみじんもないけど。
　そんなことを考えながら貴重な和泉くんをここぞとばかり見つめていたら「あんまり見つめないでくれる？　いろいろヤバイから」と注意された。
　なにがヤバイのかは不明だけど、なんとなく、聞かない方がいいなと悟った。
「ところで、モカ？」
「なに？」
「今日もうちに来て」
「え？　今日も？」
「２日続けて邪魔されたし、ふたりきりでゆっくり過ごしたい」
　確かに、久しぶりに和泉くんの時間がとれたというのに、お互いのお兄ちゃんに邪魔されてしまった。

でも、和泉くんのお兄ちゃんにはある意味助けられたかもしれない……。
　あのままだと、和泉くんに襲われていたところだ。
　完全に和泉くんは極甘モードに突入していた。
　あの時の状況を思い出していると、今でも恥ずかしくてたまらない。
　たぶん顔は赤くなっているけど、ごまかすように和泉くんに話しかけた。
「今日はお兄さんいないの？」
「あぁ。仕事で帰ってこない」
「そうなんだ……」
　じゃあいいよ、と了承の返事をしようとして、ハッと思い出した。
「ご、ごめん和泉くん!!　今日はダメだった!!」
「……なんで？」
「今日、お母さんに早く帰ってきてって言われてたの……。ごめんね」
　申し訳ないと思いながら謝ると、和泉くんの頭がガクッと落ちた。
　明らかにガックリしている和泉くんに申し訳ないと思いつつ、次の講義に行かなければいけなかったので「じゃあね」と別れて教室に向かった。
　和泉くんは夕方までみっちりと講義がつまっているけど、私は今日は次の講義で終わり。
　だから、一緒に帰ることもできない。

第十七章　新しい出会い ≫ 265

　せっかく誘ってくれたのに、本当申し訳ないよ……。
　気分の晴れないまま、講義を受けた。

「ただいまー……」
　帰宅し、玄関で靴を脱いでいると、2階からダダダーッと走ってくる音が聞こえてきた。
「モカ!!　あいつになにもされてないか!?」
「お兄ちゃん……」
　あの日以来、お兄ちゃんは和泉くんとのことに目を光らせている。
「もう……いい加減にしてよ……」
「ダメだ!!　あいつには近づくな!!　あの男、他にも絶対遊んでるに決まってる!!」
「だから!!　和泉くんはそんな人じゃないってば!!　お兄ちゃんと一緒にしないでよ!!」
　和泉くんが男前だという理由だけで、勝手に遊び人だと決めつけている。
　私がだまされていると思っている。
　もう……みんなして……。
　そんなに私と和泉くんが付き合うのは不自然なの!?
　まだ付きまとってくるお兄ちゃんにうんざりしていると、リビングからお母さんが出てきて、お兄ちゃんをたしなめ始めた。
「お兄ちゃん、もうやめてあげなさいよ。モカももう子どもじゃないんだから……」

お母さんはどちらかというと私の味方だ。
　というより、和泉くんのことにはなにも口を出さない。
「で、でも……!!」
　お母さんの一言にお兄ちゃんが言葉をつまらせているすきに、お母さんは「モカ、ちょっと」と私を連れてリビングに入った。
「お母さん、どうしたの?」
　そういえば、早く帰ってきたのはお母さんに言われてたからだ。
　リビングのソファーに座りながら聞くと、お母さんは近所の地図を持ってきた。
「……なに?」
「モカ、ちょっとバイトしてくれない?　どうせ暇でしょ?」
「え?　バイト?」
　確かにサークルも入ってないし、なにもバイトしていない。暇すぎて、実はなにか始めたいと考えていたところだ。
「なんのバイト?」
「家庭教師」
「ええっ!?　家庭教師!?」
　そんなバイト、私につとまらないよ!!
「モカが一ツ橋学園行ってるって言ったら、会社の人にお願いされちゃって!　うちからも割と近いし、いいでしょ?」
　ほらこの家、と地図を指差している。

「だからって……。お母さん、私の学力が不安定なの知ってるでしょ？」
　確かに一ツ橋学園は、中・高・大と偏差値の高い難関校で有名だけど、私が入れたのはまぐれだとしか言えない。
　大学に進学できたのだって、根気よく勉強を教えてくれた和泉くんのおかげだ。
　自分の学力が信用できないのだ。
「でも、もうOKしちゃったし……。ま、なんとかなるでしょ！　今年一ツ橋学園の高等部に編入したばかりだって！　受験生じゃないからいいでしょ？」
「いや、そういう問題じゃないよ……」
　果たして、私が教えたところでその子の成績が上がるかどうか……。
「どうせ家に帰ってもなにもすることないんでしょ!?　少しはなにかしなさいよ！」
「うっ……」
　それを言われるとなにも言い返せないよ。
「わ、わかったよ……。やればいいんでしょ」
　私なんかが家庭教師でその子にとっては申し訳ないけど、しぶしぶ了承した。
「よかったわ〜。じゃ、モカ。行って来て」
「……へ？」
「だから！　家庭教師よ！　今日からよ？」
「今日から!?　ウソでしょ!?」
　そんなに急なことだったの!?　なんの準備もしてない

のに!?
「いきなりムリだよ!!　第一、なにを教えればいいの!?　数学とか、絶対ムリだよ!?」
「わかってるわよ～。英語と国語だから！」
　ね？　ニコリと微笑まれるけど、目がこわい……。
　これは、行かなきゃヤバそうだ。
「うぅ……。わかったよ。その代わり、苦情言われても知らないからね……」
「大丈夫よ！　初日だし、あいさつ程度ですむんじゃない？」
　そう簡単に言ってのけるお母さんに、うらめしい視線を向けながら家を出た。

「ええと……確かこのあたり……」
　お母さんからもらった地図を片手に、キョロキョロと目的の家を探した。
　名前は斎藤さん。
　高校１年生になったばかりという私が教える子は『斎藤純』というらしい。
　男の子だろうか……女の子だろうか……。
　そういえば、名前しか聞いていない。
　男の子だったらどうしよう。
　和泉くんに報告しづらい……。
　和泉くんは結構嫉妬深い。
　私が男の子にモテるというあり得ない心配を、いつもし

第十七章　新しい出会い ≫ 269

ているくらいだ。
　男の子の話を出すことも嫌うし、昨日なんて、お兄さんに対しても敵対心むき出しだった。
　そんな和泉くんに、男子高校生の家庭教師をすることになったと伝えればどうなるか、容易に想像できる。

「あ……ここだ……」
　目的の家を無事発見し、ピンポーンとインターホンを押した。
『はい、どちら様？』
「あ、今日からお世話になります……浅野です……」
『まぁまぁ！　ちょっと待ってて！』
　そして、玄関のドアがガチャッと開き、中からエプロン姿の優しそうなおばさんが出てきた。
　たぶんこの家のお母さんだ。
「突然お邪魔しちゃってごめんなさいね～！　あなたも高等部から編入したって聞いて、ぜひお願いしたくて！」
「い、いえ！　こちらこそ、お役に立てるかどうかわかりませんが……よろしくお願いします」
　ペコリとおじぎをすると、スリッパを出され「さぁどうぞ」と中にうながされた。
「純～！　いらしたわよ～！」
　スリッパを履いて中に入ると、おばさんは声を張り上げた。
　そして、しばらくするとパタパタと走ってくる音が聞こ

え、目の前に、小柄でかわいらしい女の子が現れた。
「うわぁ！　やった！　女の先生だぁ〜！」
　その子はキラキラと目を輝かせて私を見つめていた。
　この子が斎藤純さんだよね？
　……よかったぁ。女の子だ……。
　しかも明るくて元気そう。
　なにより、かわいい。
　ホッとしながら「はじめまして、浅野モカです。今日からよろしくね」とあいさつをした。
「斎藤純です！　モカ先生、よろしくお願いしまーす！」
　先生、だなんて照れる……。
　元気にあいさつする純ちゃんをニコニコと見つめながら、お互い握手を交わした。

　そして、さっそく純ちゃんの部屋で勉強を始めようと２階の部屋に上がってきたけど、やっぱり最初はお互いの自己紹介からはじめた。
　初日からいきなり勉強より、まずはお互いを知らなきゃね、と自分を納得させて。
　純ちゃんはお母さんの言っていた通り、地元の中学から一ツ橋学園の高等部に編入した。
　持ち前の明るさから友達はすぐにできたけど、やはり、周りの子は皆、学力的にレベルが高く、不安になったらしい。
　うんうん、私もその道を通ってきたよ〜。

ついていくのに必死だった。
　そんな話をしているうちに時間はあっという間に過ぎていった。
「じゃあねモカ先生、また来週よろしくね！」
「こちらこそ！」
　学校での授業の進み具合や、純ちゃんの苦手分野を確認しただけで、結局勉強はいっさいしないまま斎藤家をあとにした。

「おかえり〜。ね、どうだった？」
「うん、頑張れそう」
　帰ってきたとたん、お母さんが心配した様子でたずねてきた。
　ほんと、いい人たちでよかったよ〜。
　純ちゃんもかわいいし、なんだか妹ができたみたいでうれしいなぁ。
　純ちゃんもお姉ちゃんができたみたいだと言ってくれた。
　……お世辞でもうれしい。
　純ちゃんには、私より１つ上になるお兄ちゃんがいるらしい。
　でも、地方の大学に行ってるため、実家にはいないそうだ。
　よし、さっそく勉強の計画を立てちゃおう！
　純ちゃんの成績を落さないように頑張らなきゃ！

そう意気込んで2階へと上がり、自分の部屋にこもった。

そして翌日。
和泉くんにバイトのことを報告するため、早めに大学に向かった。
午前の講義が終わった頃、和泉くんをつかまえようと経済学部棟まで行くと、ちょうど和泉くんと後藤くんが前から歩いてくるのが見えた。
お互いなにやら言い合いしながら、こちらに向かってきている。
ふたりの様子を見ると、後藤くんは和泉くんの入部をまだあきらめていないようだ。
和泉くんは私の存在にまったく気づいていない。
後藤くんを振り払うのに必死みたい。
だんだんとこちらに近づいたところで「和泉くん！」と声をかけようとしたら、先に後藤くんと目が合ってしまった。
「あー!!　モカちゃんだ!!」
後藤くんが私を指差しながら大声で叫んだ。
ちょっとやめてほしい……。
そんな大声で……。
後藤くんの声に、和泉くんの視線もこちらに向いた。
「モカ!?」
驚きの表情を見せたあと、和泉くんは足早に私の元にやってきた。

第十七章　新しい出会い　>> 273

「どうした？　なにかあったか？」
「ううん、ちょっと……。一緒にお昼ご飯を食べようと思って」
　いつかのリベンジだと、お弁当も作ってきていた。
　今日はお兄ちゃんに邪魔されていない。
「そっか」と和泉くんは優しく笑い、私の手を引いて歩き始めた。
「ちょっと待ってよ!!　俺もまぜてよ!!」
「ふざけるな」
　無視されていた後藤くんが食い下がってきたけど、和泉くんの冷たい一喝で振り払われた。
「後藤くん、相変わらずなんだね」
「ああ。いつもあんな感じだ」
　お互い苦笑しながら、いつか来た小さな教室に入り、椅子に座った。
「はい、お弁当」
「今日は中身あんの？」
「あるってば!!」
　この前の失敗のせいもあって、和泉くんが意地悪く笑いながら聞いてきた。
　今日は大丈夫だ。
　持っていく直前までちゃんと確認したもん。
　自信満々に答える私を見ながら、和泉くんはおかしそうに笑った。

「やっぱうめぇな」
　相変わらず気持ちいい食べっぷりで完食した和泉くんが、コーヒーを飲みながら満足そうに言った。
「で、なに？　話があるんだろ？」
「え？　なんでわかったの？」
「モカがなんの用件もなく俺のとこに来るなんてないから」
「そ、そうかな……」
　ば、ばれている……。
　私がなるべく和泉くんのところへ行くのをひかえているのが。
「だって……経営学部棟って遠いし、時間も全然合わないし、和泉くんも忙しいし……」
　気まずそうに言い訳をする私を、和泉くんはじーっと表情を変えないまま見つめていた。
「なんか、俺にはあんまり会いたくないって聞こえるんだけど？」
「そ、そんなことないよ!!　誤解だよ!!」
　私の言い訳が大きな誤解を与えたみたいだ。
　あわてて否定すると、和泉くんはコーヒーを机に置き、こちらへ近寄ってきた。
「どう誤解なわけ？」
「その……えっと……会いたくないわけじゃなくて……」
「……じゃなくて？」
「うーんと……その……」
　どう言おうかと答えに困っていると、和泉くんは私の隣

第十七章　新しい出会い ≫ 275

に座り、身体をこちらに向けた。
「どうせまたくだらないこと考えてるんだろ。みんなの目が痛いとか」
　うっ……。それもバレている……。
　図星をつかれてなにも言えないでいる私を、和泉くんはグイッと引き寄せた。
「ったく、何回言ったらわかるんだよ。もっと堂々としてろ。俺はモカのなんだから」
「そ、そう言われましても……」
「……いい加減、周りに遠慮するのはやめてくれない？」
　確かに、和泉くんと付き合い始めた頃から言われ続けている。でも、遠慮しているというより、自分に自信がないだけだ。
　自分の情けなさに思わずうつむいてしまった。
「もっと俺に会いにきてよ……」
　和泉くんは私を抱きしめながら耳元でつぶやくと、私の首元に顔をうずめながらうなじにキスを落としてきた。
「……やっ……‼　ちょ、ちょっと和泉くん⁉」
　あれ⁉　いつの間にか、私の話なんてそっちのけになってない……？
　今日は和泉くんにバイトのことを報告しに来ただけなのに……‼
「あ、あの……‼　今日は話したいことがあってここに来たんだけど……‼」
　問いつめられっぱなしだったけど、不穏な動きを始めた

和泉くんに当初の目的をハッと思い出した。
「ああ……。なに?」
　和泉くんも思い出したようだけど、その手と唇は止まらない。私の髪をすきながら、ほおにチュッとキスを落としてきた。
「……モカ?」
「と、とりあえず離してほしいんだけど……!!」
「なんで?」
「なんでって……!!　こんな状況で落ち着いて話せるわけないじゃない!!」
　真っ赤な顔で和泉くんに抗議するけど、私の言葉なんてまったく届いてない。
　平然とした様子で再び首筋にキスをし始めた。
　そしてさらに、和泉くんは私の着ているブラウスのボタンをひとつ、またひとつと器用に外している。
「やっ……!!　なにしてるの!?」
「……いいから、話して?　聞いてるから」
　いいからって、全然よくないよっ!!
　聞く気ないでしょ!?
　どうにか離れようとバタバタ暴れてみたり、グイッと押し返してみたりするけど、和泉くんはビクともしない。
　私の抵抗なんてまるできないまま、和泉くんはブラウスがはだけてあらわになった肌に強く吸いついてきた。
　もしかして……!!
「ちょっと……!!　やめて!!　痕つけないで!!」

「……もう、つけた」
　顔を上げた和泉くんがニヤリといたずらに笑った。
　信じられないっ……!!
　涙目になりながらキッとにらみつけても、和泉くんは楽しげにニッコリと笑うだけだった。
　そして再び顔を下げ、首筋から胸元に次々とキスを落としてくる。
「や……っ……やめてよっ……!!」
　こ、このままでは本当にまずい!!
　反撃(はんげき)しないと……!!
　なんとかしようと必死で手を伸ばし、机にあった空のお弁当箱をガシッとつかんだ。
「やめてってば!!」
　──バコッッ!!
　そのまますぐ下にある和泉くんの頭をめがけて思いっきりたたいた。
「いってぇ!!　ちょっ……!!　コラ!!　やめろモカ!!」
　ガバッと身体を起こした和泉くんが、まだバコバコたたこうとする私の手をギュッとつかんだ。
「モカ!　それはヒドくねえか!?」
「ヒドイのは和泉くんの方でしょ!?」
　誰が来るかもわからない教室でこんなことを!!
　信じられないよ!!
　真っ赤な顔で怒る私に、和泉くんは苦笑しながら私の頭をなで始めた。

「悪い。少しだけって思ってたのに、止まらなくなった」
「なにそれ!!　ここ学校だよ!?」
「ああ。一瞬本気で忘れてた」
　そうあっけらかんと言う和泉くんに、怒る気力も失せる。
　へなへなと身体の力が抜ける私に、和泉くんは「ごめんごめん」と笑いながらボタンを器用に留めていった。
「で？　話ってなに？」
　やっと聞く体勢になった和泉くんが、私をまっすぐ見つめてきた。
　き、切り替えが早い……。
　そう思いつつも、私もまだドキドキする心臓を押さえながら和泉くんに身体を向けた。
「えっと、たいしたことじゃないんだけどね……昨日からバイトを始めたの」
「……バイト？　なんの？」
「家庭教師なんだけどね……」
　私の言葉に、和泉くんの眉がピクリと上がり、だんだんとその表情は険しくなっていった。
「……男？」
「ち、違う!!　女の子!!　今年の春、高等部に編入した１年生なの!!」
　やっぱり聞かれると思ったけど、そんなに恐い目で見ることないじゃない!!
　あわてて否定すると、和泉くんは安堵した様子でほっと胸をなで下ろしていた。

「そうか……。でも昨日からって、また急な話だな」
「でしょ！　お母さんが勝手に引き受けちゃって、すぐ行ってきなさいって」
「なにを教えるんだ？」
「英語と国語」
「だろうな」
　まるでわかってたかのような口ぶりに少し驚くと、和泉くんはまた意地悪く笑った。
「だって、モカ、理系は全然ダメだもんな」
「なっ……!!　ひどい!!」
　でも、実際その通りだ……。
　勉強を教えてくれていた和泉くんなら、私がなにが苦手だったか知ってて当然だ。
「ま、頑張れ。毎日じゃねえんだろ？」
「うん、今のとこ週１回なの。また状況を見ながら回数を増やそうかって……あ、そうだ」
　せっかくなら和泉くんにコツを教えてもらおう。
　和泉くんは教え方がうまい。
　数え切れないくらいお世話になった。
「ねえ、どうしたら和泉くんみたいに上手に教えられるの？」
「俺？　上手だったか？」
「うん、すごく」
　むしろ、先生よりわかりやすかったかもしれない。
「コツ……？」

和泉くんは難しそうに考えていた。
　まぁ、でも、和泉くんはもともとデキがいいから、コツなんてないのかもしれない。
「コツねぇ……」
　と和泉くんはまだうーんと考え込んでいる。
「あの、ないなら別にいいんだよ？　きっと和泉くんは自然とできちゃうんだよ」
　和泉くんなんでもできちゃうし、とひとりで納得している私を、和泉くんはじーっと見つめてきた。
「たぶん、モカが好きだったからだろ」
「……はい？」
「好きな子だから、丁寧に教えたんだと思う」
　そうさらりと言って和泉くんは優しく微笑んだ。
　またもやカーッと顔が赤くなるのがわかった。
　まさかそんなことを言われると思ってなかったから、かなり恥ずかしい……。
「そ、それはどうも……」
　なんて答えればいいかわからず、照れながらお礼を言うと、和泉くんはおかしそうに笑いながら私を引き寄せた。
「モカじゃなかったら、教える気も起こらない」
「うっ……」
　恥ずかしくて固まってしまった私を、和泉くんはギュッと抱きしめてきた。
「だから、モカもその子のためと思ったら自然とできるんじゃねえか？」

「う、うん……頑張るよ……！」
　耳元でささやく和泉くんにコクコクとうなずきながら答えると、和泉くんはまた笑いながら少し身体を離した。
「ま、でも俺の場合はモカとふたりでいる口実にしてたけど」
「……え？」
「半分は下心だった」
「下心!?　なにそれ！　マジメに教えてくれてたんじゃなかったの!?」
「そりゃ、ちゃんと教えたけど、別にモカの成績を伸ばすためだけじゃねえよ。一緒にいたかったからに決まってんだろ」
　モカをオトすためだ、と艶やかに微笑みながら和泉くんは言った。
　そ、そんなことを和泉くんが思ってたなんて……。
　だから毎日のように図書館で勉強教えてくれてたんだ。
　うれしいような恥ずかしいような……。
　まぁでも、今思えば、和泉くんはただ純粋に勉強を教えたいというそんなお人よしな性格じゃない。
　気づかなかった私の方が、おかしいのかもしれない。
「それなのに、モカ全然気づかねえし」
「な、なんだかごめんね……鈍感で……」
「あぁ、ホント鈍感」
　そう優しく笑った和泉くんは、愛おしそうに私の髪をすきながらほおにキスを落とした。

第十八章
水面下の戦い

【和泉side】
　親父が出張から帰ってきて、またいつもの生活に戻ってしまった。
　大学の講義が終われば会社に向かわなければならない。
　モカとゆっくり過ごせたような、過ごせていないような、いまいち満たされない感じだ。
　それに、最近モカはバイトの家庭教師のことで頭がいっぱいだ。
　お昼や休みの日など、たまに時間を作って会っても参考書とにらめっこしているか、教え子の"純ちゃん"の話題ばかりだ。
「聞いて和泉くん！　純ちゃんの成績が少し伸びたんだよ!!」
「へぇ、すごいじゃん」
「もううれしくって！　だから、頑張った純ちゃんにプレゼントあげようと思って！　和泉くん、今度買い物に付き合ってくれる？」
「ああ」
　ニコニコと上機嫌に話すモカはかわいくて、見ていて癒されるが、その情熱を俺の方にも向けてくれれば、と時々思う。

　そして約束通り、今日は"純ちゃん"のためのお買い物に付き合わされている。
　いろんな店を回りながら、あれでもない、これでもない、

とモカは悩みまくっている。
　もちろん、俺は女子高生の趣味なんていっさいわからないので、ただモカの後ろについて歩くだけだ。
「なぁ、モカ。まだ決まらねえの？」
「うーん……もう少し……」
「なんでもいいだろ」
「だめよ‼」
　どうやら適当は許されないらしい。
　でもいい加減疲れてきた。
　モカを連れてさっさと帰りたい。
「これでいいだろ」
　高校生だし、と目の前にあったノートを「はい」と渡すと、冷たい目でジロリとにらまれた。
「ほんと和泉くんて、女心がわかんないよね」
「しょーがねえだろ。第一、俺、純ちゃん知らねえもん」
　モカはさんざん悩んだ結果、シュシュを買った。
　純ちゃんはどうやら髪が長いらしい。
　あまり高いものだと気を遣われるかも、とささやかなものにしたようだ。
「純ちゃん、喜んでくれるかなぁ？」
　プレゼントを見つめながら、モカはホクホク気分になっている。
　ほんと、頭の中は"純ちゃん"だ。
　……いい加減、妬くぞ。
　相手は見たこともない女子高生だが、だんだん悔しく

なってきた。
　こんな感じで、俺達の時間が純ちゃんに侵食されていくのを実感しながら毎日が過ぎていった。

「なぁ、黒崎！　今日モカちゃんは？」
　いつものように後藤に付きまとわれながら、講義を終え、家へ向かっていた。
　モカは今日もうすでに帰っており、家庭教師のバイトがあると言っていた。
　でも……。
「なんでお前にモカのこといちいち教えなきゃいけねーんだよ」
　最近では俺が入部しないとあきらめているのか、しつこく勧誘することはなくなってきた。しかし後藤は、こうして何かと俺の元へやってくる。
「あー俺も彼女ほしー。紹介してよー」
　ったくこいつは……。
　呆れた視線を向けると、後藤は眉間にシワを寄せながら突っかかってきた。
「お前はいいよな!!　かわいい彼女がいて!!　少しは彼女がいない男の気持ちを考えろ!!」
「ひがむな」
　こうして不本意ながら後藤と一緒に帰るハメになっていると「おい、ちょっと待て」と低い男の声で後ろから呼び止められた。

「……ああ？」
　振り返るとそこには……。
　げ。
　モカの兄貴だ。
「なんだてめぇ。そのあからさまに嫌そうな顔は」
「……いえ、別に」
　自然と顔がゆがんでしまう。
　いったいなんなんだ……？
　直接俺の所に来るなんて……。
　モカを連れ去られた以来だ。
　こうして接触するのは。
　モカはなにも言ってなかったから、おそらく兄貴が勝手に動いてんだろう。
　相当俺のことが気に入らないのか、モカの兄貴はずっと俺をにらんでいる。
「モカから話は聞いてるが、俺はお前をいっさい信用していない」
「……は？」
　突然なにを言い出すんだ……？　信用？
　訳がわからず突っ立ったままでいると、モカの兄貴はフンッと鼻で笑った。
「ちょっと付き合え。……ついでにそこのお前も」
「えぇ!?　俺!?」
　後藤が自分を指差しながら驚いている。
「なんでこいつまで……？」

「いいから来い」
　有無を言わせぬ雰囲気のまま、なぜか後藤まで一緒にモカの兄貴について行くことになってしまった。
　俺も暇じゃない。
　さっさと用件をすませてほしい。
　と思いつつも、そんなことを言ってしまえば、さらに関係が悪化してしまう。
　訳がわからないままだったが、仕方がないので、おとなしくついて歩いた。

　トントン。
　隣を歩く後藤が俺の肩を突いてきた。
「あいつ、誰？」
　前にいるモカの兄貴を指差しながら小声で聞いてくる。
「……モカの兄貴」
「はあぁ!?」
　思いもしなかった人物のようで、後藤は「モカちゃんの!?」とギョッと驚いている。
「なんで俺まで!?」
「知るか」
　こいつもかわいそうに。
　俺と一緒にいただけで巻き込まれて。

　そして、着いた場所は有名なチェーン居酒屋。
　……メシでも食うんだろうか。

店内に入り、店員と２、３言葉を交わした後、モカの兄貴がようやく俺たちの方を向いた。
「まぁ気にせず楽しめ。こっちだ」
　そう言ってスタスタ先を歩いていく。
「なぁ黒崎、なにこれ？　てか、おごり？」
「さあな」
　いまだ理由は明かされないまま、奥の個室に入っていくモカの兄貴について、俺たちも中へと入った。
「きゃ～!!　浅野くん来たーっ!!」
　ぅおっ……。
　なんだ……？
　個室に入ったとたん、黄色い歓声が上がった。
　席には着飾った４人の女と、モカの兄貴の友人と思われる男が対面して座っている。
「ごめんごめん!　遅くなって!!　……てめぇら、そこ座れ」
　モカの兄貴は調子よく女の子に謝ったあと、俺たちに向かって空いている席を指差した。
「……なんすか、これ」
　眉間にシワを寄せながらたずねると、女の子の視線が一斉にこちらに向いた。
　さっきまでキャーキャー騒いでいたのに、皆その動きをピタッと止めて、俺たちを凝視(ぎょうし)している。
「キャーッ!!!!　浅野くん、あの男の子、誰!?」
「超カッコいいんですけど!!」

「マジやばい‼」
　う、うるせえ……。
　今度はいっそう大きな声でギャーギャーと騒ぎ出した女たちにモカの兄貴は「お持ち帰りしていーから」とケラケラ笑いながら答えている。
　なんなんだこれは……。
　意味不明、かつ不愉快（ふゆかい）なまま突っ立っていると、後藤が俺に耳打ちしてきた。
「なぁ、黒崎。これって……合コン？」
　……合コン？
　これが？
　モカの兄貴に視線を向けると、ニヤリと嫌な笑みを返された。
「……あり得ない、帰るぞ」
　後藤に声をかけ引き返そうとしたら、後藤は俺の言葉を無視してさっさと席についていた。
「よろしくお願いしまーす♪」と調子よくあいさつをかまし、早くも溶け込んでいる。
「おい‼」
「いいじゃん黒崎！　たまには楽しもうぜ‼」
　……こいつは……。
　もう知らね。
　浮かれている後藤なんて放ってひとりで帰ろうとしたら、モカの兄貴にガシッと腕をつかまれた。
「誰が帰っていいって言った？」

「こういうことなら帰ります」
「ダメだ」
　腕をつかまれたままものすごい力で引きずられ、無理やり席に座らされた。
「モカには内緒にしといてやるから楽しめ」
「ちょっと……!!」
　嫌がる俺なんてあっさり無視し、モカの兄貴は「さ！　乾杯しよーぜ!!」と勝手に盛り上がり始めた。

「カンパ〜イ♪」
　そして、俺以外の奴らがテンション高く乾杯を始め、合コンは開始された。
　ちょっと待ってくれ……。
　なんなんだこれは……。
　モカの兄貴の意図がわからぬまま、呆然とこの光景を見つめた。
　目の前の女たちは、モカの兄貴が通う大学の友人たちだとわかった。
「ねえねえ！　名前は？　なんていうの？」
「歳は？」
「どこの大学？」
　……さっきからものすごい勢いで質問責めにあっている。
　帰りてえ……なんなんだこの女たちは……。
　すべてシカトしたいところだが、モカの兄貴の手前、そ

うすることもできず、必要最低限だけ答えていた。
「なんか黒崎くんって超クールだね〜♪　カッコいい〜」
「年下って感じしないよね〜♪」
　ただ不機嫌に答えているだけなのに、逆効果になっている。
　どうすることもできず、はぁとため息を吐くと、後藤が俺の頭をバシッとたたいた。
「おい黒崎!!　お前ばっかりずるいんだよ!!　全部持っていきやがって!!」
　……後藤……てめぇ覚えとけよ……。
　ブチ切れそうになる衝動を必死で抑えていると、モカの兄貴が俺の肩をガシッと抱いてきた。
「俺に遠慮せず、存分に楽しめ!!　どうせ他でもこうして遊んでんだろ？」
「……どういうことですか」
　遊んでるだと？
　どうやらモカの兄貴は、俺のことを相当最低な遊び人だと思ってるみたいだ。
　……もしかして、俺は試されてんのか？
　ここで他の女に手を出すかどうか。
　だとしたら、かなりなめられたもんだな……。
　あほらしい。
「なにをたくらんでるのか知りませんけど、こんなことしても無駄ですから」
「なんだと？」

鋭い視線を向けられたが、それを無視して立ち上がった。
「俺、帰るんで」
　もう付き合ってらんねえ。
　さっさとこの場から去りたい。
「えぇ〜!? ウソでしょ!? もう帰っちゃうの!?」
「やだ〜!! まだ遊ぼうよ!!」
　出て行こうとすると、女たちが引き止めようと騒ぎ出した。
　……マジでうっとうしい……。
　ひたすら無視を続けていると、後藤が「まぁまぁ！」となだめ始めた。
「あきらめた方がいいよ！ こいつ彼女いるし！」
　その後藤の言葉であきらめるかと思ったが、無駄だった。
「え？ 彼女いてもいいからさ〜！」
「彼女に内緒でまた遊ぼ？ 連絡先教えて？」
　スマホを取り出しながらしつこく言い寄ってきた。
　最低だなコイツら……。
　近寄られただけで虫唾が走る。
　イラつきながら断っていると、再び後藤が救いの手を差し伸べた。
　本人は助けているつもりなんてないだろうけど。
「お姉さんたちムリだよ！ コイツ、彼女に超一筋だから！」
　だから俺と遊ぼうよ〜とヘラヘラ笑いながら、女達の気を引いていた。

「え〜つまんなーい！」と女たちが後藤に文句を言っているすきに、モカの兄貴に「じゃあ」とひと言残して、足早にこの店から出た。
　あー……気分わりぃ……。
　なんて最悪で無駄な時間だったんだ……。
　おかげで会社に向かうのが遅くなった。
　もうタクシーで行くか……。
　そう考えてタクシーをつかまえようとした時、後ろから「ちょっと待てっ!!」と大声で呼び止められた。
　……まさか。
　嫌な予感がしながら振り返ると、そこには案の定モカの兄貴がいた。
「……まだなんかあるんすか」
「言っとくが、俺はまだお前が信用できない」
　俺に鋭い視線を向けながら、モカの兄貴は言い放った。
　モカからどう聞いているのか知らないが、信用もなにも、俺はなにもしていない。
　ただ、モカと付き合っているという事実だけだ。
「ちょっと来い！」
　そう言ってモカの兄貴は俺の腕を引きながら歩き始めた。
「ちょっ……!!　あそこにはもう戻りません!!」
「あそこじゃねえよ!!　……一度ゆっくり腹割って話そうと思ってたんだよ」
「話って……」

モカのことしかねえよな……。
　はぁ、と小さくため息をつきながら、スマホを取り出した。これは、長くなりそうだ。
「……もしもし、親父？　わりぃ、今日ちょっと行けそうにないわ。……あぁ、じゃ」
「……なにか予定あったのか？」
「えぇ……まぁ。でも、大丈夫です」
　もうこの際だ。
　モカの兄貴にとことん付き合ってやる。

　そして、連れて来られたのは小さなバー。
　どうやら常連の店らしい。
「で、話ってなんですか」
「単刀直入に言う。俺はお前が嫌いだ」
「………」
　ストレートだな……。
　しかし嫌いって言われても、どうすりゃいいんだ……ったく。
　はぁ……。
　心の中で大きなため息をついた。
「別にほめるわけじゃないが、お前は見た目がいい。いろいろ遊んで、女に不自由したことないだろ」
「……は？」
　……この兄貴、大きな誤解をしてねえか……？
「どうせまたすぐ次の女に乗り換えるんだろ!!　モカを捨

てて!!」
「ちょっと……!! 遊んでるとか、次の女に乗り換えるとか、モカを捨てるとか!! 勝手に決めつけんなよ!!」
「うるせえ!! 俺の経験上、顔のいい奴はろくな男じゃねえんだよ!!」
「なっ……!!」
　なんつー偏見だ!!
　どんな経験か知らねえけど、俺のことをそんな最低ヤローだと思ってんのか!?
　……ふざけんなよ……!!
「モカのことは真剣だ。遊びで付き合ってるつもりなんてみじんもない」
「けっ。どうだか」
「それに!! 他の女なんて興味がない。モカだけですから」
　きっぱりと言い切っても、モカの兄貴はじーっと疑いのまなざしを向けてくる。
「フン。どうせ他の女にも同じこと言ってんだろ」
「だから……!!」
「今日だって、俺がいるからわざと冷たい態度であいつらに接したんだろ？」
「違う!!」
「モカは純粋で、男がまだどういうものかわかってない。俺はモカが傷つくのは見たくない」
「はあ!?」
　コイツ全然人の話聞かねえ!!

何で俺がモカを傷つける前提で話を進めてんだよ!!
　これはモカも相当苦労してるはずだな……。
「……今日のこと、モカは知ってるんですか」
「い、いや……知らない」
　モカの兄貴が一瞬ギクリと身体をビビらせた。
　やっぱりモカは知らねえか……。
　そりゃそうだな。
　聞いてたら、モカが黙ってるはずがない。
「お前モカに言うんじゃねえぞ!!　俺が会いに来たって!!」
　俺がモカにバラすと思ったのか、モカの兄貴がグイッと身を乗り出しながら、口止めしてきた。
　たぶん言うかも、と思いつつもここで反抗すると面倒なことになりそうなので「はいはい……」と返しておいた。

　それから数時間。
　俺への文句をさんざん吐きながら、モカの兄貴はどんどん酔いつぶれている。
「昔は俺の言うことなんでも聞いて素直でかわいかったのに。あんな生意気に反抗するなんて……お前のせいだっ!!」
　……なんでだよ。
　いや、でもここで反抗するのはよくない……。
「ちょっと、飲みすぎじゃないですか……？」
「うるせえ!!　飲まなきゃやってらんねえよ!!」
　そう言いながら、ヤケ酒をガンガン飲んでいる。
「お兄ちゃん、お兄ちゃん、って離れなかったのに……今

じゃ、寄るな、来るなとウザがられ……」
「はあ……」
　自業自得のような気がするが、涙目でヘコんでいる姿を見ると少しかわいそうになってくる。
「……モカも、お兄さんのこと頼りにしてると思いますよ」
「お兄さんって呼ぶな!! 俺はお前の兄貴じゃねえ!!」
　フォローしてやってんのに、なんなんだその言いぐさは。めんどくせえな……。
　イラッとして、モカの兄貴を見ていたら、バーのマスターが入ってきた。
「おい亮ちゃん、飲みすぎだぞ？　彼氏くん困ってんだろ？」
　そう言ってモカの兄貴をたしなめ始めた。
　……亮って名前なのか。
　そういやモカからも、名前聞いてなかったな。
「亮さん、心配しなくてもモカのことは大事にしますから」
「てめぇは黙ってろ!!」
　……どうやら、言えば言うほど怒らせてしまうらしい。
「いつかこんな日が来ると覚悟してたが、やっぱり耐えられん!!　しかも俺より男前っ……!!」
　亮さんはもう完全に酔いが回っていて、机に突っぷしながらえぐえぐと泣いている。
　この状況をどうすればいいか考えていたが、余計なことを言うとまた怒らせてしまうので、黙って見ていた。
「ごめんね彼氏くん、亮ちゃん最近いつもこんな感じだか

ら」
「そうなんすか……」
　……なんか、俺がものすごく悪いことしてるみたいじゃねえか。
　いい加減にしてくれ。
「あの……。亮さんの気持ちもわかりますけど、俺もモカだけはゆずれないんです」
　真面目に放った俺の言葉に、亮さんの身体がピクリと動いた。
「俺のことは嫌いで構（かま）わないんですけど、認めてもらえないままだとモカもツライっていうか。亮さんのこと気にしてますし……」
　亮さんがのそのそと身体を起こして、俺を見すえた。
「なんで……。お前は……モカのどこが好きなんだ？」
　……どこって言われても。
　全部好きだ。
「……なにもかも」
　モカもいない所でなんでここまで言ってんのか。少し、こっ恥ずかしい……。
　俺の答えに亮さんの眉間のシワがグッと深まった。
「お前にモカのなにがわかる!!　俺は生まれた時からモカを見てきたんだ!!」
「そりゃ、家族だからだろ!!」
　このわからず屋がっ!!
　そんな理不尽（りふじん）なことっ……!!

俺の知らないこと知ってて当然だろっ!!
「……確かに、まだ付き合い始めて１年くらいですけど、モカのこと、いろいろ見てきました」
　冷静に……冷静に……、と心の中で念じながら亮さんを見た。
「見ていて飽きないほど、表情豊かだし。心優しくて、何事にも一生懸命で、一見おとなしそうに見えるけど、でも芯（しん）は強くて。まぁたまに天然なところもあるけど、恥ずかしそうに笑う姿なんか、マジでかわいくて……」
「おい!!　ちょっと待て」
　……しまった。
　モカのこと話すと止まらなくなってしまった。
　また怒らせたか……。
「……すみま」
「アイツが最高にかわいいのは、泣いてる時だ!!」
「……は？」
「だから!!　泣く姿だって言ってんだろ!!」
　……泣く姿？
　なにを言ってんだ……？
　ポカンとしながら目の前の亮さんを見つめた。
「お前モカが泣く姿、見たことねえのか!?」
「いや、ありますけど……」
　うるんだ目で見つめられると確かにたまんねえけど、泣かれてしまうとあせってしまうだけでかわいいと思う余裕なんてない。

「ちょっとイタズラすると真っ赤な顔して悔しそうに泣くんだぜ！　ありゃ最高にかわいいな!!」
「……へ？」
「子どもの頃なんか、大切にとっておいたプリンを奪っただけでビービー泣きわめいて！　最近じゃ、お前に作った弁当こっそり奪って食ったら、ギャンギャン怒って泣いたし!!」
「………」
「いやぁ〜あれもかわいかったな！」
　そう言って亮さんはガハガハと豪快に笑った。
　……なんか、ただのドSな兄貴じゃねえか……。
　モカ……かわいそうに……。
「あの……あんまりモカをいじめないでくれません？」
「いじめてねえよ!!　俺なりのかわいがり方だ!!」
「どこが……」
「それに!!　それだけじゃねえよ!!　あいつの寝起きも、超かわいいぞ!!」
「あぁ……あれは確かにかわいい」
「だろ!!　なんか小動物みてーっつーか……っておい!!!!なんでお前がモカの寝起きを知ってんだよ!!」
「………」
　……思わず亮さんから視線をそらした。
「まさかっ!!　……てめぇっ!!　モカの純潔(じゅんけつ)を奪ったのか!!」
「そーいうこと、デカい声で言うなよ!!」

店内にいた客がチラチラとこちらを見ており、マスターも苦笑いしていた。
「憎い……憎い……」
　そして亮さんはまた机に突っぷして、シクシクと泣き始めた。
　もう……めんどくせえな……。
「俺、もう帰っていいっすか？」
「帰れ帰れ……お前の顔なんて二度と見たくない……」
　亮さんは突っぷしたまま弱々しく返してきた。
　よし。
　一応了承もらったことだし帰るか。
　やっと解放される……。
　じゃ、と金を置いて席を立つと、マスターがあわてた様子で俺を止めた。
「彼氏くん待って！　亮ちゃん連れて帰ってよ!!」
「勘弁してくださいよ……」
「だってもう完全に酔ってるし、ひとりで帰れないよ、コイツ。俺、面倒見れない」
　俺だって面倒見きれねえよ……。
　うなだれている亮さんを見ながら、はぁ、とため息をついた。

「ちょっと……！　ちゃんと歩いてください!!」
　やはり、結局連れて帰るハメになってしまった。
　亮さんは、ひとりで歩かせるのは危険なくらいフラフラ

になっている。
　かなり重いが、肩をかつぎながら、引きずるようにして歩かせている。
「こんなことで点数稼ごうったって、無駄だからな!!」
「んなこと思ってません」
　まさかこんなことになるとは……。
　ほんとに今日はさんざんだ……。
「もうタクシーで帰ってくれません？」
「なに!?　てめぇ!!　こんな俺をひとりで帰すつもりか!!　なんて薄情な……!!　俺はモカの兄貴だぞ!?」
「わかったよ!!　家まで連れて帰りゃいいんだろ!?」
　モカの兄貴じゃなかったら間違いなく捨てて帰ってる。

　重い……。
　結局、タクシーで帰ってほしいという俺の願いは却下された。
　仕方がないので、俺は亮さんをかつぎながら歩いて帰っている。
「いやぁ！　それからこの前なんて俺の誕生日にケーキ焼いてくれて！」
　さっきから亮さんは、相手は俺だということをもはや忘れているのか、上機嫌にモカの自慢話を続けている。
「へぇ……よかったっスね……」
「だろ！　ほかにもなぁー……」
　終わることのないモカの話にだんだん腹が立ってくる。

兄貴にまで嫉妬するなんて情けないが、このシスコンぶりは穏やかになれない。
　イライラしつつも我慢して聞いていると、人通りの多い交差点でとてもよく知った、そして、誰よりも愛しい女の子の姿が目に入った。
　あれは……モカ……？
　こんな時間になにやってんだ……？
「……っ」
　遠くから呼ぼうとしたが、その声は喉の奥で止まってしまった。
　モカと………誰だアイツは。
　モカはひとりではなかった。
　俺の知らない男とふたりで歩いている。
　もう夜遅く、あたりも暗い。
　その表情までは確認できないが、俺がモカを見間違えるはずがない。
　立ちつくしたままその光景を見ているものの、向こうは俺の存在に気づくことなく人ゴミの中を歩いている。
「……あれって……モカ？」
　立ち止まった俺とその視線に、亮さんもモカに気づいたようだった。
「隣の男……お前の知り合い？」
　ふたりの姿を見た亮さんが、俺の様子をうかがいながらそーっと聞いてきた。
　亮さんも知らない男らしい。

「いえ……」
　ただ、そう答えることしかできなくて、ふたりから視線をそらした。
　それからはもうなにも考えることができなくて、ただ黙々と亮さんを家まで送った。
「……おーい……大丈夫かぁ？」
「えぇ……」
　亮さんが気を遣っているのか、俺の顔をのぞき込みながらヒラヒラと手をふっている。
「うち……寄ってくか？」
「いえ、帰ります」
「……いいのか？　モカに会わなくて」
「……はい」
　ここで家に上がって、まだモカが帰ってなかったら。
　もしそうだったら、自分がどうなるかわからない……。
「まぁ……元気出せって！　ありゃきっと見間違いだ！　モカが二股なんて、そんな器用なことできる奴じゃねぇって！」
　そう言って、俺の肩をバシバシとたたいた。
「………」
「わ、わりぃ……」
　さっきまで俺のこと嫌いだとかさんざん言ってたのに、なぜか励まそうとする亮さんに思わず苦笑してしまった。
「心配してくれてるんですか？」
「ばっ……!!　ち、違う!!　調子に乗るんじゃねぇ!!」

「大丈夫ですから。……モカのこと、信じてるんで」
　そう自分にも言い聞かせ、まだ少し心配そうな顔を見せる亮さんに「じゃあ」と残して帰った。
　大丈夫、とは言ったものの……。
　気になってしょうがない。あの男は誰なのか。
　俺以外の男が、モカの隣に並ぶなんて許せない。
　さっきの光景が頭からずっと離れないまま、家に帰ってきた。

「お！　和泉ちゃんおかえり〜！　……って、なんだおい。お前の後ろに魔王様が見えるぞ……」
　顔をひきつらせながら俺を見る兄貴を無視して、２階の自室に入った。
　兄貴には悪いが、今の自分はいらだちと嫉妬で余裕がない。
　亮さんの言う通り、モカが二股をかけるとか、そんなことはあり得ない。
　今見た光景だって、なにか理由があるってことくらいわかる。
　ただ、俺の知らない、他の男と一緒にいたという事実が嫌でたまらない。
　今すぐモカに電話して真相を聞き出せばいいのに、それすらもビビってできない。
　本当に、モカに対しては余裕がなくなる……。
　なにもできない情けない自分に、思わずため息がこぼれた。

第十九章

小さな綻び

【モカside】
　週1回だった家庭教師のバイトも、夏休み前の期末テストが近づくということで、週2回になった。
「じゃ、今日はここまで。次までにこれをやっておいてね」
「はーい。ありがとうございました〜」
　今のところ勉強は順調に進んでいるし、純ちゃんの成績も良好だ。
「さ、甘いものでもどうぞー」
　勉強が終わったところで、タイミングよくおばさんがお茶とケーキを持って部屋に入ってきた。
「いつもスミマセン……」
「いいのよ！　どうぞ食べてってね」
「そうだよ、モカ先生！　普段はケーキなんてうち出ないもん！　モカ先生のおかげだよ！」
　そう笑いながら、純ちゃんはおばさんから受け取って「どうぞ！」と机に持ってきてくれた。
　勉強が終わると、たいていお茶しながら、純ちゃんとおしゃべりをしている。
　もしかしたら、勉強よりもこっちの時間の方が長いかもしれない……。
　純ちゃんとのおしゃべりはとても楽しい。
　学校のことやテレビやファッションのこと、いろいろと話は尽きない。
「ねぇ、モカ先生って彼氏いるの？」
「えっ!?」

「ずっと気になってたんだよね〜!! 私の恋バナ聞くだけで、モカ先生は話してくれないし! ね? いるの?」
 そう言って純ちゃんがグイっと身を乗り出してきた。
「う、うん……一応ね……」
 一応ってなんだよ、と思いながらも答えると、純ちゃんは「キャ〜♪」と興奮気味に目を輝かせた。
「どんな人!? 同じ大学!? 年上!?」
 興味津々といった感じで質問してくる純ちゃんに思わず苦笑しながら答えた。
「高校の同級生なの。まぁ、今も同じ大学なんだけどね」
「えー!! いいなー!!」
「えへへ……」
 うらやましがる純ちゃんに照れ笑いを返していると、純ちゃんが「はぁ〜」と大きなため息をついた。
「ど、どうしたの?」
「なんかさ、せっかく一ツ橋学園に編入したのに、学園の男子ってロクな男いないんだよね」
「そうなの?」
「もう全然ダメ!! あり得ないし!! みんなガキだよ!!」
「ハ、ハハ……」
 純ちゃんってば正直……。
 でもこの様子じゃ、本当にいないのかもしれない。
「純ちゃんならきっとすぐ素敵な人が見つかるよ。同級生でも、ある日突然好きになっちゃったりするかもよ?」
「そうかなぁ。今の学校じゃ、その望みは少ないけどね」

「気持ちなんて、いつ変化するかわからないものだし！」
　恋愛経験が少ない私の言葉なんて、あてにならないかもしれないけど……。
　でも、純ちゃんなら本当に、すぐ彼氏ができそうだ。
　かわいいし、明るくて素直だし。
　今でもいろんな男の子から告白されているらしいけど、どうも好きになれないそうだ。
「カッコいい男から告られたーい!!　なんかムサい男ばっかだもーん!!」
「ハハ……ムサい男って……」
　いったいどんな男の子から告白されてんだろうか……。
　その姿を想像していると、純ちゃんが「あ！」と声を上げた。
「なに？」
「そういえば、モカ先生って黒崎和泉先輩と同級生じゃない!?」
「え゛」
　突然の思いもよらぬ名前の登場に、ドッキーンと心臓が跳ねた。
「どうして純ちゃんが、い……黒崎くんのことなんて知ってるの……？」
　今年高等部に編入したんだから見たことないはずだよね!?
　恐る恐るたずねると、純ちゃんはあっけらかんと答えた。
「だって黒崎先輩超有名人だもん。中学の時から、みんな

知ってるよ」
「そ、そうなんだ……」
「うん。それに、一ツ橋学園の伝説の男だもん。超カッコいいって」
　で、伝説!?
　和泉くん……あなたって人は……。
　いつの間にか伝説になっちゃってるよ。
　私ってやっぱりとんでもない人と付き合っちゃってるんだろうか……。
　遠い目になりながら今さら実感していると、純ちゃんがまたグイっと身を乗り出してきた。
「ね！　黒崎先輩ってどんな感じだった!?」
「えっ!?　ど、どんな感じって……」
「やっぱりカッコよかった!?　モテてた!?」
「うん、そうだね……モテてたね……」
　和泉くんが動けば、女の子もみんな動き出すって感じだった。
　女の子が集まっているところには、たいてい和泉くんがいたし。
「やっぱりそうだよねー。ファンクラブもあったくらいだもんね」
「らしいね……。でも、女の子とはあまり仲良くなかったなぁ。いつも男子といたし、基本、冷たくて無愛想だったから」
　高校の時を思い出していた。

女嫌いで有名で、言い寄ってくる女の子は容赦なく突き放してた。
　今は少し柔らかくなったような気がするけど、騒ぎ立てる女の子には相変わらずだ。
「へぇ〜。でも、３年生になってついに彼女作ったんでしょ？　同じクラスの。なにかの間違いって噂だったけど、黒崎先輩の方が超一途で、ベッタリだったって」
「そ、そんなことまで……!?」
　またもやドッキーン!!と心臓が跳ねた。
　でも、今の感じだと、その彼女が私だってバレてないよね……？
「ね！　彼女ってどんな感じの人!?」
「えっ!?　フ、フツー!!　フツーだよ!!」
「……フツー？　……かわいくないの？」
「うん!!　全然かわいくない!!」
「そ、そうなんだ……。モカ先生がそこまで言うなんて、ホントにかわいくないんだね……」
　ガッカリといった感じで、純ちゃんはつぶやいた。
　ど、どうしよ……。
　……なんか、私が彼女って言い出せない……。
「でも、一度でいいから黒崎先輩を生で見てみたいな？」
「そ、そう？」
「うん。だって、出回ってる隠し撮りの写真しか見たことないもん」
「隠し撮り!?」

こ、恐い!!　そんな写真まで出回ってるなんて!!　アイドル並……。
「あ！　そうだ！　黒崎先輩も大学に進学したんでしょ!?　モカ先生と一緒じゃん！」
「え!?　あ、う、うん。そうだね……」
「行ったら会える!?　連れてってよ？」
「い、いやでも学部違うし、私も見かけることないし……」
　なんかウソがどんどん重なってく……。
　く、苦しい……。
　ごめんね純ちゃん。
　心の中で謝っていると、純ちゃんはまたがっかりした様子で「なぁんだ、残念」とつぶやいた。

「……じゃ、私はそろそろ……」
　もう帰ろう……。
　なんだか心苦しくて居たたまれない。それに、いつの間にかすっかり夜になっている。
「もうこんな時間!?　モカ先生、ごめんね!!」
「ううん、気にしないで。私も話し込んじゃったし」
　勉強道具を片づけて部屋から出たら、ちょうど2階に上がってきたおばさんと鉢合わせになった。
「あら!?　モカちゃんもう帰るの？」
「ええ、すみません。遅くまでお邪魔しちゃって」
「あら、いいのよ！　せっかくだから夕飯も食べてかない？」

「え!?　でも……」
「そうだよモカ先生!　食べてってよ!!」
　どうしようかと考えていたら、おばさんが「ぜひぜひ!」とニコニコ笑顔で見つめてきた。
「うっ。じゃあ、お言葉に甘えて……」
　押しに負けて、結局、夕飯までごちそうしてもらうことになった。

　ちゃっかり夕飯をいただき、気づけば10時を過ぎていた。
　また話し込んでしまった……。
「すみません、こんな遅くまで……。そろそろ失礼します」
「いいのよ!　私も楽しかったわ!」
「そうだ!　モカ先生ついでに泊まっちゃえば!?」
「いや!　さすがにそれは遠慮しとくよ!!」
　さすがにそこまでお世話になれない。明日も大学があるし。
「ごちそうさまでした。本当に美味しかったです」
「あら、ありがとう。また食べてってね」
「はい、ありがとうございます」
　じゃあ、と帰る準備をして立ち上がったら、ちょうどリビングの扉がガチャ……と開いた。
「ただいま?」
　そう言って入ってきたのは、大きな荷物を持った男の人で……。

第十九章　小さな綻び　》》315

　誰だろう、初めて見る……とじっと見つめていたら、純ちゃんとおばさんが、うれしそうに声を上げた。
「お兄ちゃん!!　お帰りなさーい!!」
「優作、おかえりなさい。遅かったのね」
　ふたりの言葉から、この人は純ちゃんのお兄さんだということがわかった。
「ちょっと夕方まで用事があったから、遅くなったんだ」
　そう言ったお兄さんは、私の存在に気づいたようで、こちらを見た。
「あ、お客さん？　純の友達？」
「違うよお兄ちゃん！　純の家庭教師の先生なの！」
「家庭教師？　そりゃ、失礼。……はじめまして、純の兄の優作です」
　丁寧なあいさつで握手を求められ、私も「はじめまして、浅野モカです」と、あわてて手を差し出した。
　握手を交わしたところで「では私はこれで……」と、家族水入らずを邪魔しないように帰ろうとしたら、おばさんに呼び止められた。
「待ってモカちゃん！　もう遅いし、ひとりで帰らせるわけにいかないわ！」
「え!?　大丈夫ですよ、家も遠くないですし……」
「ダメよ!!　女の子なんだから!!　ちょっと優作、送ってあげて」
「え？　うん、いいけど」
「ええ!?　そんな！　大丈夫です!!　ご迷惑かけられませ

ん!」
「いいから!! もしもモカちゃんになにかあったら、大変だわ!!」
「いやでも……」
　お兄さんもせっかく今帰ってきたばかりなのに、申し訳ないよ……。
「モカ先生、送ってもらいなよ! この辺、物騒って聞くし……」
「えぇと……」
　どうしようかと困っていたら、純ちゃんのお兄さんは「遠慮しないで。さ、送るよ」と玄関に向かって行った。
　ここまでくると、さすがに断れない……心配かけるわけにもいかないし……。
「本当にスミマセン……。ありがとうございます」
「どういたしまして」
　ペコペコと謝ってお礼を言いながら、純ちゃんのお兄さん、優作さんと一緒に、斎藤家をあとにした。

「え!? 優作さんの大学、もう夏休みなんですか!?」
「そ。だから早めに帰省したんだ」
「いいですね、うちの大学はもう少し先です」
　送ってもらっている間、優作さんと他愛もない話をした。
　家までは人通りの多い大通りを通るから危なくないって思ってたけど、やっぱり夜遅いと、酔っ払いのサラリーマンも多い。

第十九章　小さな綻び

　ひとりで歩いている女の子はいなかった。
　送ってもらってよかったかもしれない……。
　本当にありがたい。
　再度お礼を言うと「気にしないで」と優作さんは笑顔で返してくれた。
　なんて親切な人なんだ……。
　思えば、和泉くん以外の男の人と、こうしてふたりで歩くなんて初めてかもしれない。
　緊張するかもと思ったけど、優作さんの優しくて気さくな人柄(ひとがら)のお蔭でそんなことも感じず、和(なご)やかに話ができる。
　本当、斎藤家はいい人たちばかりだなぁ。
　つくづく実感しながら、隣を歩く優作さんを見上げた。
「……うん？」
「あ、いえ。なんでも……」
　しかも、実はさっきから思ってたけど、こうしてふたりで歩いていても周りの視線をいっさい感じない。
　いつもなら和泉くんが隣にいるだけで、学校でも街の中でも、必ずといっていいほど視線を集めていた。
　な、なんてラクなの。
　注目されないって素晴らしい……。
　こんな普通のことがうれしいなんて……。
　そんな小さな喜びを発見しながら、夜の街を帰った。
　まさか、この様子を和泉くんに見られていたとは思いもよらず。

無事家に帰り、お風呂に入りながら今日の純ちゃんとの会話を思い出していた。
　はぁー……まさか純ちゃんから和泉くんの話題が出るとは思わなかったな……。
　やっぱり和泉くんって有名人なんだよね……。
　思わず純ちゃんには和泉くんと付き合ってることを隠してしまった。
　なんとなく言えなかった。
　私が彼女だって言ったら、きっとまた信じられないような目で見られてしまう。
　純ちゃんにもそんな目で見られたら、キツイかもしれない……。
　和泉くんと釣り合うような、もっとかわいい女の子に生まれたかったな……。
　そんなどうしようもないことを考えながら、小さくため息をついた。
　お風呂から上がると、リビングのソファーにぐったりと座っているお兄ちゃんがいた。
「あ、帰ったんだ。おかえりー」
　たぶんお兄ちゃん、また酔って帰ってきたんだろう。
　お酒臭いし。
　私の声に気づいたお兄ちゃんがこちらに振り返った。
「モカ……いたのか」
「え？　うん」
「そうか……」

そう言ってお兄ちゃんは、じーっと眉を寄せながら、私を見ている。
「な、なに？」
「モカ……今日どこ行ってたんだ？」
「え？　家庭教師のバイトだけど？」
「それだけ？」
「うん……なんで？」
「いや、別に」
　……変なの。お兄ちゃん、いったいどうしたんだろう。
　不思議に思いながらも、リビングを出て行こうとすると、お兄ちゃんが再び「モカ」と呼び止めた。
「なに？」
「……お兄ちゃん、信じてるからな!!」
「うん？」
　……なにを？
　お兄ちゃんの言いたいことが、イマイチわからなかったけど、ま、いいや。どうせ酔ってるんだろうし。

　そして翌日。
　朝から夕方までみっちり入ってた講義を受け、終わったあとは久しぶりに麻美と一緒に買い物をして家に帰ってきた。
　はぁ〜今日は疲れたな。
　早くお風呂に入って寝よう……。
　ベッドにバフッと倒れこんで、しばらく疲れを癒してい

た。
　……あれ？　そういえば……。
　昨日の夕方から今日一日、和泉くんと連絡をとっていない。
　いつもなら電話やメール、そのどちらかだけでも毎日連絡取り合っていたのに。
　……といっても、連絡をくれるのはいつも和泉くんの方からだけど……。
　和泉くん、どうしたんだろう。
　忙しいのかな。
　電話して声が聞きたいけど、今仕事中かもしれないし。
　ベッドから起き上がって、どうしようかとスマホをじーっと見つめた。
　毎日連絡があったから、ないと寂しい。
　電話しようかな……どうしようかな……。
　でも忙しいかもしれないしな……。
　スマホを見つめながら、グルグルと考えていた。
　電話ひとつでこんなにも悩むなんて、私ってばなんて小心者。
　えぇーいっ!!　もうかけちゃえ!!
　"彼女"だもん!!　別にいいよね!?　出なかったら出なかったでいいし!!
　そう意気込んで発信ボタンをえいっ！と押したけど、内心は心臓バクバクだ。
　用事もないのに自分から電話するって緊張するな……。

そわそわしながらコール音を聞いてると、和泉くんが電話に出た。
「もしもし和泉くん!?　ごめんね、忙しかった……?」
『……いや。なに?』
「なにって……」
　えぇーと……。
　あれ……?　和泉くん、なんだか機嫌悪い?
　声がいつもより固い気がする。
　ど、どうしよ!!
　やっぱり忙しかったんだっ!!　邪魔しちゃうなんて!!
　私のバカ〜っ!!タイミングが悪いよ!!
「な、なんでもないの!!　ちょっと声が聞きたかったっていうか……!!　ご、ごめんね邪魔しちゃって!!　……じゃ、切るね!!」
　あせってしまって、和泉くんの返事も聞かず、そのままブチッとスマホを切った。
　ああ……見事に失敗してしまった……。
　結局、邪魔しただけで、和泉くんの機嫌を損ねてしまった。しかも、勝手に切っちゃったし。
　なにやってんだろ……。
　私ってホント……ダメだなぁ……。
　はぁぁ……とうな垂れながら再びベッドに倒れこむと、スマホの着信が鳴り響いた。
　もしや……。
　その相手はやっぱり和泉くんだった。

「も、もしもし……？」
　恐る恐る電話に出た。
『勝手に切んじゃねーよ』
「ご、ごめん……つい……」
　やっぱり怒られてしまった……。
　そりゃそうだよね。私の行動、不可解すぎる……。
「邪魔しちゃってごめん!!　本当に用事はなかったの。ただ、声を聞こうと思っただけで……」
　本当に申し訳なく思って謝るけど、和泉くんは黙ったままなにも言わない。
　……聞いてるのかな？　呆れちゃってるとか……？
「あの……和泉くん？」
『なぁモカ……。今から会えるか？』
「今から!?　……どうしたの？」
『会いたい……』
　切なげにつぶやかれたその言葉に、心臓がドクンと鳴った。
　和泉くん、どうしたんだろう？
　いつもより少しだけ様子が違う。
　機嫌が悪いのかと最初は思ったけど、今は少し元気がないようにも思える。
「……なにかあったの？」
『いや……。ただ、モカの顔が見たくなった』
　なんだかいつもと違う和泉くんが少し心配なので「うん」と了承した。

第十九章　小さな綻び　>> 323

　それからしばらくすると、和泉くんから、家の前に着いたという連絡が入った。
　ずい分早いなと思ったら、仕事の手伝いが終わって、そのままタクシーで来たそうだ。
　急いで玄関を出ると、和泉くんはうつむき加減で塀(へい)に寄りかかって私を待っていた。
「お待たせ、和泉くん……」
　……ってスーツ着てるし!!
　そうか!!　仕事終わりだからか!!
　なんか普段よりもさらに大人っぽくてカッコいい……。
　その眩しさにフラ〜ッと倒れそうになっていると、和泉くんがこちらに近づいてきた。
「モカ……」
　見とれている私の様子なんて気づいてなく、和泉くんは私の腕を引き寄せて、ギュッと抱きしめた。
「え!?　なに!?　どうしたの!?　ていうか、家の前なんだけど!!」
　こんなところ誰かに見られたら……!!
　特にお兄ちゃんに!!
　──ギュッ……。
　しかし、和泉くんの力はゆるむことなく、ますます力を込められた。
「あの……和泉くん？　ちょっと苦しい……」
「………」
　ムギュウウッ……。

和泉くんからの返事はなく、それどころか、さらに力強く抱きしめてくる。
　やっぱり和泉くんおかしい……!!
　いつもなら苦しがると「わりぃ」って笑いながら力をゆるめてくれるのに!!
　ていうか……。
「ぐ、ぐるしい……」
　つ、つぶれる……。
　ホントにそろそろやばいかも……。
　尋常じゃない私の苦しがりように、和泉くんもやっと気づいてくれたようで、少しだけ力をゆるめてくれた。
「い、和泉くん……どうしたの？」
　呼吸を整えながらたずねると、和泉くんは私を抱きしめている腕を外しながら「少し歩くか」とつぶやいた。
「ねぇ……なにかあったの？」
「……別に、なにも」
「本当？　なんか、いつもと違うっていうか……」
　隣を歩く和泉くんを見上げると、その表情は少し曇っているようにも見える。
「なにか、嫌なことでもあったの？」
　心配して問いかけると、和泉くんはじーっと私を見下ろした。
「……そうだな」
　そう言って、和泉くんは私を連れて近所の公園に入った。
　やっぱり、嫌なことがあったんだ……。どうりで様子が

おかしいはずだ。
　公園の中を歩く間、和泉くんは無言だった。
　夜の公園は人がほとんどいなくて、とても静か。
　少し歩いたあと、目に入ったベンチにふたりで座った。
「ごめんね……。嫌なことがあったっていうのに、くだらないことで電話しちゃって……。仕事、邪魔しちゃったでしょ？」
「モカ、勘違いしてるようだけど、モカからの電話を邪魔だなんて思わない。うれしいから」
「そ、そう……？」
「ああ。今日だって、実はずっと待ってた。俺、連絡しなかったろ？」
「え!?　わざと連絡くれなかったの!?　なんでそんな試すようなことを……」
「なんでだろうな」
　そう言った和泉くんは、フッと切なげに笑った。
　いったい和泉くんになにがあったの!?
　いつもと違いすぎる!!
　どんな嫌なことがあったのか、聞こうか聞くまいか迷っていると、和泉くんが静かに話しかけてきた。
「なぁモカ。……昨日、どこ行ってた？」
「昨日？　家庭教師のバイトだけど？」
　あれ？　言わなかったっけ？
　でも、なんでそんなこと聞くんだろう。
　そういえば、昨日お兄ちゃんにも同じ質問されたな。

「そのあとは?」
「そのあと？　別にどこにも行ってないけど……」
「まっすぐ家に帰った?」
「うん、帰ったよ?」
「誰にも会わず?」
「え?　うん……」
「……そっか」
　そう言って、和泉くんは黙り込んでしまった。
　……いったいなんなの!?
　和泉くんの質問の意図がよくわからない……。
　でも、まぁいいや。
　今は私のことなんて、どうでもいい。
　黙ってうつむいてしまった和泉くんが気になって仕方ない。
　よっぽど嫌なことがあったんだろうな……この落ち込みようは……。
　勇気を出して聞いてみた。
「ねぇ、嫌なことってなにがあったの？　私でよかったら聞くよ?」
　そんな私の言葉に、和泉くんの頭がゆっくりと上がった。
　そして、じーっとなにかを探るような目で見られている。
「な、なに……?」
　私じゃ力不足とでも言いたいんだろうか。
　しばらく私を見つめたあと、和泉くんはフイと視線をそらして、再びうつむいてしまった。

……やはり私じゃダメみたいだ……。
　微妙にショック。
　でも……ますます気になるっ!!
　和泉くんをここまで落ち込ませるなんて……!!
　気になるけど……無理やり聞き出すわけにもいかないしな……。
　和泉くん、言うつもりないみたいだし。
　しょうがない、そっとしておこう。
　そう決めて大人しく隣に座っていると、突然和泉くんが頭をグシャグシャッとかきあげながら大きな声を上げた。
「やっぱりダメだっ!!　気になってしょうがないっ!!」
　そう言って身体をこちらに向け、私の両肩をガシッとつかんだ。
　突然なにっ!?
　驚きで声も上げられずにいると、和泉くんは真剣な顔で私に迫った。
「モカ。あの男は誰だ」
「え!?　あの男……?　なんのこと……?」
「昨日の夜、男とふたりで歩いてたろ」
「男とふたり!?　……あ!!」
　もしかして、優作さんのこと!?
　まさか、和泉くんに見られてたの!?
　一瞬考え込んだ私に、肩をつかんでいる和泉くんの力がグッと強まった。
「ち、違うの!!　あれは純ちゃんのお兄さんなの!!　送っ

てもらって!!」
「純ちゃんのお兄さん……？　なんでそいつがモカを送るわけ？」
「純ちゃんの家で夕飯ごちそうになって、気づいたら夜遅くなってて……。おばさんがお兄さんに頼んじゃったの。私も断れなくて……」
　もしかして!!
　和泉くんの様子がおかしかったのは、私が原因だったの!?
「お兄さんがいるとか、初耳なんだけど？」
　和泉くんがだんだんと、するどい表情になっている。
　こ、怖い……。
　その表情にビクつきながらも必死で答えた。
「私もいるのは知ってたんだけど、会うのは昨日が初めてだったの!!　地方の大学行ってて、夏休みで帰省してきたって!!」
「……で？」
「別に隠してたわけじゃなくて、私もお兄さんの存在忘れてたの!!」
　私の必死の言い訳を和泉くんは疑いのまなざしで聞いている。
「ホントだよ!!　昨日も送ってもらっただけ!!」
　許してくれるだろうかと和泉くんの顔をのぞき込んだ。
　またいつかのように信じてもらえないなんて絶対やだ。
　不安にかられながら、和泉くんの言葉を待った。

「わかった……。まぁ、モカが二股とかするわけないってわかってるし」
「二股ぁ!?　そんなことあり得ないよ!!」
「あぁ、そうだな」
　そう言って和泉くんは私の身体を引き寄せ、今度は優しく抱きしめた。
「あの……信じてくれてる？」
「ああ……。でも、かなりムカつく」
「ムカつく!?」
「そういう時は俺を呼べ。モカの彼氏は俺だ」
「で、でも……仕事中だと悪いし……」
　家も遠くないのに、わざわざ送ってもらうだけで呼び出すなんて、申し訳なくてできないよ……。
「さすがにそこまではできな……んっ……!!」
　断ろうとしたところで、和泉くんが私の頭を引き寄せて強引に唇を奪ってきた。
「……んっ！……」
　ていうか、ここ外なんだけど!!
　と抗議したところで、和泉くんはいつもそんなことは気にしないってわかっている。
　動揺で固まったままでいると、和泉くんは唇を離して切なげにつぶやいた。
「頼むから……。何っ回も言うけど、遠慮するのはやめてくんない？　……俺にも」
「そ、そんなつもりじゃ……」

「じゃあ、今度から必ず呼べよ？　……ほかの男がモカを送るとか、耐えらんねえから……」
「うっ……で、でも、仕事中とかに呼び出しちゃったら迷惑じゃ……」
「……だから、迷惑じゃねえっつってんだろ」
　なかなかうなずかない私に、和泉くんがすごんだ表情でにらんできた。
「わ、わかった!!　連絡する!!」
　恐すぎるよ!!　もうおとなしく従おう……。
「ホント、頼むからこれ以上不安にさせるな」
「は、はい……。なんかスミマセン……」
　そんなに私って和泉くんに心配かけてんだろうか……。
　私が不安になることの方が多いと思うのに。

　それからよく話を聞いてみると、和泉くんは昨日の夜から私と優作さんの姿が頭から離れず、ずっとイライラしていたそうだ。
　そんなに悩ませていたとは……本当申し訳なかったな。
「ごめんね……」
「わかってると思うけど、俺、相当心が狭いから」
「は、はい……。心得てます……」
　そう言うと、和泉くんは笑いながら私を引き寄せて、ぎゅっと抱きしめた。
「こんだけ心配させたんだから、なにかお詫びしてほしいんだけど？」

第十九章　小さな綻び

「えぇ!?　お詫び!?」
　そこまでしなきゃいけないほど!?
「お詫びって……なにすればいいの……?」
　おずおずと見上げながらたずねると、和泉くんはにっこりと笑顔になった。
「家に、連れて帰っていい?」
「え?　えーと……私を?」
「当たり前だろ」
　ったく、と和泉くんは私のとんちんかんな問いに少し呆れた顔をした。
「モカ以外に誰がいんの?」
　そう言った和泉くんは、私の頬に手をそえて、唇に軽くキスを落とした。
「で、でも!!　なにも言わずに出てきちゃったし……!!」
　突然の甘い雰囲気に、カーッと真っ赤な顔をして答える私を、和泉くんは熱い視線で見つめてくる。
「……帰したくない」
　そして、ギュッと抱きしめながら、こめかみやほお、耳に次々とキスを落としてきた。
　も、ムリ……。
　スーツ姿のせいもあって、いつもよりカッコよく見える和泉くんにクラクラして抵抗できない……。
　心臓が壊れるんじゃないかってくらい、ドキドキと鳴っている。
　カチカチに固まって動けないでいる私を見て、和泉くん

はおかしそうに笑った。
「いい加減、こういうのにも慣れてくれない？」
「そ、それはムリ……」
　和泉くん相手に慣れるもんですか……。
　きっと情けない表情になってるであろう私の顔を、和泉くんは間近に見つめてきた。
「……で？　連れて帰っていいの？」
「や、で、でも……これから行って、どうするの……？」
　そんな私の無粋な質問に、和泉くんはまたもやにっこりと笑った。
「いろいろする」
　そう言って、今日一の艶やかな笑顔を向けてきた和泉くんに、完全にノックアウトされた私が、そのまま連行されたことは言うまでもない。

第二十章
もどかしい恋心

【和泉side】

　今、腕の中でモカはぐっすりと眠っている。

　昨夜、モカを連れて帰り、そのままずっと離さなかった。

　おかげで、心にずっとあったいらだちや嫉妬は解消されたが、まだ少し不安要素はある。

　モカには、遅くなったら俺を呼ぶようにと約束させたけど、ちゃんとそれを実行してくれるかどうかわからない。

　なんせ、モカは遠慮のかたまりだからな……。

　おそらく、俺を呼ぶくらいなら、ひとりで帰ろうとするだろう。

　ほんと、こういうことに関しては手強いっていうか。

　なかなか俺になついてくれない。

　まだ腕の中でクタッとなって、熟睡しているモカを見つめた。

　そのあどけない表情にでさえも、心臓はドクドクと騒ぎ出す。

　こうして腕の中にいるときだけだ。

　モカが俺のだって実感できるのは……。

　油断すると、フラフラ〜とどこかへ行ってしまいそうで、心配でたまらない。

　本音を言うと、男がいる家の家庭教師なんかしてほしくない。

　……このままずっと閉じこめておきたいくらいだ。

　俺がそこまで想ってるなんて、モカは知らないだろう。

　ていうか、そんなこと言えないけれども。

絶対引かれてしまう……。
ほんと、相当重症だな、俺は。
そんな自分に苦笑しながら、モカが起きないように頬をひとなでして、そっとキスを落とした。

そして、朝。
「……モカ！」
もう朝だというのに、何度呼びかけても、モカは全然起きない。
モカは朝が弱いため、たいてい、こうしていつも俺が起こしている。
休みの日なら、自然と目が覚めるまで寝かせているけど、モカは今日午前中から講義があると言っていた。
昨日手ぶらで家に連れてきたので、モカをいったん家に送り届けないといけない。
「モカ！　起きろって！　講義行かなくていいのか？」
「うー……ん……」
しかし……うなるだけでやっぱり起きない。
そして、モカはうるさい俺から逃げるかのように、クルッと寝返りを打って背を向けた。
いつも以上に起きねえな……。
疲れさせた俺にも原因はあるが……。
「モカー……」
何度呼びかけても起きない。
……もう知らね。

起きないなら起きないで別にいい。
　むしろ、そっちの方が俺にとってはうれしい。
「起きないモカが悪い」
　一応、俺は起こそうとした。
　というわけで………寝よ。
　このまま寝ているモカを見ていると、また襲いたくなる。いや、確実に襲うな。
　モカを起こすのはあきらめ、後ろから抱きしめ直して俺もまた寝ることにした。

「ひどいよ～!!　なんでもっと早く起こしてくれなかったの!?」
「だから！　何度も起こそうとしたって!!　起きないモカが悪い」
「そんなっ!!　たたき起こしてよ!!」
　二度寝した結果、案の定寝過ごした。
　というか、目が覚めたらもうすでに昼近くで、寝過ごしたどころの騒ぎではなかった。
　さすがにモカを起こさないとヤバイと思い起こしたところ、こうして理不尽な文句を言われている。
　モカはベッドの上で「どうしよ!!」とパニクッていた。
「落ち着けって。どーせ今から行っても間に合わねぇんだし、サボれば？」
「ちょっと～!!　他人ごとだと思って!!」
　そう言いながら、モカがこちらをキッとにらんできた。

第二十章　もどかしい恋心 >> 337

　まぁ、にらまれたところで全然恐くないけれども。
　確かに、俺の講義は今日は午後からだ。
　今から行っても間に合うし、さして問題はない。
　でも、モカがこのままサボるなら、俺だってもちろん行かない。
　そんな重要な講義でもねえし。
　いや、むしろ講義なんてもうどうでもいいか……。
　まだベッドの上であわてているモカを引き寄せた。
　モカが「なに？」と怪訝な表情で聞いてきたけど、それに答えず、そのままベッドに押し倒した。
「ちょっと和泉くん!?　なにしてるの!?」
「もういいじゃん。サボってこのまま一緒にいよ？」
「えっ……!?　ちょっと……ダ、ダメだって……!!」
　モカはまた違うあせりを見せているが、気にしない。
　首元に顔を埋めながら、その白い肌に唇をはわした。
　瞬間、モカの身体がビクッと跳ねた。
「やっ……!!　ま、待って……!!」
「いやだ」
「い、和泉くんだって……講義、あるんでしょ……!?」
　モカがあせった様子で起き上がろうとするが、それを押さえながら間近に見つめて、柔らかなほおをなでた。
「別にいい。それよりも、またモカが欲しくなった」
「なっ……!!」
　こうして目の前にモカがいれば、やっぱり抑えられない。
　真っ赤な顔でなにも言えないでいるモカに笑いかけなが

ら、そのまま深く口づけた。

　久しぶりにモカとゆっくり過ごしたその翌日、大学に行き教室に入ると、後藤がものすごい勢いで近づいて来た。
「黒崎〜!!　昨日なんでサボったんだよ！　話があったのに！」
「なんでお前にいちいち報告しなきゃいけねえんだよ」
「寂しいじゃねーか!!　連絡くれよ〜!!」
　まとわりついてくる後藤がうっとうしいので無視して席に着くと、後藤は俺の隣に座りながらこちらを向き、肩をガシッとつかんできた。
「黒崎、今日はお前に折り入ってお願いが……」
「断る」
「オイ!!　まだなにも言ってねえだろ!!」
「どっちにしろ、聞く気ねえから」
「黒崎!!　今回はマジなんだ!!　頼む!!」
　いつになく真剣な表情をする後藤に押され、つい「……なんだよ」と聞いてしまった。
「実はさ、来週の日曜日に宿敵の東都大学との決勝試合があってさ……」
「言っとくけど、入部しねえぞ」
「わ、わかってるって……。ただ、うちのチーム、まだ勝ったことなくてさ……。いっつも惜しいところで負けるんだよ」
「知るか。実力の差だろ」

「そこでお前なんだよ!!　1回だけでいい!!　来週の試合、頼むから出てくれ!!　この通り!!」
　そう言いながら、後藤は両手を合わせながら頭を下げてきた。
「ちょっと待て……俺が出たところでどうにかなる問題じゃねえだろ……」
「いや!!　今のうちのチームにはお前が必要なんだよ!!　お前がいれば勝てる!!」
「おい……買いかぶりすぎだ……」
「頼む!!　優勝がかかってんだよ!!」
　いつも以上にすがるような目で、後藤が訴えてくる。
「悪いけど、引退して結構経つし、身体も鈍ってる」
「それでもいい!!」
「ちょっと待ってくれ……いくらなんでも……」
「頼むっ!!　1回だけっ!!　監督や先輩も期待してんだよ!!　マジで頼むって!!」
　どんだけなんだよ……。
　そんなに期待されても困る。
　はぁ……ったく。
「わかった……。1回だけだからな」
　必死な形相で懇願してくる後藤に、根負けしてしまった。
「マ、マジっ!?　出てくれるのか……?」
「ああ……。その代わり、負けたからって文句言うんじゃねえぞ」
「言わねえよ〜!!」

そう言って後藤は俺にガバッと抱きついてきた。
「サンキュー!!　黒崎!!　マジで助かる!!」
「いいから離れろ!!　気持ち悪いな!!」
　結局、後藤に押し切られ、１回だけという約束で試合に出ることになった。
　はぁ……来週ってもうすぐじゃねえか……。
　めんどくせぇこと引き受けてしまったな。
　了承したばかりだというのに、早くも後悔が押し寄せてくる。
　午前の講義を終え後藤と別れた後、ため息を吐きながらキャンパス内を歩いた。
　そういや、モカはもう来てるんだろうか。
　歩きながらスマホを取り出し、モカに電話をかけた。
『……もしもし？』
「モカ？　もう来てんのか？」
『……うん……なに？』
　スマホから聞こえてくるモカの声がそっけない。
「いい加減、機嫌直せよ。悪かったって」
『ちょっと、なにそれ!!　私が昨日どれだけ怒られたと思ってるのよ〜!!』
「ごめんごめん」
『ム、ムカつく〜!!』
　軽く謝る俺に、電話からモカの怒声がキャンキャンと響いてきた。
　原因は、もちろん昨日のことだ。

昨日、あれからモカを送り届けた時にはもう夕方を過ぎていた。
　無断外泊と、ついでに講義をサボったことも親にバレてしまったそうで、大目玉をくらったらしい。
　それはマジで申し訳ないと、昨日の夜電話でさんざん謝った。
　完全に理性が飛んでた俺のせいでもある。
　おかげでモカの機嫌をかなり損ねてしまった。
「ほんと悪かったって。それより、今日何時に講義終わんの？」
『悪いって思ってないでしょ……まったくもう……で、なんの用があるの？』
「一緒に帰ろうぜ。午後の講義が休講になったんだよ」
『……帰るだけ？』
「なに？　もの足りない？　……今日もうち来る？」
『違うわよっ!!　行くわけないじゃない!!』
　冗談で聞いたつもりだったのに、モカの怒った声が再び響いてきた。
「んな怒んなよ。冗談だって」
『言っとくけど!!　しばらく外泊禁止になったんだからね!!』
　そのモカの言葉に、歩いていた足がピタリと止まった。
「……マジ？」
『うん、しばらく和泉くんの家に行かないから』
　ウソだろ……。

思うままにしてしまったせいで、とんでもない代償がきてしまった……。
「……それ、いつまで？」
『さあね』
　さっきとは一転、モカはひどく楽しげに言った。
　しばらくおあずけってことか……？
　思わず頭がガクッと落ちた。

　そして夕方、一緒に帰るため、講義が終わったモカを迎えに行った。
「モカ、まだ怒ってる？」
「怒ってないけど……」
　そう答えながらも、モカの頬はふくれている。
　これは、絶対まだ根に持ってるな……。
　どうやって機嫌を直そうか考えるが、ふてくされているモカもまたかわいいと思ってしまう自分は、相当重症なんだと思う。
「じゃ、帰るか」
　モカの手をとって歩き始めた。
　とりあえず、手をつないでも振りほどかれなかったので安堵した。

　帰る途中、駅前にあるドーナツ屋にモカを連れて行った。
　モカの大好物の店だ。
　ピンクで統一されたファンシーな店内で、入るだけでも

かなり勇気がいる。
　普段だったら、モカが行きたがっても絶対に入らない。
「珍しいね、和泉くんが行きたがるなんて」
「行きたいわけじゃねえ……」
　店内に入ると、甘ったるい匂いが漂(ただよ)っており、ショーケースの中にはズラリとドーナツが並んでいる。
「……よし。モカ、選べ。好きなだけ買ってやる」
「た、食べ物で機嫌取ろうなんて……!!　そんなに単純じゃないもん!!」
　と、プリプリ怒っているけど、ショーケースに目を移したとたん、モカの目がキラキラと輝き始めた。

「……うまいか？」
「うん!!　しあわせ〜」
　数分後、モカの機嫌は完全に直った。
　本当に幸せそうにドーナツを食べながら「おいし〜♪」と連発している。
　単純だ……。
　こんなにうまくいくとは……。
「和泉くんは食べないの？」
「ああ、俺はいい」
　もともと甘いものは得意じゃない。
　ましてや、チョコレートやら砂糖やらベッタベタに塗(ぬ)りたくられたドーナツなんて食えたもんじゃない。
「よくそんなのが何個も食えんな」

「和泉くんも食べてみなよ！　美味しいよ？」
「いや、いらね」
　グイッとドーナツを差し出されたけど、丁重(ていちょう)にお断りした。

「美味しかった〜♪」
　ドーナツを存分に堪能したようで、モカは満足そうに言った。
「ありがとう、和泉くん♪」
「どーいたしまして……」
　さっきまで怒っていたことなんて、すっかり忘れているようだ……。
　これだけでモカの機嫌が直るなら安いもんだ。
　かなり居心地悪い店だったが、連れて行った甲斐(かい)があった。
　店から出て、モカを先に送るため、家の方に向かって帰っていると、鞄に入れているスマホが鳴った。
「後藤からだ……。モカ、ちょっと悪い」
「うん、どうぞ」
　モカに断りを入れて、電話に出た。
『黒崎！　なにやってんだよ!!　練習出ねえの!?』
「……練習？」
『ああ！　試合は来週だぞ!?』
「あー……。適当に自主練(じしゅれん)しとく。行かねぇ」
『なに!?　ちょっと待て……』

第二十章　もどかしい恋心 >> 345

「わり。今忙しいから切るわ」
　後藤はまだなにか言いたげだったが、長くなりそうなので切った。
「後藤くん？　いいの？」
「ああ。たいした用事じゃない」
「練習とか自主練って、またサッカー始めることにしたの？」
「いや、１回だけ試合出てくれって頼まれたんだよ。しつこいし、これっきりって約束で了承した」
「ふーん……」
　モカは少し考えているような表情をし、そして、再び俺を見上げた。
「ねぇ、和泉くん。観に行ってもいい？」
「試合を？　観に来んのか？」
「……ダメ？」
「いや！　ダメじゃないけど、高校の時なんて一度も来なかったからてっきり興味ないのかと」
「うん、まぁ……。でも、一度くらい見てみたいなーって思って」
　そう言ってモカは少し恥ずかしそうに微笑んだ。
　思わず抱きしめてしまいそうになった……が、なんとか持ちこたえた。
　その代わり、つないでいる手に、ギュッと力を込めた。
「マジで、来てくれんの？」
「うん。……行ってもいい？」

「もちろん、大歓迎」
　試合を了承したことを少し後悔していたが、思わぬ幸運が降ってきた。
　いや、ちょっと待てよ。
　モカが来るなら適当にできない。
　本気でやらなければ……。
　まずいな……。
　絶対自主練じゃ足りない。
　……練習、出るか。
「モカ、試合は来週の日曜だから。それまで練習に参加するから、しばらく会う時間が減ると思うけど……」
「うん、気にしないで」
　ニコッと笑いながらモカはあっさり言った。
　もっと寂しがるとかないのか……？
　笑顔を向けるモカに苦笑いを返し、切ない気分になりながら自宅まで送り届けた。

　そして、あっという間に日は過ぎ、もう試合当日を迎えてしまった。
　この１週間、親父に事情を話して、仕事に行く時間を調節してもらった。
　講義が終われば練習に参加し、仕事が終われば自主練メニューをこなす毎日で、もちろん、モカとはほとんど会えていない。
　でもそのおかげで、勘を取り戻し、身体も完璧に仕上げ

た。
「黒崎!!　今日は頼むぞ!!」
「ああ。出るからには勝つ」
　もともとここまでのやる気はなかったが、今日はモカが観に来ている。
　絶対に負けられない。
　試合会場に着きグラウンドに入ると、観客席から大きな歓声が上がった。
　モカはどこにいるんだろうか……。
　うちの大学の観客席に目を向けて探したが、人が多すぎるためどこにいるのかわからない。
　知らない女たちから「キャー!!」と手を振られるだけだ。
「黒崎すげぇな。こんなに応援来るなんて初めてだぞ……」
「へー……」
　後藤が言うには、俺が試合に出るという噂が広がり、ひと目見ようと応援に駆けつけたらしい。
「練習の時も日に日に見学者増えるしさ!　やっぱお前って有名人なんだな!　すっげぇな!　俺も超モテモテになりた～い!!」
「……黙れ」
　うるさい後藤を足蹴りした。
　モカを探すのはあきらめ、身体を動かすことにした。
　たぶん、もう来ているはずだ。
　会場に着く直前、モカから『頑張ってね、応援してるから』とメッセージが入ってきたし。

身体を温めるため軽く走っていると、相手チームも続々と入ってきた。
　その中には、高校時代に対戦したことがある奴らも何人かいて、俺の顔を見た瞬間、ゲッと表情をゆがませている。
「黒崎が出るって噂本当だったのかよ〜……」
「マジかー最悪……」
　本人目の前にして、あからさまに嫌がっている。
　失礼な奴らだな……。

　いよいよ、試合開始の時間になった。
「黒崎くん‼　よろしく頼むよ‼」
　最終確認をすませたところで、監督からキラキラと期待を込められた目を向けられた。
　……そこまで期待されると逆にプレッシャーだ……。
「……はい」とだけ答えてピッチに上がると、場内からワーッとまた一際大きな歓声が沸き起こった。
　久しぶりだなこの感覚……。
　高校時代を思い出す。
　たまには、こういうのも悪くないかもしれない。
　目を閉じ、深呼吸をひとつしたところで、ピーッ！と試合開始のホイッスルが鳴った。

　そして――。
　結果は、1対0。
　見事、うちのチームが勝利した。

「ぐろざぎ〜!!　おばえのおがげだぁ〜!!」
「だから違うって……」
「だってあのアシストがながっだら俺ゴールでぎながっだしぃ〜!!」
　決め手となるゴールをしたのは後藤だった。
　勝利の喜びで号泣している後藤は、感極まりすぎてなにを言ってるのか聞き取りにくい。
「泣くかしゃべるか、どっちかにしろよ」
「じゃ、泣ぐ〜っ!!」
　そう言って他のチームメイトの元へ行き、泣きながら抱きついていた。
　後藤までじゃないけど、ほんと勝てて良かった……。
　久しぶりの試合は思った以上にキツかったが……。
　モカはちゃんと見てくれていただろうか。

　表彰式も終わり、控え室に戻った今もまだ皆喜びをわかち合っている。
　そろそろ帰りたい……。
　モカの所へ行かないと。
　外で会おうと連絡したから、モカが待っているはずだ。
「じゃ、お先に」
　帰り仕度を終えて、お祭り騒ぎの控え室を出て行こうとしたら「おいーっ!!」と呼び止められた。
「ちょっと待て!!　帰るって!?」
「これから祝勝会があるんだから黒崎も出ろよ!!」

「そうだ!! 主役はお前なんだから!!」
　帰ろうとする俺に、サッカー部の奴らがワッとつめ寄ってきた。
「悪いけど予定あるから……」
「なにっ!?　お前がいなきゃ始まんねえよ!!　来いよ〜!!」
「最後まで付き合えよ〜!!」
　皆の目が参加しろと訴えている。
　こ、断りづれぇ……。
「わ、わかった……。行けばいいんだろ」
　その押しに負けてつぶやくと、皆がさらに「よっしゃあー!!」と盛り上がった。
　ほんと明るい奴らだな……。
　ま、いいか。
　俺も久しぶりで楽しかったのは事実だ。
　最後までこいつらに付き合うか。
　でも、モカには会いたい……。
「あとで合流するから、先行っててくれ。ちょっと用があるから」
「そう言ってバックレんじゃねーぞ!!」
「しねーよ!!」
　疑いのまなざしを向けられながら、控え室をあとにした。

　会場の外に出てモカを探していると、入り口のあたりにそれらしい姿を発見した。
　近づいてみると……やはりモカだ。

そして、その隣には木下麻美がいる。
　木下と一緒に来てたのか。
　ふたりは俺の存在にまだ気づいていないようで、話に夢中になっている。
「モ……」
　名前を呼びかけようとしたところで、
「キャーッ!!　黒崎くんこっちにいたーっ!!」
　悲鳴のような甲高い声が後ろから聞こえてきた。
　な、なんだ……？
　後ろを振り返ると、応援に来ていたと思われる女たちが集団でこちらにドドドド……と走ってきていた。
「ぅおっ……」
　こ、恐え……。
　その迫力に圧倒され動けないでいると、あっという間に取り囲まれてしまった。
「うわぁっ!!　本物だぁ〜!!　超カッコいい〜!!」
「さっきの試合すごく感動しました〜!!」
「一緒に写真とってください!!」
　その女達は、興奮気味にキャーキャーとわめきながら、俺を見上げている。
　この異様な騒ぎにさすがにモカたちも気づいたようで、唖然としながら俺たちを見ていた。
「るせえっ!!　触んなっ!!」
　さっきから、腕や服を遠慮なく引っ張られている。
　振り払おうとにらみつけながら言い放っても、まったく

効果がない。
　飽きもせずまだキャーキャーと騒いでいる。
　集団になった女は無敵だ……。
　幾度となく体験してきたが……。
「いい加減にしろよ……!!」
　マジでやめてくれっ!!
　モカがいるってのに……!!
　モカたちの方に目を向けると、木下が呆れ返ったような表情をしており、そして、モカは引きつり笑いを浮かべていた。
　もう……最悪だ……。
　この状況に、なすすべもなく嘆いていると、木下が俺に向かってブンブンと手を振ってきた。
　なにかを伝えようとしているみたいだ。
　なんだ……？
　ジッと木下を見てなんだろうかと探ると、その口が「先帰る。ばいばい」と動いているのが読み取れた。
　そして、ヒラヒラと手を振りながらモカを連れて帰ろうとしている。
「ちょっ……!!　モカ!!」
　呼び止めようと何度も声を上げるが、周りの声にかき消されて届かない。
　マジかよ……!!
　一瞬、モカが心配そうな顔をしてこちらを振り返ったが、先行く木下を追いかけて行ってしまった。

第二十一章
心の行方は

【モカside】
　和泉くんの試合を見終わったあと、一緒について来てくれた麻美と別れて、電車でひとり帰っていた。
　初めて和泉くんの試合をちゃんと見たけど……カッコよかったなぁ……。
　応援している間、和泉くんから目が離せなかった。
　普段とは全然違って、すごく真剣な表情にドキドキして、魅入ってしまった。
　……そりゃ、追っかけたくもなるよね……。
　騒がれるはずだよ。
　あんなにカッコいいんだもん。
　はぁ……。
　あの人が私の"彼氏"……。
　うれしいはずなのに、心の中はモヤモヤしていた。
　今日の和泉くんは本当にステキだった。
　なんだか、とても遠い存在に思えたくらい……。
　女の子に囲まれている和泉くんを見て、なにも言わず帰ってしまった。
　いつものことなのに、今日はその光景がキツかった。
　……本当に私でいいんだろうか……。
　和泉くんは、なんで私なんかを選んだんだろ……。
　付き合い当初からそう思っていたけど、今日、また改めて実感した。
　そういえば、先に帰ったこと、あとで謝らなきゃ……。
　会いたいって連絡くれてたのに……。

和泉くん、怒ってるかな。

　電車の窓からボーッと外の景色を眺めていると、突然、後ろから陽気な声で話しかけられた。
「あれ？　モカちゃん？」
「……え？」
　振り返ると、そこににこやかな表情をした優作さんがいた。
「優作さん!?」
「偶然だねー。ひとり？」
　そう言って、優作さんは私に連れがいないのかとキョロキョロした。
「ええ、ひとりです。優作さんもですか？」
「ああ。さっきまでダチに会っててさ、ちょうど帰るとこ。モカちゃんも？」
「はい……。私も帰るとこです」
「じゃあ一緒に帰ろうよ」
　……えぇ!?
　一緒に帰るって言った!?
「どうせ同じ方向だしさー。あ、どっか寄るところでもあった？」
「い、いえ……」
　ないけど、あるって言った方がよかっただろうか……。
　一瞬、和泉くんの顔が浮かんだ。
　ついこの前、優作さんと一緒のところを見られて怒られ

たばっかりだ。
「そーいや、最近純がさー……」
　少しとまどう私の様子なんて優作さんは気づきもせず、もう次の会話へと進んでいる。
　偶然会ったし、帰る方向も一緒だから、本当に気軽に言っただけなんだろう。
　しょうがない……。
　これは不可抗力だ。
　この状況で断るのもなんか感じ悪いし、優作さんに対して警戒するのも失礼だ。
「ちょっと見ないうちに、純も生意気になってるしさー。女ってこえーよ」
「そんなことないですよ！　純ちゃんは素直でかわいくて……私もあんな妹欲しかったなぁ」
「モカちゃんやめときな。あいつの本性まだ知らないからそんなこと言えるんだよ」
「優作さんってばひどいですね～！」
　電車を降り、自宅までの帰り道を一緒に歩いている間、優作さんはいろんな話で笑わせてくれる。
　主に家族の話だったり、大学のことだったり。
　やっぱり、優作さんはとても話しやすい。
　気を遣うこともないし、自然に振舞える。

「じゃあね、モカちゃん。気をつけて」
「はい、じゃあまた」

途中の分かれ道まで一緒に帰った後、優作さんと別れてひとりで自宅に帰っていた。
　優作さんと一緒に帰って、よかったかもしれない……。
　落ち込んでたことを少しだけ忘れることができた。
　勝手に優作さんに感謝しながらひとり歩いていると、ちょうど和泉くんから電話がかかってきた。
「ぅわっ！　和泉くん!?」
　な、なんてタイミングッ!!
　さっきまで優作さんと一緒にいたため、思わず心臓がドキッと跳ねた。
　べ、別にやましいことしてるわけじゃないんだし……。
　なにビクついてんのよ私……。
　堂々としていいんだから！
　と気合いを入れ、通話ボタンを押した。
「も、もしもし……？」
『モカ、勝手に帰るなんてひでぇじゃねえか……』
「ご、ごめん……!!　だってあの状況だともう無理かと思って……」
『だからって……』
　確かに、困ってる和泉くんを置いて勝手に帰っちゃった私が悪い……。
「ごめんね。せっかく会おうって言ってくれてたのに……」
『いや……まぁ、結局、俺も祝勝会に出ないといけなくなったし……。あれからすぐ帰ったのか？』
「うん、麻美と別れたあと……そのまま帰った」

優作さんと帰ったっていうのは絶対言わない方がいいだろう……。
『もう家？』
「ううん、まだもう少し……」
　いろいろ聞かれるとボロが出そう……!!
　話題変えなきゃ!!
「そ、それより!!　和泉くんおめでとう!!」
　そういえば、今日一番伝えるべき言葉を言ってなかった。
『ああ。ありがとう。……ちゃんと見てくれた？』
「うん……すごくカッコよかった」
『………』
　今日の和泉くんを思い出しながら伝えると、和泉くんは黙り込んでしまった。
「……和泉くん？」
『あ、あぁ……。なんか、モカからカッコいいって言われることあんまりないから……すげえうれしい』
　和泉くんのその言葉になぜか私の方が照れてしまって、ひとり顔を赤くした。
　今度は私の方が黙ってしまうと、
『やっぱ祝勝会行くって言うんじゃなかったな……』
　と、和泉くんはおかしそうに笑った。

　そして翌日、学内は昨日のサッカー部の優勝、というより和泉くんの話題で持ちきりだった。
　いつも以上に、あちこちで和泉くんの名前が出てくる。

「ねぇねぇ、試合見た〜!?　黒崎和泉、超カッコよかったよね〜!!」
「ねー!!　同じ大学に入れてよかった〜!!」
　みんな、うっとりしながら和泉くんのことを話している。
　い、いつものことよ……いつものこと……。
　気にしないように心の中で念じているけど、どうしても耳に入ってしまう。
　耳せんでも買おうかな……。
　そんな古典的な対策法を考えていると、一際大きく、自慢気にしゃべる女の子の声が聞こえてきた。
「昨日サッカー部の友達にお願いして、祝勝会に行かせてもらったんだ〜。黒崎くんと仲良くなれて一緒に写真撮っちゃった♪」
　な、なんですに!?
　和泉くんと仲良く!?　一緒に写真!?
　その言葉に耳を疑い、思わず声がした方を振り返ると、ふんわりカールのかわいい女の子が得意げな顔をして友達に自慢していた。
　か、かわいい子……。
　和泉くん、ついに心が動いちゃったのかも……!!
　ガーンとショックを受けていると、ほかからも同じような声が上がった。
「私も行った！　黒崎くんとお近づきになれたもん！」
「私も！」
「私もだよ！」

えぇ!?　そんなに……!?
　和泉くん、いつの間に仲良くなっちゃってるの……。
　勝利の喜びでハメを外したくなったんだろうか……。
　その事実にへこんでいると、いつの間にか講義は終わっていた。
　全然集中できなかったよ……。
　私ってばいちいち気にしすぎなんだろうか……。

　結局午前の講義が終わるまで、ずっと噂のことが頭から離れなかった。
　もういいや……お昼ご飯食べよ……。
　無理やり気持ちを切り替えようとしたところで、悩みの原因の和泉くんから電話が入ってきた。
「……どうしたの？」
『木下に取られる前に連絡しようと思って。一緒に昼メシ食おうぜ』
「うん……いいよ」
　断る理由もないので了承した。
　いつもの誰も来ない教室を指定され、麻美に断りの連絡をした後、和泉くんのもとへ向かった。

「モカ……」
　教室に入ったとたん、和泉くんは私を引き寄せ、ギュッと抱きしめてきた。
「あ、あの……和泉くん？　どうしたの？」

「やっと会えた……あー……癒される……」
　私を抱きしめながら、和泉くんは静かにつぶやいた。
　……なんだか、ずいぶんお疲れのようだ……。
　たぶん、昨日の祝勝会で疲れきったんだろう。
　そりゃそうよね。
　たくさんの女の子と仲良くなるくらいだもんね。
　一緒に写真撮ったりして？
　さぞ楽しかったでしょう……。
　どんどん想像がふくらんでいく。
　なんか……ムカムカしてきた。
「盛り上がったみたいで良かったね」
　ボソッと冷たくつぶやくと、和泉くんが体を離してじっと見つめてきた。
「……なに？　そのトゲのある言い方」
「別に」
　こっちはいろいろ悩んでるのに……。
　まぁ……勝手に悩んでるのは私だけど……。
　自然と和泉くんに対して、イヤミっぽい言い方をしてしまった。
　私の心情なんて知る由もない和泉くんは、まだ私をじっと見つめたままだ。
「モカ、なんか機嫌悪い？」
「……別に」
　もうバレバレなくらいそっけなかった私の言葉に、和泉くんの顔つきが変わった。

「……なにがあった？」
　硬く真剣な表情で和泉くんに問われ、逆に私の方があせり始めた。
　しまった!!　私が勝手に落ち込んだだけなのに……。
「ご、ごめん……!!　全然たいしたことじゃないの!!」
「でも、なんかあったんだろ」
　謝ったところで和泉くんは『そうですか』と引くわけがない。
　理由を聞き出そうと、真剣な表情のまま視線をそらさない。
「いや、あの、ちょっといろんな話を聞いてたら、落ち込んじゃっただけで……」
「もっと詳しく」
「は、はい……」
　大ざっぱすぎてもちろん許されない……。
　和泉くんは相変わらず鋭い表情で見つめてくる。
　ちゃんと言わなきゃ許してくれなさそう……。
　仕方がない。
　素直に謝ろう。
　と決めたものの、和泉くんが恐いままなのでうつむきながら打ち明けた。
「あのね……昨日の和泉くんのことがずっと話題になってて……。祝勝会で仲良くなったとか、一緒に写真撮ったとか……。他にもいろいろ。和泉くんが他の女の子と仲良くしてるの想像したら勝手に落ち込んじゃって……ちょっと

ムカついちゃって……」
　言ってて、自分がとても情けない……。
　和泉くん呆れてるだろうな……。
「……ごめんなさい。和泉くんに当たっちゃって……」
　なにも言わない和泉くんを見上げながら謝ると、鋭かったその表情はどこへやら、ニコニコと上機嫌な笑顔を向けられた。
「……あの、和泉くん？」
　そこ、笑うとこじゃないんだけど……。
　そう言おうとしたところで、なぜか再びガバッと抱きしめられた。
「ちょっと、和泉くん……!?」
　訳がわからずビックリしている私を、和泉くんはとてもうれしそうな顔でのぞき込んでくる。
「モカ」
「……なに？」
「それって……妬いてんの？」
「やっ……!?」
　妬いてる!?
　そんなことないよ……!!
　と反抗しようとしたけど、さっきの自分の言動を思い出すと……完全にそうだ……。
　は、恥ずかしい……!!
　みるみる顔が赤くなっているのが自分でもわかった。
　図星でなにも答えられない私に「モカが妬くなんて初め

てじゃねえか？」と和泉くんが楽しげに言ってきた。
　そんなことないけど……。
　でも、和泉くんに気づかれるのは確かに初めてかもしれない……。
　そして和泉くんは、私を優しく抱きしめながら「すげえうれしい……」と耳元でつぶやいた。
　そんなにうれしいんだろうか……。
　まだ黙ったままでいる私に、和泉くんは機嫌よく話しかけてくる。
「だってモカ、しょっちゅう弱気になるくせに、ヤキモチやくことなんてなかったから。俺が告白されてようが平然としてるし」
　平然ってわけじゃないんだけどな……。
　でも、弱気になって自分に自信がなくなるのは、よくあることだ。
　これは本当によく和泉くんに見破られる。
　和泉くんに注意されることもしばしば……。
　いつも自信が持てたらいいのに……と思っていると、和泉くんが「あ、そうそう」と身体を離して私を見つめてきた。
「さっきモカが言ってたこと、俺心当たりないんだけど」
「……へ？」
「仲良くなったとか、一緒に写真撮ったとか」
「えぇ!?　だって、いろんな子が言ってたよ？」
「ていうか、俺がそんなことすると思う？」

……お、思わない……かも。
　愛想がいい和泉くんなんて想像できない……。
「じゃあなに？　あの子たちがウソ言ったの？」
「さあ」
　和泉くんは本当に知らないといった感じだ。
　ウソだとしたら、なんでそんなこと言ったんだろうか。
　あの子たちの言い方だと本当っぽかったし……。
　ぐるぐると考えていると、和泉くんは「あ」と思い出したような声を上げた。
「でも、適当な会話くらいはしたけど。おめでとうって言ってくる奴を無下にするわけにもいかねえし。そういや勝手にスマホのカメラ向けてくる奴もいたけど……。もしかしてそのことか？」
　……たぶん、いや、完全にそれだろう……。
「なにそれ……みんな大げさに言いすぎだよ……」
「ま、素直に信じるモカも悪いな」
　そう言って和泉くんは楽しそうに笑った。
　結局、私ってば彼女たちの会話を真に受けてかき乱されてただけ……？
「なんだ……」
　なんか……疲れがドッと押し寄せてきた……。
　もう、しんどい……。
　いつもなら気にしないようにしてたけど、昨日からあれこれと悩んでいたせいで、心のダメージが強すぎる。
　ていうか、これから先も和泉くんの噂を聞くたびに、こ

うやって振り回されるんだろうか。
　先が思いやられる……。
　グッタリと脱力していると、和泉くんはポンポンと頭をなでながら、
「モカしか興味ねえから、ご心配なく」
　と甘い表情で笑った。

　すっかり機嫌を良くした和泉くんは、お昼休憩の間、私にベッタリ張り付いたままだった。
　講義が終わった後も、和泉くんは一緒に帰りたがっていたけど、家庭教師のバイトがあるからと、和泉くんを待たずひとりで帰った。
　バイトがあるのは本当だったが、途中までなら一緒に帰ることだってできた。
　でも、和泉くんには申し訳ないけど、今日はちょっと疲れてしまった……。
　ちょっと心を落ち着かせたい……。

　そして、グッタリと疲れたまま純ちゃんの家に着いた。
　ピンポーン……と力なくチャイムを押すと「いらっしゃい、モカちゃん」と、いつも出てくるはずの純ちゃんではなく、今日は優作さんが迎え出てくれた。
「あれ……？　優作さん？」
「ごめんね、純がまだ学校から帰ってなくてさ」
　そうなんだ……。

早く来すぎちゃったかな。
　どこかで時間つぶそうかな、と考えてたら「上がって待ってて」と優作さんが中へ入れてくれた。
「ま、お茶でも飲んでてよ」
　リビングに通され、優作さんは丁寧にお茶まで入れてくれた。
　おばさんも、今日は出かけているらしい。
「すみません……」
「いやいや、こちらこそ悪いね。待ってもらって」
　そう言って優作さんは私の向かいに座って、一緒にお茶を飲み始めた。
　そして、じーっと私の顔を見ながらつぶやいた。
「なんかモカちゃん、疲れてる？」
「え？」
　バ、バレてる……？
　そんなに私ってわかりやすかっただろうか。
「ちょっといろいろ考え事してたら、疲れてしまって……。そんなに、顔に出てます？」
「うん、出てる」
　と優作さんはクスッと笑いながら言った。
　しっかりしなきゃ……!!
　今は仕事でここに来てるんだから……!!
「ちゃんと気合い入れなきゃ!!」
　心の中でつぶやいたつもりがしっかり声に出てしまったようで、優作さんがまた少し笑った。

「まぁまぁ、無理しないで。疲れてるなら、休んだっていいんだから。純に言っとくよ？」
「い、いえ！　大丈夫です！」
　疲れてるって言っても、和泉くんのことで勝手に私が悩んでいただけだ。
　そんな情けない理由で、休むわけにいかない。
「ほんとに大丈夫です！」
　そう笑顔でアピールすると、優作さんも「そ？　ならいいけど」と問いつめることもせず、受け入れてくれた。
「そうだ。疲れてるなら甘い物がいいよ」
　そう言いながら優作さんはキッチンへ向かい、ピンクの箱を手にして戻ってきた。
　あ、あの箱は……!!
「もしかして……!!　それって駅前にあるラブリードーナツですか!?」
「そうそう。あ、モカちゃんも好きなの？」
「大好きです!!」
　この間和泉くんに連れて行ってもらったばかりだ！
　好きなだけ食べていいという和泉くんの甘い誘惑に負け、怒ってたことも忘れたくらい夢中になって食べてしまった。
　若干(じゃっかん)、和泉くんが引いてたくらい……。
「俺も大好きなんだよ〜！　うまいよね！」
「ですよね〜！」
　この美味しさがわかる男の人がいたなんて!!

「一緒に食べようよ」
「え!?　いいんですか!?」
「もちろん、一緒に食べた方が美味しいしね」
　……素敵……優作さん。
　和泉くんなんて、いっさい手をつけなかったし。
　さらに失礼なことに、気持ち悪そうにドーナツを見ていた。
　そして、ふたりで「美味しい、美味しい」と感動にひたりながらドーナツをほおばった。
「モカちゃん、この新作もうまいから食べてみなよ」
　はい、と優作さんは半分に割って私にくれた。
「ありがとうございます～!　私のも美味しいですよ!」
　はい、とお返しに半分割って優作さんにあげた。
　そんな和やかなドーナツタイムを過ごしていると「ただいま!!」と純ちゃんが帰ってきた。
「ごめんね、モカ先生!!　委員会があって遅くなっちゃったっ!!　……って、いいなーっ!!　純も食べたーいっ!!」
　勢いよくリビングに入ってきた純ちゃんが、私と優作さんが食べているドーナツを発見し、キラキラと見つめながら近づいてきた。
「おかえり!　純ちゃんを待ってる間に優作さんにもらっちゃった!!」
「純のは!?　純のは!?」
「あわてんなって。純のもちゃんとあるから」
　そして、純ちゃんも加わり、3人でまた至福（しふく）のドーナツ

タイムを過ごした。
「美味し〜♪」
　3人とも、ニコニコと幸せそうな顔でドーナツを食べている。
　……なんかいいな、こういうの。
　ほのぼのと平和で……。
　優しくておもしろい優作さんに、元気で明るい純ちゃん。
　このふたりのおかげで、私の疲れた心はみるみるうちに癒されていった。
　斎藤家にいると、和泉くんのことでうじうじ悩む心を少し忘れることができる。

　そうして、日に日に斎藤家が"心のオアシス"と化していく一方で、和泉くんの反応はどんどん悪くなっていった。
　私が楽しそうに家庭教師のバイトに行くことに、あまりいい顔をしない。
　おそらく、原因は優作さんだ。
　送ってもらった一件以来、かなり警戒しているらしく、少しでも優作さんの名前を出すと、あからさまに嫌そうな顔をする。
　警戒したところで、なにも起こらないというのに……。
　なので、最近では優作さんのことはもとより、バイトのこと、純ちゃんのことは話題に出さないようにしている。
　といっても、バイトがある日は自然とウキウキしてしまうもので……。

今日も純ちゃん家だ～♪
　午後の講義がすべて終わって、いそいそとひとりで帰り仕度をしていると、ちょうどそこへ和泉くんから連絡が入ってきた。
「もしもし？　どうしたの？」
『モカ、俺も講義終わったから一緒に帰ろ？』
「え……あ、うん。バイトがあるから途中までなら……」
『……また、バイト？』
　和泉くんの声が少し硬くなった。
　"また"っていっても、今は週２回しか行ってないんだけどな……。
　なにも答えられずにいると、和泉くんは小さく息を吐き、『ま、いいや……。そっち迎えに行くから待ってて』と言って電話を切った。
　悪いことしている訳じゃないのに、なんだろう……この責められた感じは。
　いまいち腑に落ちないまま、帰り仕度をすませた。
　あれ……ちょっと待って……。
　和泉くん、迎えに来るって言ったよね……？
　こ、ここに？
　周りを見ると、講義終わりということもあり、帰る人であふれている。
　和泉くんは、何度か家政学部があるこの場所まで私を迎えに来たことがあるけど、女子が多いため必ずと言っていいほど注目される。

いつも居心地が悪い思いをしていた。
　私の方から和泉くんの所へ行こう……！
　和泉くんに連絡しようとスマホを取り出しながら急いで家政学部棟を出ると、横から出てきた手にむぎゅっと腕をつかまれ、グイッと強く引き寄せられた。
「モカ！　急いでどこ行ってんだよ。俺、ここだって」
「え！　和泉くん!?　もう着いたの!?」
「早く会いたかったから、急いで来た」
「そ、そう……」
　普段なら照れるはずの言葉にも、今は少し戸惑いを感じる。
　みんなに注目されてしまう……。
　和泉くんと一緒にいる所を、あんまり大学の人に見られたくないな……。
　また騒がれて、いろいろ言われちゃうんだろうな……。
　そんなことばかり気にしてしまう私の様子に、和泉くんは気づいているのか、気づいていないのか、私の腰にしっかりと腕を回し、周りなんて目もくれずスタスタと歩き始めた。
「ねぇ！　あれ、黒崎和泉じゃない!?」
「ホントだっ!!　なんでここにいるの!?っていうかあの女、誰!?」
　帰宅する学生が多い中、私を連れて歩いている和泉くんは、やはり女子たちの注目の的になっている。
　あちらこちらでザワザワと声が上がり、痛いほどの視線

を感じる。
　……もう……やだな……。
　最近、こうして注目されるのがツラくてたまらない。
　おそらく、みんなの声は和泉くんの耳にも届いているだろう。
　腰に回っている腕の力が、グッと強まった。
　周りが騒ぐほど、和泉くんは見せつけるかのように私にくっつき、離そうとしない。
　少し歩くスピードを速めた和泉くんは、足早に大学をあとにした。

「モカ、今日はバイト遅くならない？」
「うん……たぶん。……ちゃんと早く帰る」
「遅くなったら連絡して」
「うん……」
　バイトがある日は、和泉くんは遅くならないかどうかを確認してくる。
　あの約束以来、私も純ちゃん家に長居しないように心がけていた。
　さすがに和泉くんを呼び出してまで送ってもらうのは、悪いし……。
　まだひとりで帰った方が、気が楽だ。
　隣を歩く和泉くんを見上げると、心なしかいつもより表情が硬い。
　やはり、私がバイトに行くのが気に入らないんだろうか。

そんな私の視線に気づいた和泉くんは、私を見下ろしながら聞いてきた。
「純ちゃんの兄貴はまだいんの？」
「え……？　優作さん？」
「名前で呼ばなくていいから」
「あ……えと……うん、いるよ」
　そんなに優作さんのことが嫌なんだろうか。
「あの……和泉くん？　和泉くんが心配するようなことはなにもないから……」
「モカはそうでも、向こうはわかんねえだろ」
「いやいや、ないって……」
　考えすぎだよ和泉くん……。
　困っていると、和泉くんは「はー……」と深いため息をついて、私をギュッと抱きしめてきた。
「ちょっ……!!　ここ、思いっきり街中なんだけど!!」
「そんなのどーでもいい……」
　どうでもよくないよ!!
　道行く人がチラチラとこちらを見ている。
　グイッと押し返して離そうとしても、和泉くんは離れない。まったく気にしていない様子で私の顔を見つめてきた。
「ホントはすげー嫌だ……。モカがバイトに行くのが」
　しかも楽しそうに、と和泉くんはボソッとつぶやいた。
「そ、そんなこと言われても……!!　それより恥ずかしいから離してよ……」
「嫌だ……」

第二十一章　心の行方は　>> 375

　そう言って、ますますギュッと強く抱きしめてくる。
「やだっ……ちょっと……!!」
　クスクスという笑い声や、好奇心に満ちた周りの目が突き刺さる。
「離してってばっ……!!」
　耐え切れず、思いっきり突き放すと、和泉くんが驚いた様子で私を見た。
「モカ……？」
「あ、あの……!　違うの!　ごめん……」
　まるで、拒絶したかのように突き放してしまったことに、自分でも驚いた。
　ふたりの間に気まずい空気が流れていると、横の方からひときわ大きな女の子達の声が聞こえてきた。
「あの人、超カッコよくない!?」
「ホントだ!!　あ、でも彼女持ちじゃーん」
　こ、こんな時にまで……。
　思わず女の子達の方に目を向けると、バチッと目が合ってしまった。
「あ、彼女はそうでもない」
「ほんとだ。彼女じゃないんじゃない？」
　目が合ったまま、その女の子達から遠慮のない素直なコメントを頂いてしまった……。
　やっぱり和泉くんと釣り合ってないんだろう……。
　わ、わかってるけど……。
　へこむ……。

いたたまれなくて思わずうつむいていると、真横からゴゴゴゴ……とものすごい冷気が漂ってきた。
　なにっ!?
　そのただならぬ空気にバッと顔を上げると、和泉くんが眉間にシワを寄せながら、思いっきり彼女達をにらみつけていた。
　和泉くんが怒ってる……っ!!　やばいっ!!
「い、行こう和泉くん!!　ね？　帰ろう!!」
　今にも飛びかかっていきそうな勢いの和泉くんに声をかけ、腕を引っぱりながらあわてて彼女達の前から去った。

　結局あれから気まずいまま和泉くんと別れ、そのまま純ちゃん家にやって来た。
「いらっしゃい、モカちゃん。ごめんね、純、今日もまだ帰ってなくてさ」
「そうですか……」
「ていうか、モカちゃん大丈夫？　今日はまた一段と元気がないっていうか……」
「ハ、ハハ……」
　やはり見破られている。
　情けない……。
「ま、上がりなよ。お茶でも入れるから」
　そうニッコリと笑顔で迎え入れてくれる優作さんに笑顔を返し、中へ入った。
　純ちゃんを待っている間、優作さんはまた前のようにお

茶を入れてくれた。
「はい、どうぞ」
「ありがとうございます……」
「モカちゃん大丈夫？　ずいぶんお疲れのようだけど……」
「はい、すみません……いつもこんな感じで……」
「なにかあったの？　僕でよかったら聞くよ？」
　そう笑顔で言ってくれる優作さんに、少し心が軽くなる。
　……優作さんに相談してみようかな……。
　だけど、出会ったばかりの男の人に彼氏の相談をするなんて、どうなんだろう……。
　でも、それとなくならいいかな……。
「あの、ちょっと聞いてもらってもいいですか……？」
「うん、どうぞ？」
　待ってましたと言わんばかりに、優作さんが笑顔を向けてきた。
「あの……と、友達の話なんですけどね……」
「なぁんだ、友達の話？」
　さすがに自分の話として相談するのは恥ずかしい……。
　架空(かくう)の友達の話として相談することにした。
「ええ……あの、友達の彼氏なんですけど……。すごくカッコよくて、完璧で、いつも女の子から騒がれちゃうような人で……。噂にも振り回されるし……。そのせいで、彼女でいる自信をなくすっていうか……一緒にいると、自分が卑屈になるっていうか……」
「うんうん、それで？」

「本当に私でいいのかなとか、私じゃ釣り合わないんじゃないかとか考えちゃって。そうなるとどんどん周りの目が気になって。彼氏と一緒にいる所を見られるのも嫌になって……」
「つまり、パーフェクトな彼氏の隣にいるのがしんどくなっちゃったんだ」
「っ……」
　優作さんにズバリと指摘され、思わず言葉につまってしまった。
「うーん……経験したことない悩みだなー」
　私の話を聞いた優作さんが、苦笑しながら言った。
「で、ですよね……」
　ハハハ……とわざとらしい笑顔で返した。
　やっぱりおかしいよね、こんな悩み……。
　優作さんも困ってるじゃないか……。
　もういいですよ、と切り上げようとしたところで「ねぇ、モカちゃん」と優作さんが私に聞いてきた。
「その友達は、彼氏と一緒にいて楽しいと思えないの？」
「え……？」
「だって、一緒にいると疲れちゃうんでしょ？」
「え……え、と……」
「なんか、無理して付き合ってるように聞こえるんだけど」
「………」
　優作さんの言葉になにも答えられないでいると、ちょうどそこへ「ただいま〜!!」と純ちゃんが帰ってきた。

「お！　純おかえり〜。モカちゃん来てるぞ」
「ごめんね、モカ先生!!　また遅くなっちゃって!!」
　純ちゃんがあわただしくリビングに入ってきたのと同時に、優作さんが立ち上がって、私にニコッと笑顔を向けた。
「ま、彼女の気持ちはわからないけどさ、その友達に言ってあげて？　一緒にいたいと思えないなら、意味がないよって」
「……はい……」
　そう言って優作さんは「じゃ、勉強頑張ってね〜」とリビングを出て行った。
　なんか、相談したつもりが逆に悩まされることになってしまった……。
　勉強の間、ずっと優作さんの言葉が頭から離れなかった。おかげで、気を抜くとすぐうわの空になってしまって、純ちゃんにかなり心配された。
　こんな状態じゃ純ちゃんにも迷惑だと、今日の勉強は早めに切り上げさせてもらい、ひとりで家に帰った。

　和泉くんと一緒にいたいと思えない……？
　……ううん、そんなことない。一緒に、いたい。
　でも、疲れてしまうのは事実で……。
　かといって、無理して付き合ってるわけじゃない……よね？
　結局、一晩中そんな自問自答ばかりがぐるぐると頭をかけ巡っていた。

第二十二章
交差する想い

【和泉side】

　最近、モカの様子がおかしい。

　気がつくと思いつめたような顔で考え事をしていたり、笑顔でいることがあきらかに少なくなった。

　それになにより、大学内で俺と一緒にいることを、これまで以上に避けようとする。

　これまでも、モカは時々ネガティブになって落ち込む傾向があったけど、今回は特にひどい。

　原因はなんとなく想像つくが……。

　かといって、モカの気持ちを尊重して、そっとしておくつもりは全然ない。

　モカのことだから、そっとしておいたら確実に離れていきそうだ。

　モカが避けようとするなら、俺は会いに行くまでだ。

　お昼休憩、モカには連絡をしていないが、キャンパス内にあるカフェテリアに向かった。

　いつもここで木下とご飯を食ってるらしいから、今日もいるはずだ。

　中に入ると、窓際の席に座っているふたりの姿をすぐに見つけた。

　またうっとうしいくらいに騒がれてしまったため、ふたりもすぐに俺の存在に気づいたようだ。

　俺を見たモカは、驚きと同時に複雑そうな顔になっている。そこに、喜びの表情はない。

そのままふたりに近づき、木下に声をかけた。
「木下、悪いけどモカ返してもらうから」
「……はいはい、どうせ嫌って言っても連れてくんでしょ？」
「ああ」
　そして、モカの了承を得ないまま、腕を引き、なかば無理やり立ち上がらせた。
「ちょっ……!!　和泉くん……!?」
　モカがとまどいながら腕を離そうと抵抗をみせるが、ガッチリとつかんで、そのままカフェテリアから連れ出した。
「ちょっと待ってよっ……!!」
　少し怒ってるようにも聞こえるモカの声にはなにも答えず、近くの空き教室に入った。
「和泉くんってば……!!」
「いいから座って」
　まだとまどいの表情を浮かべているモカを椅子に座らせ、俺もその隣に座り、モカに身体を向けた。
「モカ、なにを悩んでる？」
「え……？　な、なに、突然……」
「不安になったら俺に言えって言ったろ」
　静かに問うと、モカが不安げに瞳を動かしながら俺を見つめてきた。
「誰かになにか言われた？」
「……そういうわけじゃ……」

「じゃ、なに？」
　さっきから問いつめるような言い方になってしまっているせいで、モカが苦しげにうつむいている。
　恐がらせたいわけじゃないのに、モカのことになると、自分に余裕がなくなる……。
　いったん、心を落ち着かせるため深く息を吸って吐き、今度は優しくモカに声をかけた。
「モカが悩んでると、俺まですげぇ不安になる……」
　そうつぶやくと、モカがおずおずと顔を上げ、困ったような表情で俺の顔を見つめてきた。
「ほんとに、たいしたことじゃないの……。また私が勝手に悩んでただけで……」
「周りの目が気になるとか？」
「ま、まぁそれもなんだけどね……ほら、和泉くんってカッコいいし、頭もいいし、スポーツも万能だし……。なんでもできるし……。それに、女の子にもモテモテでしょ？　もう、なんか完璧だから……」
「モカ」
「私なんかでいいのかなって……。全然かわいくないし、スタイルだって良くないし、性格も……こんなだし……。なんの取り柄もない私じゃ和泉くんと釣り合わ……」
「モカ、それ以上言うと怒るから」
　モカの言葉を途中で制し、まっすぐ目を見すえた。
　それ以上は、モカの口から聞きたくない。
　黙り込んでしまったモカを引き寄せ、ギュッと抱きしめ

た。
　……離れていかないように、力強く。
「俺は完璧な男じゃない……」
　短気で、愛想もねえし。
　それに、すげぇ嫉妬深いし。
「俺が好きなのはモカだから……。モカだけだから」
　どうすれば、どう言えば、伝わるんだろうか……。
　俺にはモカしかいねえのに。
　いつも、俺がどんなにモカのことを想っているかを伝えても、モカの心にはなかなか響かない。
　おそらく今も……。
　腕の中にいるモカからの反応はなかった。

　そして、なにも解決しないまま、午後の講義があるため、お互いそれぞれの教室に向かった。
　あの様子だと、モカの不安は全然解消されてないだろう。
　ずっととまどいの表情を浮かべていたように感じる。
　いつもなら、抱きしめただけでも顔を赤らめて、恥ずかしそうに笑うのに……。
「あー……。キツ……」
　モカの笑顔が見れないのは、かなりキツイ……。
　たまに穏やかな表情を見せたと思ったら、それはいつも家庭教師のバイトに行く時だ。
　……それはそれで腹が立つ……。

結局講義なんていっさい集中することができず、夕方ひとりで大学をあとにした。
　一緒に帰ろうとモカに連絡しようと思ったけど、もう帰っているかもしれないのでやめた。
　たぶん、今日モカは、バイトがある日だ。
　俺のことだから、幼稚な嫉妬のせいでいろいろ注意して、またモカを困らせてしまうだろう。
　情けねえな……と気落ちしながら帰っていると、突然後ろからガシッと肩をつかまれた。
「よお。顔だけ男」
　その悪意に満ちた言葉に、嫌々後ろを振り向くと、そこにはモカの兄貴、亮さんがいた。
　今、すげえ会いたくねえ……。
　そのまま無視して帰ろうかと思ったが、そういうわけにもいかず「どーも……」と軽くあいさつを返した。
「ちょっと顔貸せ」
　そう言って亮さんは俺の返事も聞かず、スタスタと先を歩いて行った。
　……この人は俺の都合とか、いっさい気にしねえよな。
　ったく……。
　しぶしぶ後ろをついて行くと、亮さんは近くのファミレスに入っていった。
　今日はなんなんだ？
　また変な女連れてきてんじゃねえだろうな……。
　若干、警戒しながら、あとをついて入った。

店の中に入っても先客などはおらず、やはりふたりだけだった。
　ということは、モカの話だな……。
　やっぱり、モカの様子がおかしいこと、亮さんも気づいてんのか……。
　ウエイトレスがニコニコと俺たちを見ながら注文を取りに来たが、亮さんは「コーヒー、ふたつ」と冷たく言い放っただけで、すぐ俺に向いた。
　……機嫌わりぃな……これは。
　黙って亮さんの顔を見ると、亮さんも俺をジロッとにらみながら口を開いた。
「てめぇ、モカになにした」
「……なにも」
　……それは事実だし。
　俺や、俺の周りのことでモカは悩んでいるみたいだが、俺自身はなにもしてないつもりだ。
「ウソつけ!!　最近、モカ、全然元気ねえし!!　絶っ対お前のせいだろ!!」
「そう……だけどっ……そうじゃないっ」
「なんだよその歯切れの悪さ!!　さっさとモカに謝れ!!」
「謝るとか、そういう問題じゃありません」
「はぁ!?　なに意地張ってんだよ!!　生意気な……!!」
　理由もなにも知らない亮さんは、俺がなにか悪さをしたと思ってるらしい。
　でも、モカが悩んでいる原因を、さすがに話すわけにい

かない……。
　もどかしさを感じつつも、再び亮さんを見た。
「なんとかします。モカを放っておくつもりはないんで」
「つーか、これを機に別れれば？」
　冗談でも聞きたくない言葉をあっさり言う亮さんを、思いきりにらみ返した。
　それからしばらく、お互いかみ合わない言い合いを続けるうち、コーヒーはすでに冷め切ってしまった。
「思った通りだ!!　やっぱりお前はモカを傷つける!!」
　亮さんが思ってることとは少し違うが、モカが落ち込んでいるのは事実なので、なにも言い返せなかった。
「あの……モカ、俺のことなにか言ってましたか？」
「いや？　つーか、お前のことなんて話題にも出てこねえし」
「………」
　サラッと言われた亮さんの言葉に、かなりダメージを受けてしまった。
「そうっすか……」
　話題にも出ねえのか……。
　ガックリと顔をふせる俺に、亮さんは「ケッ、かわいそうに」と楽しげにつぶやいた。
「ま、モカが最近話すのは、純ちゃんと優作という男のことばっかだな」
　出た……優作……。
　その名前にピクリと反応したせいで、亮さんは「お、知っ

てんのか」とまた楽しげに言ってきた。
　知ってるもなにも、今一番嫌いな奴だ。
「……そいつのこと、なんて……？」
「ああ、"ドーナツ仲間"らしいぞ」
　ドーナツ仲間……？　なんだそれ……。
　そんなことモカから一言も聞いてねえぞ。
「なんすか……"ドーナツ仲間"って……」
「さあ。ドーナツ一緒に食ったって……」
「一緒に……？」
「ハハ、うかうかしてると優作にモカ盗られるぞ？」
　……冗談に聞こえねえ……。
　マジで勘弁してくれ……。
　さらに激しくへこんだ俺に、亮さんは「はぁー……ったく……」とため息混じりにつぶやいた。
「……なにがあったか知らねえけど、さっさと仲直りしろよ」
「………」
「モカが元気ねえと、心配なんだよ。モカを笑顔にできんの、お前しかいねえだろ」
　そう言って亮さんは、俺の頭をグシャっとなでた。
「……俺のこと、反対してたんじゃないんですか？」
「うっ、うるせぇよっ!!」
　なんだかんだいいながら、俺を奮い立たせようとする亮さんに、思わず苦笑してしまった。
　かなりわかりにくいが、基本はイイ兄貴らしい。

「なんだ。認めてくれてたんですね」
「み、認めてねえよっ!! 調子に乗るんじゃねえ!!」
　モカと同じように、顔を赤くして怒る亮さんに笑った。
　俺までへこんでる場合じゃねぇよな……。
　よし……。
　今日の夜、またモカに会いに行こう。

　亮さんと別れ、仕事の手伝いを終わらせた後、モカに会うため連絡を入れた。
　今は夜の9時を過ぎている。
　おそらくモカはバイトを終えて、家に帰っているはずだ。
　そう考えながら何度かコールすると『……もしもし？』と遠慮がちな声でモカが電話に出た。
「モカ、今、家？」
『えっ……いや……えと、』
　てっきり『うん』と返ってくると思いきや、モカからはなかなか肯定の返事がこない。
　まさか……と思いよく耳をすませてみると、周りから明るい女の子の声が賑やかに響いていた。
「もしかして今……純ちゃんの家？」
『えっと……う、うん……。ご飯ごちそうになって……。も、もう帰るからっ!!』
　モカがあせったような声で説明をしてきた。
　隠されなかっただけでもよかったけど……こんな時間までいるのかよ……。

「そこで待ってろ。今から迎えに行く」
『えっ!? い、いや、いいよっ!! ひとりで帰れるからっ!!』
「ダメ」
『うっ……。じゃあ、家の外で待ってて……。すぐ出るようにするから……』
　俺が絶対に引かないことをわかっているのか、モカはあきらめ気味につぶやいた。
　俺が迎えに行くことにモカは困っているみたいだが、ここはゆずるわけにいかない。
　おそらく、俺が今連絡をしていなかったら、モカはひとりで帰ろうとするか、また純ちゃんの兄貴が送ることになっていただろう。
　……またアイツに送らせてたまるか。
「モカ……俺が送るから。すぐ行くから、待ってろ」
『……う、ん……』
　とまどいながらモカが返事をしているが、それを気遣うことはできず、家の場所を聞いた後、電話を切った。

　モカに連絡をする前からもうタクシーをつかまえていたため、5分もしないうちに目的地に着いた。
　まだモカは外に出てきていないようだ。
　外で待ってろと言われたけど……早く連れ出したい。
　ピンポーン……とチャイムを鳴らすと、バタバタと走ってくる音が聞こえ、ガチャッと勢いよく扉が開いた。
「ハーイ!! どちら様で……」

玄関から元気そうな小柄な女の子が顔をのぞかせた。
　……この子が"純ちゃん"だろうか。
　まじまじと見つめていると、その女の子は俺の顔を見た瞬間、絶句して固まっていた。
「……君が、純ちゃん？」
　そうたずねると、その女の子はギョッと目を見開き、あわあわとし始めた。
　……あ、そうか。
　いきなり見ず知らずの奴が家に来て、しかも名前呼んだら気味悪いよな……。
　モカからしょっちゅう話を聞いていたせいで、彼女を知っている気になり、つい話しかけてしまった。
「すいません、俺……」
　と名乗ろうとしたところで、その女の子は口をパクパクさせながら俺を指差し、一歩一歩後ずさっていく。
　……なにも逃げなくてもいいじゃねぇか。
「あの……」
　と玄関に一歩踏み込んだ瞬間、耳をつんざくような大絶叫が響いた。
「キャアァァ～～～～ッ!!!!」
「うおっ……」
　びっくりした……。
　……化けもんか、俺は……。
　その声に驚き、動けないでいると、その女の子は「な、なんで黒崎先輩がっ……!?」と真っ赤な顔をしてパニッ

クになっていた。
　……俺のこと知ってんだろうか。
「な、なんでここにっ!?　えっ……!?　どうしてっ!?」
「あの、だから……」
「な、なんで私の名前をっ……!?」
「いや、だから……」
「え、ウソでしょっ……!?　これ……夢!?」
「あの、ちょっと……」
「なんでっ!?　なんでっ……!?」
　……聞いちゃあいねえ……。
　どうしたものかと困っていたら、中から「純ちゃん!?」「純!?」と、悲鳴を聞きつけたモカと純ちゃんの兄貴があわててやって来た。
　……一緒に駆けつけてきたところに、またイラついてしまう。
「モ、モカ先生っ!!　く、黒崎先輩がうちに……!!　なんでっ……!?」
　純ちゃんがモカにパニックになりながら聞いているが、当のモカは俺の姿をとらえた時からギョッとして、固まったままだった。
　そんなふたりの様子に「なに？　なんの騒ぎ？」と純ちゃんの兄貴が不思議そうに聞いていた。
「モカ」
　一刻(いっこく)も早く連れて帰りたくて、固まっているモカに呼びかけると、ハッと我に返ったようにあわて始めた。

「い、和泉くんっ!!　外でって……!!」
「迎えに来た。帰るぞ」
　あわてるモカに対して冷静に返すと、モカは言葉をつまらせながら、また困ったような表情になった。
「モ、モカ先生っ!!　これなに!?　どういうこと〜〜っ!?」
「誰？　モカちゃんの知り合い？」
　相変わらず純ちゃんは、まだ激しく動揺し、そして、純ちゃんの兄貴はパチパチとまばたきをしながら、モカに聞いていた。
「ご、ごめんなさい……お騒がせして……」
　モカがふたりに謝りながら急いで鞄を持ってきた。
「モカ先生……も、も、も、もしかして……!!」
「いや、あの、純ちゃん……」
「黒崎先輩がモカ先生の彼氏なのっ!?」
「あうっ……」
　モカが気まずそうにうつむきながら「ごめんね……」と申し訳なさそうにつぶやいた。
　その瞬間、再び純ちゃんの大絶叫が家中に響いた。
「キャアーっ!!　うそーっ!!」
「ご、ごめん……黙ってて……」
　どうやらモカは俺とのことを隠していたらしい。
　まだ純ちゃんは興奮気味にキャーキャーと叫んでいたが、モカの表情は曇っていた。
　そんなあわただしい中からモカをやっと連れ出して、夜の街をふたりで歩きながら自宅まで送り届けていた。

「外で待っててって言ったのに……」
「俺のこと、見られたくなかったから？」
「ちがっ……！　……そういうわけじゃ……」
「でも、隠してたんだろ？　俺のこと」
「……ごめん……」
「知られるとマズイことでもあったか」
　モカにとって、俺は隠しておきたい彼氏なんだろうか。
　責めたいわけじゃないのに、そんな考えが頭をよぎり、つい意地悪く言ってしまう。
　……ほんと、心が狭くて自分が情けなくなる。

　夜遅い時間だというのに、店内は高校生も多く、若者でいっぱいだった。
　俺たちは帰り際、ファミレスに来ていた。
　正直なところ、こんな賑やかな所では話したくなかったが、仕方がない。
　モカはもう夕飯を食べているし、ひとりで食う気にもなれないので、飲み物だけ注文し、一番奥の目立たない席に座った。
「……なんの話？」
「なにって……モカのことに決まってんだろ」
　わかりきったことを聞いてくるモカに強く言い返すと「や、やっぱりそうだよね……」とモカは弱々しくつぶやいた。
「モカ、昼は時間なくてあんま話せなかったけど……。そ

こまで不安になるのは、やっぱりなにかあったからなのか？」
　最近の俺へのぎこちない態度を思い出しながら単刀直入に聞いてみると、モカはうつむいてふるふると首を振った。
「……俺、なにかしたか？」
「ち、違うのっ……！　和泉くんはなにも悪くない……。本当に私が勝手に悩んじゃっただけ……」
「昼に言ってたことか？　……くだらねえ」
「くだらないって……！！」
　モカがバッと顔を上げて言い返してきたけど、ジッとモカの目を見つめ返した。
「自信がないとか、俺にはもっとふさわしい女がいるとか、そんなの悩むだけムダだ」
「ムダって……」
「言っただろ。俺が好きなのはモカなんだから。モカだから好きになった」
「うっ……で、でもね……」
　うん、とうなずけばいいのになんの意地を張ってんだよ。強情だな……。
「自信がないなら俺がつけてやる。モカの不安は俺が取り除いてやる」
　モカに届くなら、何度だって言ってやる。
「俺が選んだのはモカだ。ていうか、モカ以外あり得ない」
「和泉くん……」
　まっすぐモカの目をとらえたまま伝えたその時、

「あの〜……ちょっといいですかぁ？」
　後ろから女の声が聞こえてきた。
「……ああ？」
　なんだよこんな時に……。
　思わず声がした方を振り返ると、そこには一ツ橋の制服を来た女子高生が数人いた。
「キャー!!　やっぱり黒崎先輩だぁ!!」
「や〜ん、超カッコいい〜!!」
　嫌な予感がしたが、目が合った瞬間、見事に女子高生たちは騒ぎ始めた。
　なんだコイツら……めんどくせえな。
　もちろん相手をする気なんてまったくなく、再びモカに向き直った。
　今は目の前のモカが一番大事だ。
　しかし、俺が無視しようがそいつらはキャーキャーと騒いでいるままだった。
「あのっ!!　一緒に写真撮ってもらっていいですか〜!?」
「あ！　私も〜!!」
　完全無視を決め込んでいても、そいつらはしぶとく張りつき、鞄からカメラを取り出している。
　テメェら……空気読めよ。
　いら立ちながらも、相手をしてしまうと余計騒ぎ出すので無視を続けていた。
「ずっとファンだったんですぅ〜♪」
「ここでなにしてるんですか〜!?」

そのしつこさに、モカも曇った表情になりながら、うつむいていった。
　マジでうっとうしい……限界だ……。
「モカ、行くぞ」
　この状況が耐え切れず、うつむいたままでいるモカの腕を引き、この場から立ち去った。

　店の外に出ると、さすがに女子高生たちはついてこなかった。
「モカ……大丈夫か？」
「え……あ、うん……」
　あいつらが登場した時から、モカの表情がまたズーンと沈んでいたことが気になっていた。
　きっとまた卑屈になってるに違いない。
「余計なこと考えるな」
「………」
　うつむいたままでいるモカの手を引き、今度はあまり人がいない所に連れて行くことにした。
　今度こそ邪魔されたくない。
　これ以上モカの心をまどわせたくない。
　ギュッと手をつないで歩き始めたその時、
「あの、ちょっといいですか？」
　今度は男の声が後ろから聞こえてきた。
「……んだよっ!!」
　うっとうしいっ!!

今度はなんだっ!?
　声を荒らげて振り返ると、そこにいたのは、スーツ姿の30代くらいの男性。
　見るからにサラリーマンといった風貌(ふうぼう)だ。
「……誰だ？」
　モカの知り合いじゃねえよな……。
　警戒しながら鋭くその男を見ていると、そいつはニコニコと微笑みながら近づいて来た。
　そして、スッと名刺を差し出し、
「ねぇ、君。モデルやらない？」
　と、目の前に立った。
「はあ？」
　ただのスカウトか？
　こんな時にマジでどうでもいい。「行こう、モカ」と目の前の男を無視してモカの手を引いた。
「ちょっと待ってくれ!!」
　無視して歩き始めた俺の肩をガシッとつかみ、その男は食い下がってきた。
「離せっ!!」
「話だけでも聞いてくれないか!?　決して怪しい者じゃないから!!」
「るせぇなっ!!　興味ねえんだよっ!!」
「君のような美しい男に出会ったのは初めてなんだっ!!」
「知るかっ!!　気持ちわりぃこと言ってんじゃねえよっ!!」
　つかまれている肩を必死に振り払っていると、代わりに、

つないでいたモカの手がスッと離れていった。
「……モカ？」
　思わずモカの方に向くと、モカは少しずつ俺から離れながら、ニコッと微笑んだ。
　あきらかに作り笑顔だ。
　いつもの柔らかな笑顔じゃない。
「モカ？」
　もう一度呼びかけると、モカは無理に微笑んだまま、俺から目をそらしてうつむいた。
「話、聞いてあげたら？」
「……は？　なに言って……」
「私、先に帰るから……」
「ちょっ……!!　モカっ!?」
　そしてモカは俺の言葉を聞かないまま「……じゃあ」とこの場から去ろうとした。
　横ではスカウトの男が「物わかりいい子だね〜！」とテンション高く言っている。
「ちょっと待てっ!!」
　男のことは無視し、帰ろうと先を歩くモカの腕をグッとつかみ、呼び止めた。
　「……なに？」と振り返ったモカの表情は苦しげにゆがんでいた。
「まだ話は終わってない！　帰るってなんだよっ!!」
「だってっ……！　それどころじゃないでしょっ……!?一緒にいるといつも和泉くん騒がれちゃうし……!!」

「そんなことっ……!!」
「またっ……邪魔者みたいな目で見られちゃうし……!!」
　少し震えながら言い放ってきたモカの目には、うっすらと涙が浮かんでいた。
「和泉くんと一緒にいると……しんどいよ……」
「……モカ……？」
「もっと……普通の人なら良かったのに……」
　……なんだよ……それ。
　返す言葉が見つからなくて、ただ呆然とモカを見つめた。
「……ごめん、私もう帰る……。ちゃんと、タクシーで帰るから……」
　そう言って気まずそうにうつむいたモカは、ゆっくりと俺の手を放した。
　そして、引き止める余裕もないまま、モカは帰って行った。
　スカウトの男もこの険悪な空気を読み、名刺を渡すだけ渡して「じゃ！　興味あったら連絡して！」とそそくさと帰った。
　結局、モカの不安を取り除くどころか、ますます悪化させてしまっただけだ……。

　俺もフラフラと自宅に帰り、腑抜け状態のままリビングのソファーにバタッと倒れこんだ。
　モカを泣かせてしまった……。
　最悪だ。

なんの気力も起きねぇ……。
　モカに連絡する気力も……。
　動けないままでいる俺に、いつの間にかリビングに入ってきた兄貴が楽しげに近づいてきた。
「和泉ちゃんおかえり〜♪　……って今日はまた一段と落ちてるねー」
　そう言って俺の身体をゲシゲシと蹴っている。
「ったく辛気くせぇな。ところでさ、最近モカちゃん連れてこねえの？」
「……るせぇよ……」
　このタイミングでモカのこと聞くなよ……。
　そんな俺の心情を見事に察した兄貴は「おっ、ケンカでもしたか？」と興味深そうに聞いてきた。
　ケンカの方がまだいい……。
「しんどいって……」
「は？　和泉？」
「普通ってなんだよ……」
　独り言のようにつぶやく俺を、兄貴は「なにが？」と不思議そうに聞いてくるけど、それに答えることもできない。
　俺と一緒にいると、モカはいつもそんなことを思っていたのか……。
　まるで、俺と付き合ったことを後悔してるかのように、俺じゃない男を選べば良かったかのようなモカの言葉に、ショックを隠し切れない。
　マジで……立ち直れね……。

こんな調子じゃ、モカが俺から離れていくのは時間の問題なんじゃねぇか……？
　どんよりと負のオーラを放つ俺に、兄貴は関わるのをやめたようで「ま、元気だせ」と軽々しく言って、さっさとリビングから出て行った。
　……これから俺はどうすればいいんだろうか。
　どうすればモカの心をつなぎ止めておけるだろうか。
　答えが出ないまま、ぐるぐるとその問いが頭を巡っていた。

第二十三章
好きの気持ち

【モカside】
「モカが悪い」
「えぇっ!?」
　お昼休みの時間、今までいろいろと悩んでいたことを麻美に相談していると、なぐさめられるどころか、バッサリと一刀両断されてしまった。
「わ、私が悪い……？」
「そうね」
　もちろん、といった感じで麻美はうなずいた。
「ま、気持ちはわからないでもないけど。でも相手はあの黒崎よ！　付き合う前から覚悟がいるってわかってたでしょ！」
「そ、そうだけど……」
「注目されるのは当然。それが嫌で我慢できないなら、別れるしかないわね」
「ええっ!!」
　別れる!?　和泉くんと!?
「それは嫌……」
　今までもんもんと考えていたくせに、実際に別れることを考えると………嫌だ。
　そんな私の言葉に、麻美は小さくため息を吐いた。
「じゃあ、いったいどうしたいの？　一緒にいるのも嫌。別れるのも嫌」
「うっ……」
　確かに今の私のこの状態、最低かもしれない。

そりゃ、和泉くんも訳がわかんないよね……。
「黒崎もかわいそうに……。ずっと心配してくれてるんでしょ？　あんなに大切にしてくれる彼氏、なかなかいないよ？　それなのにあんたって子は……。なにが不満なの!?」
「不満ってわけじゃ……!!　ただ……私に自信がないだけで……」
　だから、どうしても考えてしまう。
　私なんかが隣にいていいのかなって……。
　そんな私の不甲斐ない様子に、麻美はやれやれといった感じで、またため息をついた。
「モカは、周りから美男美女カップルって思われたいの？」
「まさか!!　そんなこと思わないよ!!」
「好きだから黒崎と付き合ってるんでしょ？」
「もちろんそうだけど……」
「じゃあ、それでいいじゃない」
　そうあっけらかんと言って、麻美は苦笑しながら言葉を続けた。
「お互いが好きなら、その気持ちが自信につながらない？」
「その気持ちが……？」
「周りなんて関係ないのよ。それに……モカと黒崎、私はお似合いのカップルだと思うけど？」
「麻美……」
　優しくさとすように言われた言葉に心を震わせていると、突然また麻美は厳しい顔つきになった。

「だいたいね！　モカは自信なさすぎなのよ!!　黒崎の隣にいても、いーっつも遠慮がちにおどおどして!!　だから皆そこにつけ込んでくるのよ!!」
「だ、だって〜……」
「もっと堂々としてなさいよ!!」
　キッとにらみながら、お説教する麻美にビクビクしていると、タイミング良く、休憩時間の終わりを知らせるチャイムが鳴った。
「つ、次の講義行かなきゃー……」
「こらモカ!!　その逃げるクセもやめなさい!!」
「逃げてるわけじゃ……。ホントに講義なんだもん……！」
「ったくもう……。相談してきたのはあんたでしょ」
「ご、ごめんね……!!　聞いてくれてありがとう!!」
　まだまだお説教が続きそうな麻美にお礼を言って、そそくさと立ち上がり「じゃあ！」と次の講義へと急いで向かった。

　教室に入り、さっきの麻美の言葉を思い出していた。
　確かに、周りなんて関係ないと頭ではわかっている。
　それでもいちいち気にしてしまう私は、本当に情けない。和泉くんにも何度も注意されてしまったし。
　麻美の言う通りだ……私はどうしたいんだろう……。
　私のあいまいな態度のせいで、和泉くんをかなり困らせているのはわかっていた。
　何度も何度も私を気にかけて、話を聞いてくれようとし

てくれた。
　あの夜も……。
　それなのに、いつものように女の子やスカウトの人につかまっている和泉くんを見ていると、自分の存在が恥ずかしく思えてきた。
　和泉くんの隣にいるのが、ふさわしくないように思えてしまって……。
　そんな自分の勝手な思いのせいで、和泉くんにひどい言葉をぶつけてしまった。
　一緒にいるとしんどいとか、もっと普通の彼氏が良かったとか……。
　すごく傷つけてしまった。
　私って……なんて最低なんだろう……。
　あの夜以来、和泉くんからの連絡はない。
　私も謝らなきゃいけないのに、和泉くんに連絡するのが恐くてしていない。
　大学内でも接触することはなかった。
　きっと、今度こそ呆れられていると思う。
　今度こそ、私への気持ちが冷めてしまっていると思う。
　連絡すると、会ってしまうと、別れを告げられそうで恐い。
　自分が招いたことなのに……。
　あー……もうどうしよう……。
　講義の間も、ずっとそればかり考えて、ちっとも集中できなかった。

「ただいまー……」
　結局、ひたすら悩み続けたまま家に帰ってきた。
　はぁー……。
　なんかウジウジした自分が嫌になるよ……。
　力なく自分の部屋にのろのろと向かっていると、後ろから「モカ！」とお兄ちゃんに呼びとめられた。
「……なに？」
　いつもテンションの高いお兄ちゃんの相手をする元気なんてない。
　ぐったりしながら答えると、お兄ちゃんは少し心配そうな顔になった。
「あのすけこまし野郎とはどうなってんだよ」
「……別に。お兄ちゃんに関係ないでしょ」
　すけこまし野郎で和泉くんのことだとわかってしまう私もひどいと思う。
　そっけなく答えると、お兄ちゃんは額を押さえながら、ハァーッと深い息を吐いてつぶやいた。
「あの野郎、なにやってんだよ……」
「え？　なに？」
「いや、なんでもねえ。それよりモカ!!　あいつにガツンと言ってやれ!!」
「な、なにを……!?」
「この私と付き合えるなんて、ありがたく思いなさいよ!!って」
「なっ……!!　そんなこと言えるわけないでしょ!!」

どっちかというと、逆だよ逆!!
　そのセリフ、私が言われる方だよ!!
「でも、あの野郎のせいなんだろ？　モカが元気ないのは」
「違うから。私が勝手に悩んじゃっただけ……」
「あいつなにやったんだ？　浮気？　二股？」
「だから違うって……。和泉くんは本当に悪くないし、そんなことする人じゃない！　悪いのは私なの!!」
　なんでもすぐ和泉くんのせいにしようとするお兄ちゃんに強く言い返すと、お兄ちゃんはまた、心配そうな顔つきになって、私の頭をポンとなでてきた。
「お兄ちゃんはモカの味方だ。あいつが99％悪いと信じて疑わないけど、もし、万が一、モカにも非があるなら、ちゃんと謝って解決してこい」
「お兄ちゃん……」
　いつも和泉くんとのこと、反対しかしてなかったのに。
　実はちゃんと思ってくれてるんだ……。
　少しうれしくなって微笑みかけると、お兄ちゃんは眉を下げながら情けない表情になった。
「なにがあったか知らねえけど……早く仲直りしろ」
「うん……」
「お兄ちゃん、モカが元気ねえと心配なんだよ……」
「心配かけてごめんね……。ありがとう」
　お兄ちゃんにまでこんなに心配かけてたなんて。
　本当に申し訳ないな……。
　素直に謝ってお礼を言うと、お兄ちゃんは優しく微笑み、

私の頭をグシャっとなでた。
　しかし、その優しい表情は一瞬だけで……。
「ま、でもさっさと見切りをつけて別れてくれりゃ、お兄ちゃん、バンバンザイだけどな」
　いつの間にか、ニヤリと意地悪な顔に戻って、私にチクリとひと言残した。
「わ、別れないもんっ!!　……振られないかぎりは……」
　言い切ることができなくて、ボソッと最後に付け加えると、お兄ちゃんはおかしそうに笑った。
「俺の自慢を妹を振る男がいたら、お兄ちゃんがぶっ飛ばしてやる」
「やめてよ……冗談に聞こえないから……」
　ふざけて言ってるように聞こえるけど、お兄ちゃんのことだから、きっと本気だろう……。
　顔を引きつらせながら「本気でやめてね」と念を押してると、お兄ちゃんはニヤッと意味深な笑みを向けてきた。
「安心しろ。あいつ、モカにベタ惚れだったからな〜」
「……え？」
　なにそれ!?
　なんでそんなこと、お兄ちゃんが言えるの!?
　まるで……。
「お兄ちゃん！　和泉くんに会ったの!?」
　問いつめるように近づくけど、それをスッとかわされ、お兄ちゃんは「さあね〜」と玄関に向かっていった。
「待ってよ!!　会ったの!?　なに話したの!?」

第二十三章 好きの気持ち

　余計なこと言ってないでしょうね～!!とキャンキャン騒ぐ私をお兄ちゃんは相手にせず、「じゃ、俺もう出かけるから～」と玄関のドアを開けた。
「お兄ちゃん!!」
「まぁまぁ、モカ。それより今日バイトだろ？　時間はいいのか？」
「あ!!」
　しまった!!　早く準備して行かなきゃ!!と腕時計を見ているすきに、お兄ちゃんは「じゃあね」と出かけてしまった。
　急いでバイトの準備をすませ、純ちゃん家に向かった。
　もう……!!　お兄ちゃんってば……。
　私に内緒で和泉くんに会ったんだ!!
　絶対そうだよ～!!
　和泉くんにいろいろ理不尽なこと言ったに違いない。
　せっかくさっきまで素直に感謝してたのに～!!
　お兄ちゃんへの怒りを静かに抱えながら、純ちゃんちのチャイムをピンポーンと押すと、ガチャッ！と勢いよくドアが開き、興奮気味に純ちゃんが出てきた。
「モカ先生っ!!」
「な、なにっ!?」
　ただならぬ形相の純ちゃんに、あいさつも忘れ驚いていると、純ちゃんは私を家の中へと引っ張り込んだ。
「なにじゃないよっモカ先生!!　どういうこと!?　黒崎先輩が彼氏って!!」

「あ……」
　そういえば、和泉くんがここに迎えにきた夜から、純ちゃんに会ってなかった……。
　純ちゃんも、あの時私にいろいろと問いつめたかったに違いない。
「ごめんね、純ちゃん……黙ってて……」
　ウソをついていたことが、心苦しい。
　うつむき加減で謝ると、純ちゃんは私を連れてズンズンと部屋に向かった。
「なんで言ってくれなかったの!?」
「ごめんね……。言い出しにくくて……」
「だからって隠さなくても!!　まるで全然知らないような感じだったし!!」
　だって……。
　あんなにキラキラと期待を込められた目を向けられると、和泉くんの彼女が私だって知ったら、きっとガッカリするだろうから……。
　プリプリと怒ったままでいる純ちゃんに「ごめんね」とひたすら謝った。
「でも、なんで隠してたの？」
　憮然とした様子で聞いてくる純ちゃんに、今度はちゃんと本音を言おうと、顔を上げた。
「私なんかが彼女だなんて聞いて、純ちゃんにガッカリされるのが怖かったの……。釣り合わないって思われちゃうのが……」

「……なにそれ」
「だから、つい隠しちゃったの……」
　ごめん、ともう一度謝ろうとしたところで、純ちゃんが「ちょっと待ってよー!!」と大きな声を上げた。
「……純ちゃん？」
　その声に少し驚いていると、純ちゃんがこちらにグッとつめ寄ってきた。
「モカ先生と黒崎先輩が付き合ってるってわかって、超うれしかったのにー!!」
「……へ？」
　憮然とした表情はどこへやら、純ちゃんはキラキラとした目を向けてきた。
「ガッカリなんて、するわけないじゃん!!」
「え、でも……」
「釣り合わないって思うわけないじゃん!!　モカ先生が彼女でよかった～!!　超お似合い～!!」
「ウ、ウソ……」
　予想とは大きく違う純ちゃんの反応に、私の方が困惑してしまった。
　そんな私の様子に気づいた純ちゃんが、ニコッと微笑んでみせてくれた。
「やだなぁ、モカ先生！　私が不満をぶつけるような、そんなひどい子だと思ったの!?」
「そ、そんなことは……!!」
「隠されてて、悲しかったんだから」

「うっ……。ホントにごめんね……」
　クスクスと笑いながら言う純ちゃんに、もう一度謝った。
　ほんとに私ってば、なんてひどいことしてたんだろう。
　和泉くんに対しても、純ちゃんに対しても、今思うと、自分の都合で隠してたなんて、すごく失礼なことだよね。
　自分自身に反省していると、純ちゃんが思いついた様子で「そうだ！」と声を上げた。
「じゃあさ！　今度黒崎先輩に会わせてよ！」
「う、うん……。ちゃんと紹介する……愛想悪いと思うけど」
「大丈夫！　無愛想な人だったって有名だから！」
「ハハ……そうだね……」
　やっぱり、その辺の情報はちゃんと伝わってるんだね。
　苦笑いを返す私に、純ちゃんはまたニコニコと私を見つめてきた。
「黒崎先輩って、見る目があるんだね」
「え？　なにが？」
「だって、モカ先生を選んだんだよ」
「なっ……!!　なにを言って……!!」
「ただかわいいだけのつまんない女を選んでたら、黒崎先輩にガッカリするところだったよ」
　笑いながら言う純ちゃんの言葉に照れてしまって、恥ずかしさを隠すため「さ、勉強勉強！」とそそくさと机に向かった。
　それから、純ちゃんに冷やかされつつも、なんとか勉強を終えた。

「モカ先生、紹介してくれる約束、忘れないでよ！」
「え、あ、うん……」
　ニコニコと笑顔を向けてくる純ちゃんに苦笑いを返し、「じゃあ、おやすみなさい」と玄関を出た。

　純ちゃんに約束しちゃったけど……その前に、和泉くんに謝って、ちゃんと話をしなきゃ……。
　このまま仲がこじれてしまって、純ちゃんとの約束が果たせない……なんてことになったらどうしよう。
　弱気になりながら歩いていると「モカちゃん！」という声が聞こえた。
　その声に顔を上げると、優作さんが前方からこちらに向かって歩いてきていた。
　優作さん、今帰りなんだ。
　どうりで今日は姿を見ないと思った。
　目の前に立った優作さんに「こんばんは」とあいさつをしたら、優作さんはいきなり顔の前で手をバシッと合わせた。
「ごめん、モカちゃん!!」
「え!?　え!?　なんですか!?」
　なんで優作さんに謝られてるの!?
　訳がわからずおろおろしていると、優作さんは申し訳なさそうな顔をしながら、私の顔をのぞき込んだ。
「いや、あのさ……。この前のことで……」
　歯切れ悪く言う優作さんに「この前？」と聞き返した。

和泉くんが迎えにきた時だろうか……？　でも、優作さんが謝るようなこと、なにもなかったし……。
　なんのことかと思い出そうと考えていると、優作さんは気まずそうに私の目を見ながら言った。
「この前……友達の話って聞いたやつ……。あれ、モカちゃんのことだよね？」
「あ゛」
　そういえば、そんなこと言って優作さんに相談したっけ。
　バ、バレちゃってる……。
「す、すみません！　あの時嘘言っちゃって……」
「いや！　それは別にいいんだよ！　謝るのは俺の方なんだから……」
「え!?　どうしてですか!?」
　謝られるようなことされてないんですけど……。
　むしろ、悩みを聞いてもらった私が感謝しなければいけないのに。
　いったいどういうことだろうかと考えていると、優作さんは申し訳なさそうにしながら話し始めた。
「いや、あの時は本当に、友達の話かと思っちゃったからさ……。もっとちゃんと聞いてあげればよかったなって。少し聞いただけで、えらそうなこと言っちゃって……」
「そ、そんなことないですよ……!!」
「気にしてたらごめんね？　ムリして付き合ってるとか、一緒にいて意味がないとか、いろいろ言ったからさ……」
「いえ!!　それは……そう思われるようなこと考えてた私

が悪いんですから……」
　お互いペコペコと謝っていると、優作さんは心配そうな顔をしながら聞いてきた。
「もう、大丈夫なの？　モカちゃんの不安はとれた？」
「え……と、どうだろ……」
　不安がなくなったといえば嘘になる。
　ただ、今は不安よりも、和泉くんと話したいって気持ちの方が大きい。
「ごめんなさい……優作さんにまで心配かけて……」
「いやいや……。それより、迎えにきた彼だろ？　完璧な彼氏っていうのは」
「あ……はい……」
「まぁ、あの彼じゃ、モカちゃんの気持ちもわかる気がするけど……」
「ですよね……」
　苦笑しながら返すと、優作さんはクスッと笑った。
「でもさ。モカちゃんはあの彼のこと、好きなんでしょ？」
「え!?　え……あ、は、はい……」
　ストレートな質問に照れながら答えると、優作さんはいつもの優しい表情になった。
「モカちゃん、ちょっと考えすぎだったんだよ」
「……考えすぎ？」
「モカちゃんが思うほど、周りはそんなに気にしてないかもよ？　ただ、カッコいい子を見て、キャーとさわぐのが楽しいだけかもしれないし」

「そうですかね……」
「そうそう。第一さ、幸せそうなふたりだったら、釣り合わないなんて、誰も思わないよ」
　でしょ？と優作さんは優しく笑いながら私に言った。
「お互い好き同士なのにさ、もったいないよ。そんな悩んでばっかりだと」
「好き同士って……？」
「彼の様子を見ればすぐわかるよ。モカちゃんのこと、すごく大事そうに見てたし。ていうか、俺すげーにらまれたし……」
「ご、ごめんなさい……！　なんか、優作さんを勝手に警戒してるみたいで……」
「みたいだね」
　そう言って優作さんは、ハハハとおかしそうに笑った。
「まぁ、彼への気持ちが冷めてるって言うなら話は別だったけど、好きならもう、周りなんて気にしないこと！」
「……はい」
「中にはひがんでくる子もいるかもしれないけど、私が彼女なんだからー!!って返り討ちにしちゃいなよ」
「返り討ちって……！」
　その言い方がおかしくて、思わずプッと笑った。
「そうそう、モカちゃんには笑顔が一番だよ」
　どこまでも優しい優作さんに励まされながら、静かな夜の住宅街、ふたりで声を上げて笑った。

そして、優作さんとその場で別れた後、夜の道をひとりで帰りながら今日一日のことを思い出していた。
　麻美やお兄ちゃん、純ちゃんに優作さん。
　本当、皆に励まされたな……。
　ひとつひとつの言葉が、私の胸に響いてきた。
　いろんな人に心配かけて情けないと思う反面、元気づけようとしてくれる人たちがこんなにもいることに、本当にありがたいと思う。
　私ってすごく、恵まれているんじゃないだろうか。
　卑屈になって、うじうじ悩んでいるだけじゃダメだ。
　悩むだけ悩んで、自分でなにもしようとしないで……。
　勝手に自分を追い込んで、皆に迷惑かけてるだけだ。
　和泉くんでさえわけがわからなかっただろうに、私の不安を取り除こうとしてくれて……。
　ほんと、私って、なんて不甲斐ない彼女なんだろ……。
　スマホを取り出してみるけど、今日も和泉くんからの連絡はない。
　もしかしたら、本当に見放されているかもしれない。
　しょうがないことかもしれないけど。
　けど……。
　……このままじゃ、絶対に嫌だ……。
　和泉くんに会って、逃げないでちゃんと話したい。
　聞いてくれないかもしれないけど、せめて今までの態度を謝りたい。
　自宅まで歩いていた足を止め、向きを変えた。

今から、和泉くんに会いに行こう……!!
　今行かなきゃいけない気がする……!!
　自分の決心が揺らがないうちに、和泉くんの家まで行くため、急いで駅まで向かった。
　30分後。
　電車に乗って、まっすぐ和泉くんの家まで来たのはいいけど……。
　どうしよう。
　ここまで来て、急に怖気づいてしまった。
　勢い余ってやって来たけど、考えてみたら和泉くんになんの連絡もしていない。
　今、家にいるかどうかもわからないし……。
　どうしようかと門前でうろうろしながら考えていると「誰?」と暗闇から声が聞こえてきた。
　……しまった。
　家の前でうろついてたら、怪しい人みたいだ……。
　あせりながら声がした方を見ると、家の敷地内から和泉くんのお兄さんが出てきた。
「あれ?　モカちゃん?」
「あ……こ、こんばんは!!」
　おじぎをしながらあわててあいさつをすると、和泉くんのお兄さんも「こんばんは」とほがらかな笑顔でこちらにやって来た。
「なにやってんの?　和泉と会う約束?」
「あ、いえ……。勝手に来ちゃって……」

「そうなの？　じゃあ入る？」
　そう言って私の手を引きながら、ためらいなく中へ入ろうとするお兄さんに「いいです!!」と足をふんばった。
「え？　いいの？」
「ご、ごめんなさい!!　約束もしてないし、やっぱり……帰ります!!」
　さっきの決心はどこへやら、急に勇気がなくなって引き返そうとする私を、お兄さんは「ちょっと待って」と呼び止めた。
「な、なんでしょうか……？」
「和泉にもう用はないならさ、俺とちょっと話しない？」
「え……？　話、ですか？」
「まぁまぁ、とにかく入りなよ」
「えっ!?　ちょっと……!!」
　そして、和泉くんのお兄さんに手をつかまれたまま、家の中に連れられた。
　思わぬ形でここまで来てしまった……。
　お兄さんにうながされ、リビングに入ってきたけど、かなり緊張してしまう。
　いきなり和泉くんに遭遇したらどうしよう……。
「あの……和泉くんは……？」
「和泉？　あぁ……さあ、知らない」
　まだ仕事から帰ってないんだろうか……。
　緊張する私に、お兄さんはニコニコと笑みを向けながら、向かいに座った。

「ところでさ、モカちゃん。和泉とケンカでもした？」
「え……！？　あ、あの、ケンカっていうか……。私が一方的に和泉くんを困らせちゃっただけで……」
　お兄さんにも気づかれてたなんて……。
　もう……情けない……。
　しどろもどろになりながら答えると、お兄さんはまた笑顔を向けてきた。
「どうりでアイツ機嫌悪いわけだ。やっぱモカちゃんがからむと、超わかりやすい」
　そう納得しながら、お兄さんはクスクスと楽しそうに笑った。
「ごめんね、モカちゃん。アイツがまたワガママ言って、モカちゃんを困らせたんだろ？」
「いえ！！　ち、違います！！　本当に私が……！！」
「そう？　イヤなことされたら俺に言いなよ？　ぶっとばしてあげるから」
「だ、大丈夫です！！」
　どこまでも楽しそうに話すお兄さんに、あわてて答えていると、お兄さんは急に優しい表情になった。
「モカちゃん。あんな弟だけど、どうか見捨てないでやってね」
「そ、そんな！！　どちらかというと、見捨てられるのは私の方で……」
「ハハ、それはないよ。アイツは絶対モカちゃんを離さないから」

第二十三章　好きの気持ち ≫ 425

　なんの根拠があってそんなこと言えるんだろうと怪訝に思っていると、お兄さんはニヤリと意味深な笑みを見せた。
「だって、アイツの独占欲はハンパないから。モカちゃんも実感してるでしょ？」
「えぇと……」
　た、確かに……。
　ほかの男の子と話をすると、過剰なほど和泉くんは嫌がるから……。
　否定できなくて苦笑いすると、お兄さんは続けて言った。
「アイツ、興味がないものにはとことん冷めてるけど、気に入った時の執着心はすごいから。まさか恋愛でもそうだと思わなかったけど」
　あの和泉がね〜と、お兄さんは楽しそうに笑っている。
「ま、気の毒だけどモカちゃん頑張って」
「気の毒って……」
「アイツ、あれでもなかなかイイ男だと思うし。浮気は絶対あり得ないし、マジメなほど一途だし」
　俺と違って、とお兄さんはケラケラと笑った。
　それからしばらく他愛もない話をしたあと、お兄さんは立ち上がった。
「じゃあ、俺はそろそろ出かけるから」
「あ、すみません！　出かけるところだったんですね!!」
「いいのいいの。モカちゃんと話したいって言ったの俺だし」
　私も帰ろうとあわてて立ち上がると、お兄さんはニヤッ

とイタズラな笑みを向けてきた。
「ごめん、モカちゃん。実はウソついてた」
「え？　ウソ？」
「うん。さっき、和泉のこと知らないって言ったけど……。今、部屋にいるよ」
「ええぇ!?　部屋にいるんですか!?」
「ああ。仕事から帰ってきて、部屋にこもりっぱなし。最近引きこもり状態だから」
　うそ……!!　和泉くん、家にいたの!?
　てっきりまだ帰ってきてないのかと……。
　そうとは知らずに、お兄さんと和泉くんのこと話してたなんて。
「ごめんね～。和泉に会わせる前に、俺がモカちゃんと話したかったからさ～」
「ど、どうしよ!!　やっぱり帰ります!!」
　和泉くんがいると思ったら急に緊張してきて、あわてて玄関の方に向かった。
「待ってモカちゃん!!」
　逃げるように帰る私の腕を、お兄さんが引き止めた。
「和泉に会ってやってくれないかな？」
「で、でも……」
「もともと、和泉に会いにここに来たんでしょ？」
　そうだった。
　またいつものように逃げようとしている……。
　ついさっき自分に反省したばかりなのに……。

ここで帰ったらなにも進まない。
「やっぱり……あ、会ってきます……」
　再び決心し、小さくつぶやくと、お兄さんはホッとした様子だった。
「よかった」
　お兄さんは本当に安堵したように微笑んだ。
　私たちになにがあったのか、最後まで聞いてこなかったけど、きっと、いろいろと察してお兄さんなりに心配していたんだと思う。
「ありがとうございました」
　深々と頭を下げてお礼を言うと、お兄さんは笑いながら「顔上げて」と言った。
「俺のためだから。アイツが機嫌悪いと、超恐いのよ。1日も早く、機嫌を直してほしいの」
　そう言って「じゃあ俺、もう行くね」と玄関に向かった。
「勝手に2階上がって、部屋に行っていいからね」
「はい……ありがとうございました」
　そのまま出かけていくお兄さんを見送っていると、お兄さんは「あ、そうそう」と振り返り、ニヤリと笑った。
「安心して。俺、今日は帰らないから……ごゆっくり」
「なっ……!!」
　一瞬で顔を赤くした私に、お兄さんは満足そうに笑い「じゃあね〜」と出かけてしまった。

最終章
溶け合う心

ついに来てしまった……。
　和泉くんの部屋の前で、ドキドキと高鳴る胸をおさえ、静かにドアの前に立った。
　お兄さんに勝手に部屋に行っていいって言われたけど、これってかなりすごいことしてるんじゃないだろうか。
　和泉くんにとっては、勝手に家の中に上がりこんできたって思われるよね……。
　ドアをノックしようかどうか、迷っている。
　そもそも、和泉くんにとって私は今一番会いたくない女かもしれないのに。
　自分から突き放しておいて、やっぱり会いたいなんて、勝手に来るなんて、かなり都合いいよね……。
　許されないかもしれないけど……。
　でも、ここまで来たんだ。
　麻美やお兄ちゃん、純ちゃんや優作さん、そして、和泉くんのお兄さんの顔が浮かぶ。
　もう、引き返せない――。
　意を決して、目の前の扉をノックした。
「………」
　いないのだろうか……。
　部屋の扉をノックしても、中からはなんの反応もない。
　あれ。
　お兄さん、部屋にいるって言ってたはずだけどな……。
　やっぱり出かけてるのかな。
　それとも、遠慮がちにノックしたせいで聞こえなかった

んだろうか。
　コンコン、ともう一度、今度は強めにノックした。
「………」
　やっぱり、和泉くんが出てくる気配はない。
　出直せってことなのかな……。
　でも、せっかくここまで勇気を出して来たんだ。
　もう一度だけ……。
　それでも出てこないようならもう帰ろう。
　そう決めて3度目のノックをした直後、ガチャ……とゆっくり扉が開いた。

「……うるせ……」
　眉間にシワを寄せながら出てきた和泉くんは、目が合った瞬間、私を見下ろしたまま硬直した。
　そりゃそうだろう……。
　いきなり家に上がりこんできたら誰だってビックリするよ……。
「ご、ごめんね……勝手に来ちゃって……。和泉くんに会いたいと思って来たら、お兄さんに会っちゃって……あ、さっきまで話をしてて、で、和泉くんが部屋にいるって聞いて、それで……」
　とにかくこの状況を説明しようと、まとまらないまま、あわててしゃべっていると、和泉くんはなにも言わずに部屋から出てきて手を伸ばし、ゆっくりと私を引き寄せた。
「え……和泉くん……？」

そのまま、ギュッときつく抱きしめられ、今度は私の方が硬直してしまった。
　和泉くんの予想外の反応にうまく対応できない。
　迷惑そうにされるかもしれないと思っていたから、こうして、和泉くんの腕の中にいることに困惑してしまう。
　それとは反対に、抱きしめてくれることが、うれしくてたまらないという気持ちもある。
　受け入れてくれてるのかどうかもわかっていないけど、離れたくない……。
　抱きしめられているのをいいことに、和泉くんの背に手を回して、着くずしているシャツをギュッと握った。
　しかし、その瞬間。
　和泉くんはバッと腕を離し、私から少し距離を空けた。
「あ……。ご、ごめんね……!!」
　やっぱり、都合がいいって思われただろうか……。
　呆れられたかな……。
　驚いた表情になっている和泉くんに、あわてて謝った。
「……いや、悪い。さっきまでモカのこと考えてたから、まさかと思ってつい手が……。兄貴だと思って出たから、驚いた」
　そう言って和泉くんは苦笑した。
　よかった。
　避けられたわけじゃなかったんだ……。
「で……なんかあったか?」
「あ、そうだ……!!　突然ごめんね!!　家に押しかけちゃっ

て……」
「いや、それはいいけど……どうした？　大丈夫か？」
　どこか心配そうに私を見る和泉くんに、胸がしめつけられる。
　こんな非常識な私に怒りもせず、心配そうに聞いてくれる。
「あのね……」
　どこまでも優しい和泉くんに、ちゃんと話をして私の想いを伝えようと、しっかりと目を見つめた。
「この前……和泉くんにひどいこと言ってごめんなさい」
「あ、あぁ……いや……」
「あんなこと言ったくせに……虫がよすぎるってわかってるけど……それでも、和泉くんに謝りたくて」
　和泉くんは私の目を見つめ返しながら、なにも言わず黙って聞いていた。
「あの時……本当に自分が卑屈になってたっていうか……。和泉くんの隣にいることが心苦しくなってて。和泉くんの隣はふさわしくないって……」
「モカ……」
「でもね……そう思うくせに、和泉くんが離れていくって考えたらすごく恐くて……。嫌だって……。勝手でしょ？」
　情けない笑いを和泉くんに向けるけど、和泉くんはずっと真剣な表情で聞いていた。
「しばらく連絡をとってなかった間、思ったの。周りから騒がれても……釣り合わないとか……なにを思われても、

和泉くんが離れていくよりはずっといいって……。和泉くんのそばにいられない方がつらい……」
　まっすぐと目を見て伝えるつもりだったけど、表情を変えない和泉くんがなにを考えているのか恐くて、思わずうつむいてしまった。
　うまく言葉にできないけど、和泉くんに伝わってるだろうか……。
「許されるなら……これからも和泉くんの隣にいたい」
　しぼり出すようにつぶやき、そのまま黙り込んでしまった私に、ようやく和泉くんが口を開いた。
「……言いたいことは、それだけ？」
　頭上から響いてきた思わぬ言葉に、涙が出そうになった。
　……やっぱりダメだったんだろうか……。
　受け入れられなかったのかもしれない。
　いや、でも、そもそもこうしてちゃんと聞いてくれただけでも、感謝しなければいけない……。
　涙をこらえながら「……うん、それだけ」と返した。
「……じゃ、もういい？」
「うん、いいよ……。もう……」
　帰るね、と言おうとしたところで、和泉くんは突然、私を再び引き寄せて抱きしめた。
「えっ……!?　和泉くん……!?」
　帰れってことじゃなかったの!?
　どういうことかわからなくてあわてていると、和泉くんの腕の力が一層強まった。

「抱きしめたいの我慢してたから……」
「え……」
　イタズラに、そして、優しくささやかれた和泉くんの言葉に、また涙が出そうになってしまった。
　それって……。
「……許してくれるの……？」
　和泉くんの胸に顔を押しつけながらつぶやくと「許すもなにも……」と和泉くんはおかしそうに言った。
「最初から、怒ってない」
　……え？
「怒ってないの？　だって、私すごく嫌な態度とってたし。和泉くんを避けようとしたり、ひどいこと言ったり。それに、連絡くれなくなったから、てっきり……」
　顔を上げてその表情を確かめながら問うと、和泉くんは「まぁ……」と苦笑した。
「あれはさすがにキツかったな〜。普通がいいとか、一緒にいるとしんどいとか。へこみすぎて連絡できなかったけど……。どうすればいいのかいろいろ考えてた」
「ご、ごめんなさい。和泉くんはなにも悪くないのに……」
　笑いながら言う和泉くんに、本当に申し訳なくてもう一度謝ると、和泉くんはふるふると首を振った。
「モカがまたこうして、俺の腕の中にいればもういい」
「和泉くん……」
　そして、優しく微笑まれたあと、和泉くんの手があごにかかり、そのまま深く口づけられた。

「……っ」
　しっかりと腰を押さえられたままなので、逃げようにも逃げられず……。
　それどころか、徐々にキスは深まり、抱きしめられている腕の力が強くなった。
　立っているのもやっとで、ギュッとしがみつくと、和泉くんはゆっくりと唇を離し、甘い笑顔を向けた。
「モカ……」
　和泉くんはうれしそうに私を見ながら、額やまぶた、ほお、首筋にも次々とキスを落としてくる。
　ぼぅっと意識が飛びそうな頭で、このまま和泉くんに身を任せようかと思いつつも、残っている理性がかろうじて働いた。
　ここって部屋の前の廊下だったよね……。
　部屋から出てきたまま、移動もせずこの場でずっと話していた。
　忘れ物とか言って、ひょっこりとお兄さんが帰ってきたらまずいんじゃ……。
「い、いずみ……くん……」
　何とか声を出して呼びかけると、和泉くんは「ん？」と顔を近づけて、のぞきこんできた。
「こ、ここじゃ……あの……。せめて部屋に……」
　誰も帰ってこないかもしれないけど、気持ちの問題だ。
　必死な思いで伝えると、和泉くんは少し困ったような表情になった。

「いや……まぁ、そうなんだけど……。ちょっと部屋はマズイから……」
「ダメなの？」
　入るとなにかまずいことでもあるんだろうか……。散らかってるとか……？
「……どうして？」
　首をかしげながら和泉くんを見上げると、突然、和泉くんはバッと手を離し、私を突き放した。
　その拒絶っぷりに驚いていると、和泉くんは顔を手で覆いながら、困ったようにつぶやいた。
「……あんまりあおらないでくれる？」
「え……？」
「これでも、我慢してんだから」
　えぇ！？
　あんなキスをしておきながら我慢してるの……！？
　和泉くんは困った表情のまま、私に微笑みかけた。
「モカ……もう、遅いし……送る」
「え……？」
　せっかく和泉くんに想いを伝えることができたのに、このまま帰らなきゃいけないの……？
　いや……でも、和泉くんの都合も考えずに来ちゃった私が悪いんだし……。
　和泉くん、忙しかったのかも。
　邪魔しちゃいけないな、と思いつつも、本心ではまだ帰りたくない。

「……モカ？」
　先を行こうとする和泉くんが、動こうとしない私に振り返った。
　和泉くんが送るって言ってるから、帰らなきゃいけないのはわかってるけど。
　帰りたくない……。
　まだ、和泉くんと一緒にいたい。
　突っ立ったまま情けない顔をしてうつむく私に、和泉くんは「……どうした？」と怪訝そうに近づいてきた。
「モカ？」
　私の頭をなでながら和泉くんは聞いてくるけど、その声の調子から、完全に困っているのがわかった。
「モカ、どうした？」
「……帰りたくないの」
「え？」
　か細い声でささやいた声が聞こえなかったのか、和泉くんは顔を近づけながら「なに？」ともう一度聞いてきた。
「まだ……和泉くんと、一緒にいたい……。帰りたくないの……」
「………」
　和泉くんの目を見ながらもう一度伝えた瞬間、その端正な顔はピキッと固まった。
　もしかしたら、ものすごく困らせてしまっているのかもしれない……。いや、完全にそうだ……。
「ご、ごめんね……。困らせて……」

ワガママを言ってるのはわかっている。
　私が謝ると、固まっていた和泉くんはさっきよりも一段と困ったような表情になった。
「いや、うれしいけど……でもキツイっていうか……」
「え……？」
　キツイって……。
　その言葉で顔を曇らせた私に、和泉くんは「違う違う！」とあわてたように言った。
「部屋の中に入れたら、モカを確実に帰せなくなる」
「え？」
「自分の理性は信用できねえから」
　そう言って、和泉くんは苦笑しながら私を抱きしめた。
「だから、キスだけで我慢してたのに。今だって、超、生殺し状態なのわかってんの？」
　笑いながら、和泉くんは私の頬にチュッとキスを落とした。
「え……と、じゃあ……？」
「俺だって、帰したくないに決まってんじゃん」
　キッパリと和泉くんは言ったけど、ますますわからなくなってしまった。
「じゃあ、なんで我慢するの？」
　帰りたくない私と、帰したくない和泉くん。
　お互い思っていることは同じなのに……。
　不思議そうに見つめると、和泉くんは少し呆れた表情をしながら「はぁ……」と小さく息を吐いた。

「だってモカ、外泊禁止なんだろ？」
「あ゛……」
 そうだった。
 そういえば、和泉くんの家に無断外泊した時、かなり怒られてそんな取り決めを言い渡されたっけ……。
 しまった、という顔をしている私に、和泉くんがまた苦笑しながら言った。
「だろ？ だから、手が出せねえの」
 そして「わかった？ じゃ、帰るぞ」と私を抱きしめていた腕を外し、手を引いた。
「ま、待って、和泉くん!!」
 引かれていた手を離し「ちょっと待ってて！」と、タタタッと廊下の端まで行き、和泉くんから少し離れた。
「モカ……？」
 突然の私の行動に、和泉くんがポカンとしている。
 それにお構いなしに、鞄からスマホを取り出した。
 もうこれしかない……。
「あ、もしもし麻美!? あのね……」
 こんな時だからこそ、悪知恵（わるぢえ）が働いてしまう。
「うん、ごめん!! お願い!!」そう言って麻美の電話を切り、今度は自宅に電話をした。
「あ、もしもしお母さん!? あのね……麻美がどうしてもって……」
 迫真（はくしん）の演技をしながらお母さんに電話をしている私を、和泉くんは唖然としながら見ていた。

最終章　溶け合う心 >> 441

「もう、これで大丈夫‼」
「は？」
「麻美の家に泊まるってことで、お母さんに許してもらった」
「……モカ、それはまずいって……」
　少し呆れたように、そして、困ったように和泉くんはつぶやいた。
「だって……」
「帰したくないのは事実だけど、モカに嘘をつかせてまでは……。もし、バレたら怒られるのはモカだろ？」
「いいの」
「いや、でも……」
「怒られたっていい。それでも、和泉くんと一緒にいたいの……」
　お願い……、といつになく和泉くんにお願いすると、和泉くんは苦しそうな表情をしながら私を抱きしめた。
「もう無理だ……」
「和泉くん……？」
「もう我慢できねえ……」
　それがどっちの意味かわからなくて、聞き返そうとしたけど、その機会をもらえないまま、横抱きに抱え上げられた。
「キャッ……‼　和泉くん……⁉」
「モカ、もしバレたら、俺も一緒に怒られてやる」
　そう笑いながら、和泉くんは私を抱えたまま、部屋の扉

を器用に開けた。
「和泉くん……？」
「やっぱり帰りたいって言われても、もうムリだから」
「え……じゃあ……、いいの？」
　そう問いかけると、和泉くんはとろけそうなほど甘い笑顔を向けて部屋に入った。
「なんか、信じらんね。さっきまでひとりで落ちてたのに」
　私をベッドへ降ろした後、和泉くんは笑いながらつぶやいた。
「……うん、私も。和泉くん、許してくれないかもって思ってたから……」
「んなわけねえじゃん」
「うん、来てよかった」
　ホントによかった、と素直に伝えると、和泉くんはとても優しい顔で微笑みながら、ベッドに座る私を、ギュッと抱きしめた。
「でも、そういやなんで俺のとこまで来てくれようと思ったんだ？」
　私の顔をのぞき込みながら、和泉くんが聞いてきた。
「……あのね、みんなにすごく励まされたの……。情けないくらい」
「みんな？」
「うん、麻美やお兄ちゃんや、純ちゃんや優作さん。あ、あと和泉くんのお兄さんにも」
　みんなの言葉にとても元気づけられ、和泉くんに会いに

行こうという勇気が湧いた。
　そのことを伝えると、なぜか和泉くんはムッと眉を寄せた。
「……なんか、気に入らねえな」
　とつまらなそうにつぶやいた。
「え!?　どうして!?」
　なにか怒らせること言ったかな……!?
　なにを言っただろうかと、あせりながら自分の言葉を思い出していると、和泉くんは少し不機嫌そうにとため息をついた。
「あいつらの言葉なら、すんなり受け入れるんだな」
「え……?　どういう……?」
「俺もあれだけ言ったっていうのに」
「あ……」
　そういえば、和泉くんだって何度も何度も、私にいろんな言葉を伝えようとしてくれた。
「ご、ごめん……!!」
「俺の言葉なんて、モカの心には届かねえのか……」
「ち、違うの!!　そういうわけじゃ……!!」
　はぁー……とガッカリしながら言う和泉くんに「違うから!!」とあせりながら伝えると、和泉くんはクスクスとおかしそうに笑った。
「まぁいい。代償はしっかりいただくから」
　そう不敵に笑ったと思ったら、和泉くんは私をそのままベッドに押し倒した。

「えっ……!?　ちょっと和泉くん……!?」
「もう限界なんだ」
　ニッコリと艶やかな笑顔を向けながら、和泉くんは私に覆いかぶさった。
「モカ……」
　耳元で小さくささやかれ、全身の肌があわ立った。

　あれから、どれくらいの時間が経ったのかもわからない。
　ただもう、和泉くんにじりじりと追いつめられるように翻弄（ほんろう）され続けているおかげで、今が何時なのかを考える余裕もない。
「……いずみ……くんっ……」
　体中にキスをしてくる和泉くんにしびれるような甘さを与えられ、呼吸するのも苦しいくらい……。
　こうして肌を重ねるのは初めてじゃないけど、いつも、恥ずかしくてたまらない……。
　もう和泉くんにされるがままで、なにがなんだかわかっていないけど、全身が羞恥（しゅうち）で紅潮（こうちょう）していることだけはわかっていた。
「……っ……はぁ……」
　呼吸もままらない状態で、声を上げるのも必死に耐えていると、和泉くんが顔を上げ、声を立てずに笑っている気配がした。
「……な、に……?」
　聞いたところで今の私には理解能力はないけど。

ぼぉっと見つめながら問いかけると、熱っぽい視線で和泉くんに見つめ返された。
「いや、かわいいなぁ、と思って」
　熱に浮かされたかのような和泉くんの一言で、体中の感覚は麻痺してしまった。

【和泉side】

　そして、1ヶ月後──。

　俺たちには、いつもの日常が戻っていた。

「モカ、帰ろう」

「和泉くん!?　教室まで来なくていいって言ったのに!!」

　結局モカの性格は相変わらずで、遠慮がちなところも、自信がないところも健在だ。

　まったく……。

「いいから、気にすんな」

「もう……。和泉くんはいいかもしれないけど……」

　小言が続くモカの手を引き、腰に腕を回した。

　周りのざわめきが一際大きくなったが、遠慮なんてせずそのままモカを連れて歩いた。

「モカ？」

「うん？　なに？」

「……いや、なんでもない」

　ただ、少し変化したところもある。

　俺がこうして周りもはばからずくっつこうとしても、前のようにあからさまに困ったような表情はしなくなった。

「なに？　ねぇ、どうしたの？」

　少し恥ずかしそうに、そして、うれしそうな笑顔を俺に向けてくれる。

「なんでもない」

　もう一度そう返すと「えぇー！　気になるよ」とモカは不満そうに俺を見上げてきた。

このまま、モカとこうして平穏に過ごせれば、どれだけ幸せか……。
　そんなことを願いながら、モカと一緒に帰り道を歩いた。

「わざわざありがとう。これから仕事でしょ？　頑張ってね」
　家まで送り届けた後、モカが律儀にもお礼を言ってきた。
「あぁ……」
　離れがたいほどかわいい笑顔で微笑まれ、このまま仕事をサボってしまおうかという気になってくる。
　そんな俺の気持ちにモカはまったく気づいていない様子で「じゃあね」とあっさり別れようとした。
　……普段は本当に淡白だな……。
　離れたくなくて思わず抱き寄せると「やだっ……!!　ちょっと!?」と、モカはあせり出し、思い切り嫌がった。
「……なんで？」
　納得いかず聞き返すと、モカは顔を赤らめながら反抗してきた。
「なんでって……!!　だってここ、家の前だし……!!」
「別にいいじゃねえか」
　気にせず再びモカに手を伸ばそうとしたけど、玄関の扉がバンッ！と勢いよく開き、中からモカの兄貴、亮さんが出てきた。
「テメェら!!　家の前でイチャついてんじゃねえよ!!」
　近所に聞こえるんじゃないかってくらい、亮さんの怒声

が響いた。
「お、お兄ちゃん!!」
　あわててモカは俺から距離をとったが、さらに亮さんはモカから俺を遠ざけようと、自分の方へと引き寄せている。
　ほんと、この人はいっつも最悪なタイミングで現れるんだよな……。
　げんなりしている俺を、亮さんは威嚇(いかく)しながら、思い切りにらみつけていた。
「あのまま別れりゃ良かったのに、結局仲直りしたのか」
　本当に悔しそうに亮さんは俺に言い放った。
　この人の本心はいったいどこにあるのか、時々わからなくなる。
　ついこの間まではモカと仲直りしろって、説教してたくせに。
「言ったじゃないですか。モカを放っておくつもりはないって」
「うるせ。あのままモカに振られりゃよかったんだ」
　どこまでも憎らしい言葉を吐く亮さんに、血管がブチ切れそうになる。
　なんとか怒りを抑えながら冷静に対応していると、亮さんは不敵に笑いながら俺に言った。
「モカと別れりゃ、餞別(せんべつ)にまた合コンをセッティングしてやろうかと思ってたのに。あいつらもまた、お前に会わせろってうるせえし」
「結構です。余計なことしないでください」

亮さんとの間に、見えない火花を散らせていたその時。
「合コン……？　あいつら……？」
　と、モカがポツリとつぶやいた。
「あ……」
　まずい……。
　モカが俺の顔をじーっと見てきた。
　そういや、亮さんに会ったこととか、モカに言ってなかった気がする……。
「和泉くん、どういうこと？」
「あ、いや……その……」
　やましいことなんてなにもしてないが、どう言おうかと言葉につまった。
　モカに言ってなかったし、ていうか、亮さんから口止めされていた。
　そもそもの原因はこいつだ……。
　亮さんに目を向けるが、ニヤリと嫌な笑みを向けられた。
「俺たち一緒に合コン行った仲だよな？」
「ちょっ……!!」
　なに言ってんだよっ!!　このクソ兄貴がっ……!!
「なんでわざわざ誤解するような言い方するんだよ!!」
「一緒に行ったのは事実じゃねえか」
「モカ!!　違うから!!」
　俺をハメようとする亮さんは無視することにし、急いでモカに向き直った。
「……ていうか、和泉くんとお兄ちゃん、なんでそんなに

仲良くなってるの？　私、なにも知らなかったんだけど？」
　そう穏やかにモカは言うが、その目は完全に疑いのまなざしだ。
「モカ、誤解だから……!!」
「誤解っていっても、合コンには行ったんでしょ？」
「行った、じゃなくて、連れて行かれたんだって!!」
「同じじゃない」
「違う!!　とにかく聞け!!」
　必死に誤解をとこうとする俺をスルリとかわし、モカは呆然としながら「和泉くんが合コンに行ったなんて……」とブツブツつぶやいている。
「モカ!!」
　俺の言葉なんてもはや、耳に入っていない様子だ。
　説得しようにも、モカは自分の世界に入り込んでいる。
　さらに、その隣では亮さんが「ケッ」と、ざまあみろと言わんばかりに笑っていた。
　あぁ……もう……。
　なんでこうなるんだよ……。
　そんなふたりの様子にため息をつき、空を仰いだ。
　俺たちが平穏に過ごせるのは、どうやらまだまだ先みたいだ……。

特別書き下ろし番外編

【モカside】

大学を卒業して2年。

社会人となった私たちは、お互い仕事に追われながら忙しい日々を過ごしている。

時にはケンカをすることもあるけれど、毎日欠かさず連絡をくれる愛情深い和泉くんのおかげで、私たちのお付き合いは順調だ。

在学中、私は調理の道に進もうと勉強を続けていたけど、スイーツ嫌いの和泉くんが言ってくれた『モカが作ったお菓子はうまいから食べられる』という言葉がきっかけで、いつしか夢はパティシエに。

今では家の近くにある街の小さなパティスリーで働きながら、見習いとして日々勉強している。

一方の和泉くんは予定どおり、お父様が経営しているシステム開発会社に就職。

跡継ぎのはずである和泉くんのお兄さんは『そんな堅苦しい仕事俺にはムリ！』と今も変わらずモデルの仕事を続けているので、和泉くんが次期後継者として期待されているのだ。

まだまだ経験を積むため、今はいち社員として働いている和泉くんだけど、その仕事はとても激務。

新規顧客を獲得するため外回りの営業や出張も多く、それに加えて休みの日はお父様に付いて経営者としてのノウハウも勉強している。

元々頭脳明晰な和泉くんの社内での成績は、言うまでも

なくトップ。
　『親の七光りだ』と舐められることなんてなく実力を評価され、入社して早々若手のエースとして期待されているんだとか。
　そんな感じだから、当然、女性社員からも絶大な人気。
　あの容姿に加え、仕事もできちゃうエリートだから放っておかれるはずもない。
　学生の時のように女の子たちが和泉くんに言い寄っている光景を目の当たりにすることはなくなったけど、その光景は今でも簡単に想像できるから悩みの種は尽きない。
　こうしてお互い違う環境で働いているから、休みの日も合わず、学生の頃のように毎日顔を合わせることも難しくなってしまった。
　しかも和泉くんは出張も多くて、普段の仕事も夜遅い時間に終わるほど多忙だから、週に一度会えればいい方だ。
　お互いの家や職場も離れているから気軽に行ける距離ではないけど、それでも和泉くんは仕事が早く終わる日はわざわざ会いに来てくれたり、私も休みの日は和泉くんの家にお邪魔したりと、忙しいなかでも時間を作って、一緒に過ごす時間を大事にしている。

　そして時には……。
「いらっしゃいませー。……あ、和泉くん！」
　この近くにある取引先の会社に来た時は、こうしてお店に立ち寄ってくれる。

もちろん、ただ顔を出すだけじゃなくて、お客様として。
「モカ、いつもの適当に包んで」
「はーい」
　いつもの、とは焼き菓子のこと。
　クッキーやパイなどの焼き菓子は私が担当で作っているから、それを知った和泉くんが、お得意様への手土産としてときどき買いに来てくれるのだ。
「なぁ、モカ。今日の帰りはいつも通りの時間？」
「うん、今日はなにもないからお店閉めたらすぐ帰れるよ」
「俺も今日は取引先周りのあと直帰できるから、一緒に飯食わない？　また迎えに来るから」
「うん！」
　なかなか時間が合わないから、一緒に過ごせる時間はとても貴重で嬉しい。
　ニコニコと笑顔で応えると、和泉くんも笑顔を返してくれた。

「相変わらず浅野さんの彼氏カッコいいー……」
　和泉くんが帰ったあと、同僚の鈴木さんがポーっと頬を赤らめて呟いた。
「あんな笑顔向けられたら、手が震えちゃっておつりも渡せないよ！　浅野さんよく平気でいられるね！」
「いや、えっと……まぁ、高校の時から一緒だから……」
　実はいまだにドキドキしちゃうのは秘密だ。
「高校の時からなんて、一途なのも素敵よねー！　しかも

優しいし」
「ははは……」
　私にだけ優しい、なんて言ったら惚気に聞こえちゃうから言えない。私と親しい友達や鈴木さん含めた職場の人たちにはかろうじて愛想よく振る舞ってくれるけど、基本昔と変わらず女の子には冷たい。
　キャーキャーと騒がれるのは大嫌いだし、しつこく言い寄ってくる子たちは容赦なく突き放している。
　それでもアプローチしてくる子はとても多く『彼女がいる』と言っても、告白をしてくる子が後を絶たないんだとか。
　どうして同じ会社でもない私がこんなことを知っているのかというと……。

　――その日の夕方。
「いらっしゃいませー」
　数人の女の子たちが店内に入ってきた。
「このお店だよ！　絶対合ってるって！」
「ほんとだ！　ロゴが同じだ！」
　そう言いながら、キャッキャッと嬉しそうにはしゃぐ女の子たち。
　その様子を見て、鈴木さんが苦笑しながら私に目配せしてきた。
　私もすぐ勘づいたけど、この人たち、きっと……。
「黒崎さん、よくこのお店で買い物してるみたいだよ！

今日もこの辺回ってたらしいし」
「ここにいたら偶然会えちゃうかもね!」
　やっぱり……。
　和泉くんと同じ会社の子たちだ。
　和泉くんがこのお店に買いに来てくれるようになってから、こうして同じ会社と思われる女の子たちも来るようになった。
　和泉くんは、会社での来客用に追加で買ってくれることも多いから、お店のロゴ入りの袋をチェックして探して来ているみたい。
　お客様だからありがたいけど、なんだか複雑だ。
　彼女たちは『もしかしたら仕事終わりの和泉くんとばったり会えるんじゃないか』と、店内にある小さなカフェコーナーでお茶しながらしばらく滞在していくのだ。
　今は店内に他のお客さんがいないから、彼女たちの会話がどうしても聞こえてきてしまう。
「黒崎さん、秘書課の花本さんの告白も断ったらしいよ」
「マジ!?　社内一の美女も振るのかー」
「今は受付の林さんが猛アプローチしてるけど、ムリだろうね」
「まさに難攻不落だね」
「黒崎さんをオトした彼女ってどんな人なんだろ。ものすごい美女とか?」
「だろうね!　あー羨ましいー」
　あー耳を塞ぎたいー……。

商品棚を整理しながらなんともいえない表情を浮かべる私を見て、鈴木さんも小さく苦笑している。
　こうして、ときどきやってくる女の子たちから、和泉くんのモテっぷりや噂話を聞いているのだ。
　いたたまれなくなるのであまり聞きたくないけど、店員なので逃げ出すわけにもいかない。
　彼女たちはまだ、和泉くんの噂話を続けて楽しそうに話している。
「そういえば営業部の人が言ってたんだけどさ、先週の日曜、黒崎さんが休日に女の人と一緒にマンションから出てくるところを見たらしいよ」
「えー！」
　えー!?　なにそれ!?　女の人とマンション!?
　心の中で私も叫びながら、思わず作業する手を止めてしまった。
「マンションってことは、彼女かな!?」
「だろうね！　しかも、めちゃくちゃ美人だったらしいよ」
「どうりで。誰が告白してもオチないはずだわ」
　いったい誰のこと!?
　めちゃくちゃ美人って時点で私じゃないことは確か！
　そもそも、和泉くんの家はマンションじゃなくて実家の一軒家だ。
　でも、先週の日曜日は、確かに和泉くんは久しぶりの休日だった……。
　私は仕事だったから、仕事終わりにデートしたけど、そ

ういえば昼間はなにをしていたのか和泉くんから聞いてなかった。
　和泉くんのことだから浮気なんてことは絶対ありえないと信じてるけど、キレイな女の人とマンションから出てくるなんて、どういうことだろう……。
　そのうち彼女たちは帰っていったけど、結局そのキレイな女の人は『彼女』ということで話が終わっていたから、真相はわからないまま。
　仕事中だというのに、モヤモヤしたまま考え込んでしまった。

「モカ、おまたせ」
「和泉くん……」
　仕事が終わり、閉店したお店の前で待っていたら和泉くんが迎えに来てくれた。
　忙しいなか会う時間を作ってくれてすごく嬉しいはずなのに、その姿を見ると余計にモヤモヤが膨らんでしまう。
　どうしよう、和泉くんに聞いてみようかな。
　チラッと和泉くんを見上げると、彼もジーッと私を見下ろしていた。
「なにかあった？」
　さすが和泉くん、相変わらず鋭い……！
　そんなに私、わかりやすいのかな……。
　怪訝な顔をして私を見つめる和泉くん。
　ここで「なんでもないよ」とごまかしても、和泉くんが

納得するはずがないのは今までの経験から明らかだ。
　私もずっと気になっているし、恐る恐る聞いてみた。
「ねぇ和泉くん……先週の日曜日ってなにしてた？」
「先週の日曜日？　モカと一緒にいたじゃん」
「そうじゃなくて、私と会う前！　昼間はなにしてた？」
　もう一度訊ねると、和泉くんは一瞬ピタリと止まり、少し考えた様子で「……家で仕事してたけど」とそっけなく答えた。
　……ん？
　なんか様子がおかしい。和泉くんらしからぬ態度に違和感がある。
　もしかして、なにか隠してる……？
　本当に家で仕事してたの……？
　その怪しさにドキドキしながら、今度は核心に触れてみた。
「あのね、和泉くん」
「うん？」
「先週の日曜日に、和泉くんが女の人と一緒にマンションから出てくるのを見たって聞いて……。やっぱり和泉くんのこと？」
　その瞬間、和泉くんの表情がさらに固まり、フイっと視線をそらされた。
「……さあ、知らない」
　え!?
　今、ウソついたよね!?　絶対なにか隠してるよね!?

やっぱり女の子たちの噂話は本当!?
　一気に不安が押し寄せ、和泉くんをキッと見上げながら問い詰めた。
「なにか隠してない!?　女の人って誰!?　誰と一緒にいたの!?」
「いや！　だから知らねえって。人違いじゃね？」
「和泉くんを見間違える人なんていないよ！」
　こんな芸能人級にカッコいい人、そうそういないんだから！
「だから、知らないって」
「でも見た人がいるんだもん！」
「見た人って、誰だよそれ」
「……和泉くんと同じ会社の人」
「は？　なんでモカが同じ会社の奴知ってんだよ。いつ知り合いになったわけ？」
「知り合いじゃなくて……。うちの店に、和泉くんと同じ会社の子たちがよく来るの」
「はぁ？　なんだそれ」
「だから！　その子たちが、うちのお店で和泉くんの噂話をしてるのが聞こえてくるの！　それで、」
　ようやく状況を理解した和泉くんはため息とともにガクッと項垂れ小さく呟いた。
「マジ最悪……」
　なに!?　こそこそしてるのが私にバレたから最悪って言いたいわけ？

最悪なのはこっちだよ！
「ひどいよ和泉くん……」
「いや、ちょっと待て、いろいろ誤解がある！」
　ショックで泣きそうになっている私の様子に、和泉くんが焦っている。
「じゃあ、なんで隠すの？　女の人って誰!?　マンションってなに!?」
「あー……いや、……」
　本当のことが知りたくて、私にしては珍しく問い詰めているけど、それでも和泉くんは言葉を詰まらせながら困ったような表情を浮かべるだけ。
　なにか事情があるにしても、隠し事をされていること自体がショックだ。
「もういい……。今日は帰る」
「モカ!?　ちょっと、」
「こんな状態で一緒にいても楽しくない」
「いや、だから誤解だって、」
　誤解って言うだけで、なにも話してくれないし！
　弁解しようとする和泉くんの言葉はもう聞かず、スタスタと家の方向へと足を進めた。
「モカ！」
　和泉くんが声を上げて呼び止めようとするけど、それに振り返らず足早にその場を立ち去った。

「ただいま……」

家に帰り、力なく呟きながらリビングに入っていくと、晩ご飯を食べていたお父さんとお母さんが驚いていた。
「あら？　今日は黒崎君と一緒じゃなかったの？　ご飯ないわよ」
「うん……いらない」
　あからさまに落ち込んだ様子で返すと、さすがにお母さんもなにかあったのかと心配そうに聞いてくる。
「どうしたの？　元気ないわね」
「うん、……ちょっとケンカしちゃって……」
　ショボンと返したその言葉に、お母さんと横に座っているお父さんが少し驚いた表情で目を見合せていた。
「ケンカ？　なにかあったの？」
「別に……。なんでもないよ」
「どうせモカがまた勝手に怒ってるんだろ」
「違うよ！　和泉くんが隠し事するから……！」
　って両親にケンカの原因言ってもしょうがない。
　ひと呼吸おいて「……なんでもない」と話を終わらせると、お母さんは「隠し事？」と聞き返し、そして何故だかくすっと笑った。
「きっと黒崎くんもなにか事情があるのよ」
「…………」
「そんなに拗ねてたら、お祝いしてもらえないわよ。来週、モカの誕生日でしょ」
　そういえば、もうすぐ私の誕生日だ。毎年お互いの誕生日は忙しくても会うようにしているけど、ケンカした今、

誕生日のことなんて考えられない。
「早く仲直りした方がいいわよ」
「わかってるよ……」
　そうは言ったものの、真相はなにもわからないままだし簡単に気持ちを切り替えることなんてできない。
　和泉くんからも着信があったけど、結局その日はふてくされたまま寝てしまった。

　その日からケンカは継続したまま、あっという間に誕生日を迎えてしまった。
　和泉くんからもずっと連絡があったけど、忙しいのか深夜が多くなかなかタイミングが合わなかった。
　まともに会話もしていないから、当然仲直りなんてできるはずもない。
　はぁ、最悪な誕生日だ。
　本当だったら今日は和泉くんと楽しく過ごすはずだったのに……。会う約束すらしていない。

　今日は一段と暗い気持ちになりながら一日を過ごした。仕事中はなんとか表情に出さず頑張ったけど、気を抜くとため息が出てしまう。
　閉店後の掃除をしていると、帰り支度をした鈴木さんが声をかけてきた。
「あれ、浅野さん。まだ掃除してたの？　みんなもう帰っちゃったよ」

「あ、うん。もう終わったから私も帰るよ」
「じゃあお先に。今日は店長いないから戸締まりよろしくね」
「うん、お疲れさま」
　しんとした店内にひとりとなり、またさらに寂しさが広がっていく。
「早く帰ろ……」
　ポツリと呟き、はぁ、と今日何度目かのため息を吐きながらようやく帰り支度を終えた。
　パチンと電気を消し、お店の出入口を施錠したところで、和泉くんに連絡をしてみようかとスマホを取り出してみた。
　だけど、私が一方的に怒っているのになんて切り出したらいいのか……。さすがに和泉くんも呆れているかもしれない。
　じっとスマホの画面とにらめっこしながらとぼとぼと帰り道を歩きはじめたところで、
「モカ！」
　と呼び止める声が聞こえた。
　この声は……。
「和泉くん!?」
　振り返ると、そこには息を切らした和泉くんの姿があった。
「よかった、間に合った」
　走ってきたのか、髪が少し乱れている。

「え、……どうしたの？」
「どうしたのって、今日モカの誕生日だろ」
「そうだけど、会う約束、してなかったし」
　突然の姿にびっくりして、立ち尽くしたまま和泉くんを見つめ返した。
「モカ怒ってるから、連絡しても返してくれないと思って直接来た」
「それは……いつも遅い時間だったから……」
「あぁ確かに。今日会うために、無理やり仕事片付けてたから」
　私と会うために、毎日遅くまで仕事をして時間を作ってくれていたの……？
「あんまり、ムリしないで……」
　そこまでされると体が心配だけど、和泉くんは「いや、会えない方がムリだから」とサラリと答えた。
　ケンカをしていても、私のことを思ってくれるその行動に嬉しさを感じつつも、怒っていた手前素直に喜べなくて思わず視線をそらした。
「まだ怒ってる？」
　そう言いながら顔をのぞき込んでくる和泉くん。またさらにフイっと顔をそむけた。
「ねぇ、モカ」
　今度は優しく名前を呼ばれ、思わず許してしまいたくなったけど、やっぱりこの前のことをうやむやになんてできない。

勇気を出して、和泉くんに向き合った。
「どうしてこの前は嘘をついたの？　ちゃんと、本当のことを言ってほしい」
　真剣な表情で問いかける私に、和泉くんも観念したかのように頷いた。
「わかった、白状する」
　そう苦笑しながら和泉くんは鞄からなにかを取り出した。
「本当はもっといいシチュエーションで渡したかったけど。……はい、誕生日プレゼント」
　プレゼント……？
　今？と戸惑う私に、和泉くんはカードを渡してきた。先ほど取り出したものだ。
「なにこれ……？」
「それ、マンションのカードキー」
「マンション……？」
「そ。モカが言ってた日曜日は、そのマンション契約してた」
「……へ？」
「誕生日まで内緒にするつもりで準備進めてたから。けど、余計な目撃情報入るし、モカ怒らせるし、最悪だった」
　プレゼントにマンションの鍵……？
　ポカンとしながら和泉くんの顔を見つめていると、和泉くんも私を甘い表情で見つめ返してきた。
「モカ、一緒に暮らそう？」
「え……？」

えぇぇえっ!?　一緒に暮らす!?
「ど、ど、どういうこと!?　一緒に暮らすって!?」
　突然のことにパニックになっている私を見て、和泉くんは笑っている。
「だから、言葉通り。一緒に暮らそう」
「い、一緒に暮らすって！　突然どうしたの!?」
「いや、ずっと考えてたけど？　なかなか会えないし、もう限界。それにそのうち結婚するし、」
「けけけ結婚っ!?」
　あまりの突然の言葉に、思考が追いつかない。
　真っ赤な顔になりながらパニックになった。
「なに？　結婚するだろ」
「そうなの!?」
「当たり前だろ。俺、一生モカを手放すつもりないよ？」
　そんな言葉をサラリと言ってくる和泉くんに、返す言葉も見つからない。
「受けてくれるなら、今すぐにでもプロポーズするけど」
「プ、プロポーズ!?」
「あ、指輪ないから今すぐはムリだ」
　そう言って笑う和泉くん。
　どこまで本気なのかわからないけど、冗談を言う人でもないからきっと本当に考えているのかも。
「モカの心の準備がまだみたいだから、結婚はもう少しあとにするか」
「う、うん……」

和泉くんの突然の告白に驚いたけど、私たちの将来を考えてくれていたことにとても嬉しくなった。
　それと同時に、少しでも疑ってしまった和泉くんにとても申し訳なく思う。
「あ、あの、じゃあ……女の人とマンションっていうのは、」
「ただの不動産会社の担当者」
「……」
「なに？　俺が浮気してるとでも思った？」
「い、いや、思わないけど、美女とマンションにいたとか聞いたら、どうしても不安で……」
「心外。こんなに惚れてるのに」
　そう言って和泉くんは、私を抱き寄せ頬に軽くキスを落とした。
　そして和泉くんにされるがまま抱き締められている。
　閉店しているとはいえここは店先、しかも路上だということを完全に忘れている。
　行き交う人たちが私たちをチラチラ見ていることに気付き、慌てて身を捩った。
「和泉くんっ！　は、離れて！　みんな見てる！」
「関係ない」
　あっさりと却下され、さらにきつく抱き締めてくる和泉くん。離れようとする私の抵抗なんて軽く押さえられてしまった。

　結局、和泉くんの隠し事とは、私へのサプライズとして

行動していたことだった。
　それに気付かず怒ってしまったことは申し訳なく思うけど。
「ケンカするくらいなら、正直に言ってくれればよかったのに」
　恨めしく思いながら和泉くんを見上げた。
「ごめん、誕生日まで内緒にしようと思っていろいろ進めてたから」
「いろいろって？」
「あぁ、モカの両親にも了承もらったり」
「……へ？」
　両親にも了承って……？
「どういうこと？」
「モカと一緒に暮らしたいから、先にオッケーもらいに挨拶行ったんだ」
　えぇ!?
　私抜きでそんなことが行われてたの!?
　いつの間に……！
　あ、だからお母さん、私が隠し事って言ったら笑ってたのか！　急に誕生日のことも言い出すし！
　なんて用意周到……！
　和泉くんが仕掛けたサプライズにどこまでもびっくりしてしまう。
「で、一緒に暮らしてくれる？」
　和泉くんは甘い表情で問いかけてくるけど、選択肢なん

てきっとひとつしかない。
「ダメって言ったら？」
　なんてイジワルに言ってみたけど「却下」と予想通りの返答をされた。
「もう契約したし、あとはモカが来るだけ」
　そう言って笑う和泉くんに、私もクスクスと笑みがこぼした。
　相変わらずの強引さに翻弄されっぱなしだけど、そこにはいつも私への愛が溢れている。
　私のことを大切に想ってくれているからこそのこと。
　私もそれに応えたい。同じ時間、同じ空間をもっと共有したい。

　想像してみた。
　朝目覚めたら、隣には和泉くんの姿。
　それだけで幸せだけど、和泉くんがいることが当たり前の生活になれたらもっと幸せだ。
「うん、私も和泉くんと一緒に暮らしたい」
　そう微笑み返すと、和泉くんも嬉しそうに優しく微笑んだ。
「夢が叶うのも近い気がする」
「夢？　どんな？」
「前に言ったろ。かわいい奥さんをもらうって」
　そういえば、高校の卒業式の時に聞いたような気がする。その時は抽象的すぎてなにも思わなかったけど。

もしかして……。
「それって……私のことだったの？」
「当たり前だろ！　モカ以外に誰がいるんだよ」
　その頃から考えてくれてたなんて……。
　恥ずかしさやら、嬉しさやらで、顔がカーッと赤くなるのがわかった。
「ったく」と和泉くんは呆れたように呟くけど、その表情は甘いまま。
　そして、照れ笑いを浮かべる私の頬を包みそのまま唇を塞いだ。
　ドキドキと高鳴る鼓動が和泉くんに伝わるのが恥ずかしくて身を捩るけど、もちろん抱き締められている腕は離れない。
　そのキスはどんどん深まり、このまま和泉くんに身を任せてしまいそうになる。
　でも、さすがにここは街中だってことがハッと頭をよぎった。
「ちょ、ちょっと和泉くん……！　ここ外っ！」
「じゃあ、早くふたりになりたい」
　熱っぽい視線を向けられ真っ赤になって固まっていると、和泉くんはようやく腕をほどき私の手を繋いだ。
「行くぞ」
「行くってどこに？」
「マンション。鍵もあるし、ここから近いしちょうどいい」
　そう言って歩き始めた和泉くんに手を引かれた。

「もう行っていいの？」
「ああ、最低限の家具は用意したしベッドもある」
　さすが和泉くん、そこまで準備をしていたとは……。
「なんなら、このまま今日から一緒に住む？」
「さすがにそれは……！」
　と、焦る私を見て和泉くんは笑っている。
「まあでも、今日は帰すつもりないから」
「えぇっ！」
「どれだけ触れてないと思ってんだよ。もう限界なんだけど」
　和泉くんは繋いだ手を引いて私の体を引き寄せ、歩きながら頬にキスを落とした。
　赤くなった顔を伏せる私に和泉くんはまた笑う。

　これから先、毎日こんな風に和泉くんとの甘い生活が続くんだと想像したら……私の心臓は大丈夫かな。
　ドキドキする心臓を押さえながら、和泉くんを見上げて微笑み返した。

　　　　　　　　　　　　　　　　　END

あとがき

　ケータイ小説として処女作となるこの作品、練りに練った超自信作！と言えれば良かったのですが、全然そうではなく、とある出来事がきっかけとなり、短期間のうちに書き上げた物語でした。

　それも、ずっとずっと昔の頃に。

　なので、私自身も書いたことすら忘れておりまして、何年もの間、眠ってました（笑）。

　それを偶然見つけ出し、こうして『野いちご』にアップしたのも、これまたとある出来事がきっかけとなったんですが、まさか書籍化されるまで支持していただけるとは思いもしませんでした。

　『野いちご』にアップするにあたって、本編はもう出来上がっていたので手直し程度で更新をしていたのですが、おまけの番外編は新しく書き上げました。

　モカと和泉、久しぶりにこのふたりを書いてみたら、恋のトキメキや甘酸っぱさ、思い通りにいかないもどかしさ、まるで初恋をした時のような、そんな気分に浸れました。って自分で書いてて言うのもなんですが（笑）。

　この物語を読んでいただいた皆様に、少しでもそんな思いを感じていただけたらうれしい限りです。

最後に、この本を手にとっていただいた方、そして、力不足な私の小説を読んでいただいた方、本を作るにあたって携わっていただいた方、すべての皆様に感謝の気持ちを捧げたいです。
　こうして"本が出た"といううれしい事実が実感できるのも、モカと和泉を温かく見守ってくださった皆様のおかげです（泣）。

　ありがとうございました。

2019.2.25　香乃子

本作はケータイ小説文庫(小社刊)より
2009年11月に刊行された『特等席はアナタの隣。』と、
2010年5月に刊行された『続・特等席はアナタの隣。』の
2冊を1冊にまとめた新装版です。

この物語はフィクションです。
実在の人物、団体等とは一切関係がありません。

香乃子先生への
ファンレターのあて先

〒104-0031
東京都中央区京橋1-3-1
八重洲口大栄ビル7F

スターツ出版(株)書籍編集部 気付
香乃子先生

KEITAI
SHOUSETSU
BUNKO
SINCE 2009

新装版　特等席はアナタの隣。

2019年2月25日　初版第1刷発行

著　者　香乃子
　　　　©Kanoko 2019

発行人　松島滋

デザイン　カバー　金子歩未（hive&co., ltd.）
　　　　　フォーマット　黒門ビリー＆フラミンゴスタジオ

DTP　朝日メディアインターナショナル株式会社

発行所　スターツ出版株式会社
　　　　〒104-0031 東京都中央区京橋1-3-1　八重洲口大栄ビル7F
　　　　出版マーケティンググループ
　　　　TEL 03-6202-0386（ご注文等に関するお問い合わせ）
　　　　https://starts-pub.jp/

印刷所　共同印刷株式会社
Printed in Japan

乱丁・落丁などの不良品はお取り替えいたします。上記出版マーケティンググループまで
お問い合わせください。
本書を無断で複写することは、著作権法により禁じられています。
定価はカバーに記載されています。

ISBN 978-4-8137-0628-1　C0193

読むたび何度でも恋をする…全力恋宣言！
毎月25日はケータイ小説文庫の日♥

心に沁みるピュアラブやキラキラの青春小説、
「野いちご」ならではの胸キュン小説など、注目作が続々登場！

ケータイ小説文庫　2019年2月発売

『ふたりは幼なじみ。』青山そらら・著

梨々香は名門・西園寺家の一人娘。同い年で専属執事の神楽は、小さい時からいつも一緒にいて必ず梨々香を守ってくれる頼れる存在だ。お嬢様と執事の関係だけど、「りぃ」「かーくん」って呼び合う仲のいい幼なじみ。ある日、梨々香にお見合いの話がくるけど…。ピュアで一途な幼なじみラブ！

ISBN978-4-8137-0629-8
定価：本体590円+税　　　　　　　　　ピンクレーベル

『新装版　特等席はアナタの隣。』香乃子・著

学校一のモテ男・黒崎と純情少女モカは、放課後の図書室で親密になり付き合うことになる。他の女子には無愛想な和泉だけど、モカには「お前の全部が欲しい」と宣言したり、学校で甘いキスをしたり、愛情表現たっぷり。モカ一筋で毎日甘い言葉を囁く和泉に、モカの心臓は鳴りやまなくて…!?

ISBN978-4-8137-0628-1
定価：本体640円+税　　　　　　　　　ピンクレーベル

『月がキレイな夜に、きみの一番星になりたい。』涙鳴・著

蕾は無痛症を患い、心配性な親から行動を制限されていた。もっと高校生らしく遊びたい――そんな自由への憧れは誰にも言えないでいた蕾。ある晩、バルコニーに傷だらけの男子・夜斗が現れる。暴走族のメンバーだと言う彼は『お前の願いを叶えたい』と、蕾を外の世界に連れ出してくれて…？

ISBN978-4-8137-0630-4
定価：本体540円+税　　　　　　　　　ブルーレーベル

ケータイ小説文庫　好評の既刊

『いつわり彼氏は最強ヤンキー（上）』香乃子・著

高校1年生の菜都は地味でフツーの女の子。しかし、偶然告白現場を目撃したことによって、学校一の派手グループに属する不良イケメン男子、玲人の彼女になることに！「お前は、俺のだから」強引な玲人に振り回される菜都だけど、彼の知らない面を知り、少しずつ気持ちはひかれていって…。

ISBN978-4-88381-639-2
定価：本体520円＋税

ピンクレーベル

『いつわり彼氏は最強ヤンキー（下）』香乃子・著

告白現場を目撃したことで、学年一の不良ヤンキー玲人といつわりの恋人になった高1の菜都。地味だった生活は一変。強引な彼だけど、時折見せる本当の恋人のようなしぐさに、菜都はとまどう。そんな中、憧れの佐山君に告白をされるが、なぜか菜都は玲人のことが気になって…。ふたりのいつわりの関係はどうなっちゃう!?

ISBN978-4-88381-642-2
定価：本体520円＋税

ピンクレーベル

『ダイスキ♡熱愛センセイ！（上）』香乃子・著

金・名誉・容姿そろった完璧な御曹司、銀次。そんな彼が父の命令で高校教師をすることに。そこで出会うマジメで天然な学級委員長の結衣に、本気で恋をする。銀次の暴走熱愛アタックに結衣のハートは乱されちゃう☆『特等席はアナタの隣。』の香乃子の、胸ズキュン♡なラブコメディ。

ISBN978-4-88381-555-5
定価：本体510円＋税

ピンクレーベル

『ダイスキ♡熱愛センセイ！（下）』香乃子・著

銀次の熱愛アプローチに、ようやく振り向いた結衣。ラブラブな学園生活の始まり!?　なわけもなく、銀次の父親の恐ろしい陰謀が！　銀次にせまる美しい婚約者に、結衣の心は揺さぶられ…。父親の邪魔という最大の砦をふたりは乗り越えられるのか!?　波乱万丈ラブコメディ。

ISBN978-4-88381-556-2
定価：本体510円＋税

ピンクレーベル

ケータイ小説文庫　2019年3月発売

『封印、解いちゃいました(仮)』神立まお・著

突然、高2の佐奈の前に現れた黒ネコ姿の悪魔・リド。リドに「お前は俺のもの」と言われた佐奈は、お祓いのため、リドと幼なじみで神社の息子・晃と同居生活をはじめるけど、怪奇現象に巻き込まれたりトラブル続き。さらに、恋の予感も!?　俺様悪魔とクールな幼なじみとのラブファンタジー！

ISBN978-4-8137-0646-5
予価:本体 500円+税

ピンクレーベル

『一途な彼の過剰な愛情表現』三宅あおい・著

内気な高校生・菜穂はある日突然、父の会社を救ってもらう代わりに、大企業の社長の息子と婚約することに。その相手はなんと、大イケメンな同級生・蓮だった！　しかも蓮は以前から菜穂のことが好きだったと言い、毎日「かわいい」「天使」と連呼して菜穂を溺愛。甘々な同居ラブに胸キュン!!

ISBN978-4-8137-0645-8
予価:本体 500円+税

ピンクレーベル

『誰にもあげない。』*あいら*・著

超有名企業のイケメン御曹司・京壱は校内にファンクラブができるほど女の子にモテモテ。でも彼は幼なじみの乃々花のことを異常なくらい溺愛していて…。「俺だけの可愛い乃々に近づく男は絶対に許さない」――ヤンデレな彼に最初から最後まで愛されまくり♡　溺愛120％の恋シリーズ第3弾！

ISBN978-4-8137-0647-2
予価:本体 500円+税

ピンクレーベル

『求愛』ユウチャン・著

高校生のリサは過去の出来事のせいで自暴自棄に生きていた。そんなリサの生活はタカと出会い変わっていく。孤独を抱え、心の奥底では愛を欲していたリサとタカ。導かれるように惹かれ求めあい、小さな幸せを手にするけれど…。運命に翻弄されながらも懸命に生きるふたりの愛に号泣の感動作！

ISBN978-4-8137-0661-8
予価:本体 500円+税

ブルーレーベル

書店店頭にご希望の本がない場合は、
書店にてご注文いただけます。